HEYNE <

DAS BUCH

»Rebekka erklärte die Übung. ›Ich lade euch ein, die Augen zu schließen und euch vom Partner oder von der Partnerin zu einem Baum führen zu lassen. Tastet ihn ab, prägt euch seine Form, die Anordnung seiner Äste und seine Besonderheiten ein. Zurück am Ausgangspunkt könnt ihr die Augen wieder öffnen und versuchen, den Baum zu finden. Danach tauschen wir die Rollen.‹

Ich sollte die Augen schließen und mich von einem fremden Mann durch den Wald führen lassen? Alles in mir sperrte sich dagegen.

Ein Zweig knackte, und Rebekka richtete sich auf. Ihre Wangen waren gerötet, ihr Blick war auf eine Gestalt gerichtet, die leichtfüßig über einen Baumstrunk stieg. Auf einmal verstand ich, warum sie den Förster gebeten hatte einzuspringen.

Er war in ihrem Alter, vielleicht etwas älter. Groß, mit kräftigen Schultern und kurz geschnittenem sandblondem Haar. Sein wettergegerbtes Gesicht zeugte von vielen Stunden im Freien. Die haselnussbraunen Augen kamen mir bekannt vor, aber ich war mir sicher, dass ich ihn noch nie zuvor gesehen hatte.«

DIE AUTORIN

Julia Parin ist das Pseudonym der erfolgreichen Autorin Petra Ivanov, die bereits zahlreiche Romane und Jugendbücher geschrieben hat. Ihr Roman »Wenn Träume Wurzeln schlagen« stand auf der Schweizer Bestsellerliste. Wenn sie nicht gerade schreibt, verbringt sie ihre Zeit am liebsten in ihrem Schrebergarten, wühlt in der Erde und hört den Bienen beim Summen zu.

LIEFERBARE TITEL

978-3-453-42576-7 – Wenn Träume Wurzeln schlagen

JULIA PARIN

Das Glück zwischen den Bäumen

ROMAN

WILHELM HEYNE VERLAG
MÜNCHEN

MIX
Papier | Fördert gute Waldnutzung
FSC® C014496
FSC
www.fsc.org

Penguin Random House Verlagsgruppe FSC® N001967

Originalausgabe 06/2024

Redaktion: Michelle Stöger
Umschlaggestaltung: Eisele Grafik Design
unter Verwendung von Adobe Stock (Neda Asyasi, Mathias Weil, Box, hcast, Pencile Art Design);
Bigstock (Serg64); Mauritius Images (Busse&Yankushev);
Shutterstock.com (clarst5)
Satz: satz-bau Leingärtner, Nabburg
Druck und Bindung: GGP Media GmbH, Pößneck
Printed in Germany
ISBN: 978-3-453-42779-2

www.heyne.de

Für Christel

1

Der Kuckuck rief zehnmal, aber die Klappe oberhalb des schlichten Zifferblatts blieb zu. Ich vermisste den kleinen Vogel, der hervorsprang. Kitsch hin oder her, er führte mir vor Augen, wie kostbar jeder Moment war. Ich überprüfte Riegel und Schalter, alles schien in Ordnung. Eine Feder musste kaputt sein, oder vielleicht hatte sich ein Zahnrad gelöst. Ich würde mich später darum kümmern, jetzt hatte ich Wichtigeres vor. In einer halben Stunde kam meine Tochter zum Brunch. Seit Pauline studierte, besuchte sie uns nur selten, dabei dauerte die Fahrt vom Zentrum Münchens aus, wo sie in einer Dreier-WG wohnte, bis zu uns nach Unterhaching an der Stadtgrenze keine Dreiviertelstunde. Ich schlüpfte in meine Gummistiefel und trat hinaus in den Garten, der hinter unserer Doppelhaushälfte lag.

Die Narzissen leuchteten in Goldgelb, Apricot und zartem Weiß, dazwischen blühten einzelne Traubenhyazinthen. Ich liebte den Frühling, die Farben, das sanfte Licht, die zaghafte Wärme. Der Regen der vergangenen Tage hatte die Wassertonne gefüllt, ich sollte eine Abdeckung besorgen, bevor die Mücken ihre Larven legten. Ich holte eine Gartenschere aus dem Schuppen und schnitt die schönsten Blumen. Obwohl erst Ende April, zeigten sich bereits die ersten Maiglöckchen, und auch die Anemonen strahlten in kräftigem Blau. Drinnen arrangierte ich den Strauß in einer mundgeblasenen Vase und stellte ihn auf den Wohnzimmertisch. Die Narzissen passten perfekt zu der weißen Leinentischdecke und den zitronengelben Servietten. Den Käse hatte ich nach seinem Geschmack angerichtet, von mild bis kräftig, die Aufschnittplatte mit Tomaten und Petersilie garniert. Die Walnüsse stammten aus dem Bioladen, die Erdbeeren, aus denen ich die Marmelade gemacht hatte, aus unserem Garten. Es fehlte nur noch das frisch gebackene Brot, das in der Küche auskühlte.

»Frank, würdest du bitte das Brot schneiden?«, bat ich.

Er stand am Fenster, tief in Gedanken versunken. Sein Gesichtsausdruck ließ mich innehalten. Wir waren seit dreiundzwanzig Jahren verheiratet, diese Mischung aus Wehmut, Unsicherheit und Unbehagen, mit der er mich anblickte, war jedoch neu.

»Alles in Ordnung?«, fragte ich.

Das vertraute Lächeln kehrte zurück. Es verwandelte Franks Gesicht in etwas Besonderes, erreichte nicht nur seine Augen, sondern auch seine breite Stirn, die sich nun glättete. In dieses Lächeln hatte ich mich verliebt, als ich im Ingenieurbüro seines Vaters anfing. Noch heute verband ich Liebe mit dem Geruch von Papier auf einem Zeichenbrett, dem Gefühl von Stiften, Linealen und Schablonen in der Hand.

Frank verschwand in der Küche. Hinter verschlossener Klappe verkündete der Kuckuck die halbe Stunde. Ich wollte gerade nach meinem Handy greifen, als ein BMW vor dem Haus hielt. Die Beifahrertür ging auf, und Pauline stieg aus, eine Handtasche unter den Arm geklemmt. Statt löchriger Jeans trug sie cremefarbene Leggings und eine taillierte Bluse. Ich war gespannt auf den Fahrer, doch ich konnte ihn vom Fenster aus nicht sehen. Der Wagen wendete bereits wieder.

Ich ging hinaus. »Wie schön, dass du uns endlich wieder besuchst!«

Zu spät erkannte ich den Vorwurf, der in den Worten steckte. Ich hätte mir die Zunge abbeißen können.

Pauline küsste mich flüchtig. »Hallo, Alice.«

Wann hatte sie aufgehört, mich Mama zu nennen?

Sie sah dem davonfahrenden BMW nach.

»Wer hat dich gefahren?«, fragte ich.

»Ein Freund.«

»Will er nicht zum Essen bleiben?«

»Er muss weiter.«

In der Diele streifte Pauline ihre Stiefeletten ab. Unwillkürlich dachte ich daran, wie sie darauf bestanden hatte, auf der Hochzeit ihrer Cousine Turnschuhe zu tragen. Wir hatten uns deswegen gestritten. Ich hatte ihr mangelnden Respekt vorgeworfen, sie hatte behauptet, mir wären Äußerlichkeiten wichtiger als innere Werte, was mich tiefer verletzte, als ich mir damals eingestehen wollte. Ich war nicht besonders mutig, aber zu meinen Werten stand ich. Dazu gehörten Respekt, Toleranz und Ehrlichkeit.

Frank kam mit dem Brotkorb aus der Küche, stellte ihn auf den Tisch und drückte Pauline. Sie erwiderte die Umarmung.

»Setzt euch«, sagte ich. »Pauline, wie viele Eier möchtest du?«

»Ich esse keine Eier mehr.« Pauline nahm am Eichentisch Platz.

Ich sah sie überrascht an. »Du liebst doch Rühreier zum Frühstück!«

Pauline seufzte.

»Frank?«, fragte ich.

»Ein Spiegelei, danke.«

In der Küche gab ich etwas Butterschmalz in eine Bratpfanne, schlug ein Ei auf und ließ es in das geschmolzene Fett gleiten. Die Morgensonne tauchte die rötlichen Fliesen in warmes Licht, was mir ein Gefühl von Geborgenheit vermittelte. Auf dem Fensterbrett standen Töpfe mit Salbei, Thymian, Rosmarin und Estragon, sobald es etwas wärmer wäre, würde ich noch Basilikum kaufen. Einen Moment blieb ich stehen und schaute hinaus. Ich sah direkt auf den Aroniastrauch, den Frank mir zum vierzigsten Geburtstag geschenkt hatte. *Super Food für eine super Frau*, stand auf der Karte. Ich hatte sie aufbewahrt.

Aus dem Wohnzimmer erklang Paulines Lachen, hell

und herzlich. Ich ließ das Spiegelei auf einen wasserblauen Teller mit Naturglasur gleiten und kehrte an den Frühstückstisch zurück.

»Pauline erzählt mir gerade von ihrer chaotischen Mitbewohnerin«, sagte Frank. »Sie hat den Salzbehälter des Geschirrspülers aus Versehen mit Spülmittel gefüllt.«

»Wie hat sie denn das geschafft?«, fragte ich erstaunt.

»Sie war in Gedanken versunken«, sagte Pauline. »Und hat nicht gemerkt, dass sie nach dem Spülmittel gegriffen hat.«

»Aber die Verpackung sieht doch völlig anders aus«, stellte ich fest.

»Sie war eben geistig abwesend.« Pauline klang gereizt.

»Sie ist Künstlerin«, ergänzte Frank.

»Aha«, sagte ich.

»Was soll das jetzt heißen?«, fragte Pauline.

Mich störte die Vorstellung, dass kreative Menschen chaotisch sein mussten, denn es setzte Ordnung mit Biederkeit gleich. Ich fand, das eine schloss das andere nicht aus, schwieg aber wohlweislich.

»Nicht jeder ist so organisiert wie du.« Aus Paulines Mund klang das wie ein Vorwurf.

»Paulchen«, sagte Frank beschwichtigend. »Lass gut sein.«

Ich nahm mir eine Scheibe Brot.

»Warum?«, fragte Pauline. »Es stimmt doch.«

»Deine Mutter ist heute um halb sieben aufgestanden, um diesen Brunch vorzubereiten«, sagte Frank. »Ich schlage vor, wir genießen …«

»Das ist es ja! Es genügt nicht, beim Bäcker Brot zu besorgen oder Marmelade im Supermarkt zu kaufen. Alles muss überperfekt sein!«

»Pauline!«, sagte Frank ungewöhnlich scharf.

Pauline verstummte und starrte auf ihren Teller.

Ich schnitt ein Stück Limburger ab. Plötzlich saß ich in Gedanken an einem anderen Tisch. Ich sah gezuckerte Smacks mit Milch, die ich für mich aus dem Schrank geholt hatte, während meine Mutter schlief. Ich hatte es besser machen wollen, Pauline die Nestwärme geben, die ich nicht bekommen hatte.

»Wer war das eigentlich im BMW?«, fragte Frank.

»Ein Freund.«

»Ein Student?«

»Nein.«

Pauline knabberte an einem Stück Brot. Ohne Butter oder Aufstrich. Ich suchte nach einem unverfänglichen Thema und erzählte von der Entwicklung eines Solarparks, an dem Frank arbeitete. Bald waren wir in ein Gespräch über den Boom der Solarenergie vertieft, und ich entspannte mich. Wenig später kam der BMW zurück.

Pauline stand auf. »Ich muss los.«

»Jetzt schon?«, fragte ich.

Auch Frank sah erstaunt aus.

»Ich habe im Moment viel um die Ohren.«

Ich hätte gern mehr gewusst, fragte aber nicht nach. Stattdessen setzte ich ein Lächeln auf und begleitete

Pauline zur Tür. Wann war die Herzlichkeit dieser Höflichkeit gewichen?

»Schön, dass du dir die Zeit genommen hast, uns zu besuchen«, sagte ich zum Abschied.

»Lass bald von dir hören, ja?«, fügte Frank hinzu, der mir gefolgt war.

Und dann war sie weg. Frank und ich standen reglos im Flur, als spielten wir Ochs am Berg, während sich das Motorengeräusch langsam entfernte. Mit einem Gefühl, versagt zu haben, trug ich das Geschirr in die Küche. Während ich spülte, räumte Frank die Essensreste in den Kühlschrank. Er war ungewöhnlich schweigsam. Erneut lag dieser seltsame Ausdruck auf seinem Gesicht.

Ich trocknete mir die Hände ab und sah ihn an. »Was ist los mit dir?«

Frank mied meinen Blick.

»Wollen wir uns auf die Terrasse setzen?«, schlug ich vor.

Frank schüttelte den Kopf und holte tief Luft. »Ich ...«

Ich wartete darauf, dass er weitersprach. Ein dünner Schweißfilm hatte sich auf seiner Stirn gebildet. Wusste er etwas über Pauline? Hatte sie vielleicht das Psychologiestudium abgebrochen? Sie war so stolz, als sie einen Studienplatz an der LMU bekommen hatte. Ein neuer Gedanke schoss mir durch den Kopf, und ich schnappte nach Luft.

»Ist sie schwanger?«, stieß ich aus.

Frank sah mich erschrocken an. »Nein!«

Er war blass geworden. Mit beiden Händen rieb er sich über das Gesicht. In der Stille war nur das Ticken der Kuckucksuhr zu hören.

Frank schluckte. »Wie lange weißt du schon von ihr?«

Ich hatte keine Ahnung, wovon er sprach.

»Es tut mir leid.« Er flüsterte jetzt beinahe. »Es hat nichts mit dir zu tun.«

»Wovon sprichst du?«

Frank wirkte verwirrt. »Ich dachte, du …?«

Ich wurde ganz kribbelig. »Nun sag schon!«

»Ist wer schwanger?«, fragte er stattdessen.

»Pauline natürlich. Wer sonst?«

Auf einmal ergab alles einen Sinn. Die Distanz, die sich zwischen uns gebildet hatte, sein seltsames Verhalten.

Ich starrte ihn an. »Du hast eine Affäre?«

Er wand sich. »Alice, ich wollte es dir nicht auf diese Art und Weise sagen.«

Ich war sprachlos.

»Wir haben uns letztes Jahr auf der Intersolar-Messe kennengelernt«, fuhr er mit gesenktem Blick fort. »Vor einigen Monaten sind wir uns zufällig am Stachus über den Weg gelaufen, und da hat es sich … einfach ergeben.«

Ich versuchte zu atmen. »Wer ist sie?«

Frank sah todunglücklich aus. »Eine … sie ist Kunstmalerin, jobbt aber nebenbei als Hostess auf Messen.«

Warum hatte ich nichts mitbekommen? Ich arbeitete im selben Büro wie Frank. Führte seinen Terminkalender, erledigte seine Korrespondenz. Ich hatte immer den Kopf geschüttelt über Frauen, die angeblich aus allen Wolken fielen, wenn sie erfuhren, dass ihr Partner fremdging. Ich hatte sie für feige gehalten, weil ich annahm, dass sie die Wahrheit nicht sehen wollten, obwohl alle Zeichen da waren.

»Wie heißt sie?«, fragte ich.

»Olivia.«

Ich staunte, wie ruhig ich mich fühlte. Da war keine Wut, kein Entsetzen, keine Trauer. Fast kam es mir vor, als schaute ich einen Film, der nichts mit mir zu tun hatte.

»Sag doch etwas«, bat Frank.

»Ich möchte, dass du deine Koffer packst.«

Frank zuckte zusammen. »Können wir nicht darüber reden?«

»Nicht jetzt«, flüsterte ich.

»Aber …«

»Nicht jetzt«, wiederholte ich.

Frank stieg mit schweren Schritten die Treppe hoch. Ich hörte, dass er eine Schublade öffnete, und stellte mir vor, wie er seine Kleider herausnahm und auf dem Bett ausbreitete. Auf unserem Bett. Mein halbes Leben war ich neben Frank eingeschlafen. Um nicht mitzubekommen, wie er packte, floh ich in den Garten. Mechanisch deckte ich die Regentonne mit einer Plane ab. Ich brauchte einen richtigen Deckel. In Gedanken machte ich mir eine Liste der anstehenden Garten- und Hausarbeiten. Ich musste mich ablenken, mich mit Alltäglichem beschäftigen.

Im Nachbarsgarten hatte jemand den Apfelbaum geschnitten. Der neue Besitzer? Ein Investmentbanker hatte die andere Doppelhaushälfte vor zwei Monaten erworben, ich war ihm aber noch nie begegnet. Frank und ich hatten uns gefragt, ob der Banker den Hausteil vermieten oder selbst bewohnen würde. Wir hatten ihn zum Grillen einladen wollen.

Die Terrassentür ging auf, und Frank kam heraus. Er trug die braune Jacke, die ich ihm letztes Jahr gekauft hatte. Ich versuchte, ihn aus Sicht einer anderen Frau zu betrachten, doch er war mir zu vertraut. Er wartete darauf, dass ich mich bewegte, einen Schritt auf ihn zu machte. Ich schaffte es nicht. Meine Füße waren wie angewurzelt. Er lächelte traurig und wandte sich ab. Dann war er weg.

2

Der Schmerz überfiel mich in der Nacht. Immer wieder durchlebte ich die letzten Tage, Wochen, Monate. Jetzt saß ich auf dem Sofa und lauschte den sechs Rufen des Kuckucks, der sich nicht mehr zeigte. Ich dachte an die Abende, an denen Frank länger im Büro blieb. Seine Erklärungen klangen immer plausibel, ich wusste ja, woran er gerade arbeitete. Warum hatte ich nichts bemerkt? Die Scham darüber war fast so groß wie meine Trauer.

Um halb sieben griff ich zum Telefonhörer und rief meine Freundin Lizzy an.

»Er hat was?«, stieß Lizzy am anderen Ende aus.

»Eine Affäre«, flüsterte ich. »Vielleicht … auch mehr.«

»Frank will dich verlassen?« Sie klang fassungslos.

»Ich weiß nicht, was ich tun soll!«

»Du gehst jetzt in deinen Garten, pflückst irgendetwas Beruhigendes und kochst dir einen Tee. Ich mache mich sofort auf den Weg.«

Ich suchte meine Gummistiefel, aber sie standen nicht dort, wo sie hingehörten. Nichts war mehr so, wie es sein sollte. Schließlich schlüpfte ich in ein paar Turnschuhe und trat in den Garten hinaus. Die Sonne war noch nicht aufgegangen, und ich fror in meinem dünnen Pyjama. Ich fragte mich, ob Frank erwartete, dass ich zur Arbeit kam. Wer würde die Assistenz im Ingenieurbüro erledigen, wenn ich zu Hause blieb?

In der blassen Morgendämmerung erntete ich ein paar Zweige Pfefferminze. Da fiel mir auf, wie schief der Maulbeerbaum stand. Er war jung, jetzt konnte ich ihn noch richten. Ich fand einen Holzpfahl, sogar Naturbast war genug vorhanden. Ich platzierte den Pfahl neben dem Stamm und holte den Vorschlaghammer. Beim ersten Schlag drang der Pfahl tief in den Boden hinein. Dann ging nichts mehr. Ich zog ihn heraus und setzte ihn ein paar Zentimeter weiter rechts. Diesmal gelang es mir, ihn so weit in den Boden zu treiben, dass er von alleine hielt. Noch würde er dem Gewicht des Maulbeerbaums aber nicht standhalten. Ich hob den Hammer über den Kopf und schlug mit aller Kraft zu, dabei verlor ich ein wenig das Gleichgewicht und traf den Pfahl an der Kante statt in der Mitte. Nun stand er so schief wie der Baum. Ich stieß und rüttelte, doch er steckte fest.

»Alice?«, rief Lizzy. »Ich habe geklingelt, aber … Was machst du da?«

Keuchend sah ich auf und entdeckte Lizzy am Zaun. Mit ihrem kobaltblauen Pullover und der gelben Hose sah sie wie ein Paradiesvogel aus.

»Du trägst ja noch deinen Pyjama!« Lizzy verschwand um die Hausecke und tauchte kurz darauf im Garten auf.

»Lass uns reingehen, hier draußen holst du dir noch den Tod!«

Erschöpft legte ich den Hammer weg. Ich zitterte vor Anstrengung, und mir war leicht übel. Was war nur in mich gefahren? Als käme mein Leben wieder in Ordnung, wenn ich den Baum richtete.

Lizzy legte mir den Arm um die Schultern und führte mich ins Haus. Kaum war ich im Warmen, flossen die Tränen. Lizzy hielt mich fest, murmelte beruhigende Worte. Mit einem letzten, tiefen Schluchzer ließ ich mich aufs Sofa fallen.

»Ich setze Wasser auf«, sagte Lizzy.

Ich nickte dankbar. Lizzy arbeitete im Altenpflegeheim Waldblick, wo Franks Vater die letzten Monate seines Lebens verbracht hatte. Als ich sie vor knapp acht Jahren dort kennengelernt hatte, konnte ich mir nicht vorstellen, dass sie mir einmal so viel bedeuten würde. Ich empfand sie als überschäumend, manchmal sogar als aufdringlich. Dann starb Franks Vater, und der Kontakt brach ab. Ich stellte fest, dass ich Lizzy vermisste. Wenig später trafen wir uns zufällig beim Einkaufen. Wir kamen ins Gespräch und setzten uns in ein Café. Lizzy erzählte von ihrer Mutter, die in Indonesien einen Tauchkurs gemacht hatte und schwanger nach Deutschland zurückgekehrt war, von ihrem Vater, den sie nicht kannte, und von der Einsamkeit, die sie manchmal überkam, wenn sie daran dachte, alleine alt zu werden. Auch ich kannte meinen Vater nicht, er war vor meiner Geburt gestorben. Wir tauschten uns über unsere Kindheit und unsere Träume aus, dabei stellten wir fest, dass wir uns ähnlicher waren, als wir geglaubt hatten. Es war der Beginn einer Freundschaft, die mit jedem Jahr stärker wurde.

»Grünen Tee?«, fragte sie nun aus der Küche.

Ich wusste nicht, wo die Pfefferminzzweige abgeblieben waren.

Lizzy kam mit einer dampfenden Tasse zurück und stellte sie auf den Couchtisch. »So, und jetzt erzähl!«

Ich redete und redete, wiederholte immer wieder, wie dumm ich mich fühlte und wie gekränkt ich war. Aber auch, wie sehr ich mich nach Frank sehnte, schon nach einer einzigen Nacht.

»Für mich hat es nie einen anderen Mann gegeben.« Ich wischte mir mit dem Handrücken über die tränennassen Wangen. »Ich kann mir ein Leben ohne ihn nicht vorstellen!«

»Trink deinen Tee, dann lasse ich dir ein heißes Bad einlaufen«, sagte Lizzy.

Kurz darauf lag ich in der Wanne. Vor meinem Gesicht türmte sich der Schaum auf, er roch nach Kokosnuss. Ich erinnerte mich daran, dass Lizzy mir vor ein paar Jahren ein Pflegeschaumbad geschenkt hatte, das seither ungeöffnet im Regal stand. Frank hatte mir vorgerechnet, dass eine 120-Liter-Wanne knapp siebzig Liter warmes Wasser benötigte und der Energieverbrauch bei einer Badetemperatur von neununddreißig Grad 4,1 kWh betrug. Seither konnte ich nicht mehr ohne schlechtes Gewissen baden. Nun ertappte ich mich dabei, dass ich Genugtuung empfand. Als würde ich mit dem Bad Frank schaden, nicht der Umwelt.

Lizzy setzte sich auf den Klodeckel. »Lass uns zusammen wegfahren!«

Ich tauchte tiefer ins Wasser ein.

»Irgendwohin, wo es junge Männer gibt.«

Unter »jung« verstand Lizzy Männer unter sechzig. Sie klagte darüber, dass sie auf der Arbeit nur Greise traf.

»Ich kann nicht einfach verreisen«, sagte ich.

»Warum denn nicht?« Lizzy blickte mich über den Rand ihrer Schmetterlingsbrille hinweg an, die vom Dampf beschlagen war.

»Weil sich jemand um das Haus kümmern muss.«

»Es läuft schon nicht weg.«

Ich wollte ihr erklären, dass ein Haus Pflege brauchte, genau wie die Menschen im Altenheim. Im Frühjahr putzte ich die Fenster, wusch die Vorhänge, ölte die Böden nach. Auch im Garten gab es viel zu tun. Ich schnitt Stauden, jätete Unkraut, fegte die Terrasse. Einmal hatte ich mich von Frank dazu überreden lassen, ihn in die Schweizer Alpen zu begleiten, wo er einen schwimmenden Solarpark auf einem Stausee installierte. Als wir zurückkamen, hatten sich Löwenzahn, Giersch, Disteln und Zaunwinde ausgebreitet, und am Wegrand wucherte das Schöllkraut.

»Früher konntest du wegen Pauline nicht weg, dann war es die Arbeit, jetzt schiebst du das Haus vor«, sagte Lizzy.

»Ich schiebe nichts vor!«, protestierte ich, wohl wissend, dass sie recht hatte. Ich verreiste nicht gern. In Hotels fühlte ich mich verloren, ich hatte das Gefühl, nirgendwohin zu gehören.

Lizzy sah mich tadelnd an.

»Wovon soll ich das bezahlen?«, fragte ich trotzig. »Bei Frank kann ich nicht mehr arbeiten! Und du klagst ohnehin ständig über Geldsorgen.«

Als Lizzy seufzte, überkam mich ein schlechtes Gewissen. Ich wusste, dass sie Tagträume genauso sehr brauchte wie ich Ordnung und Vorhersehbarkeit. Wenn sie einsam war, las sie Reiseführer und malte sich aus, wie sie auf einem Kamel durch die Wüste ritt, Datteln naschte und sich nachts in das Zelt des Tourguides schlich. Oder auf einer Kreuzfahrt durch die Südsee trieb und einem Pianisten lauschte, der nur für sie spielte. Ich tickte da völlig anders. Falsche Versprechen und unerreichbare Träume deprimierten mich, ich hielt mich lieber an feste Abläufe und konkrete Pläne.

Ich wechselte das Thema. »Wie lange hast du Uwe nachgetrauert?«

Lizzy schnaubte. »Keinen einzigen Tag.«

Ich wartete, doch es kam nichts mehr. Über ihren Ex-Mann sprach Lizzy nicht, und ich fragte mich oft, was zwischen ihnen vorgefallen war. Ich hatte Uwe nie getroffen.

Lizzy sah auf die Uhr. »Ich muss zur Arbeit. Ich schaue am Abend wieder vorbei. Wenn etwas ist, ruf mich an, versprochen?«

Sie beugte sich vor und pustete in den Schaum, der daraufhin in alle Richtungen flog. Dann verschwand sie mit einem Winken.

Ich schloss die Augen. Obwohl Frank um diese Zeit nie da war, wirkte das Haus ungewöhnlich still, als traute es sich nicht zu atmen. Ich dachte daran, wie ich als Kind auf Zehenspitzen durch die Räume geschlichen war, um meine Mutter nicht zu stören. Den Hörer neben das Telefon legte, damit der Klingelton sie nicht weckte.

Fröstelnd wachte ich auf. Das Wasser war kühl geworden, ich musste eine ganze Weile geschlafen haben. Ich stieg aus der Wanne und wickelte mich in einen dicken Bademantel ein. Ich sollte etwas essen, als ich aber im Kühlschrank die Überreste des Brunchs sah, brach ich in Tränen aus und kroch wieder ins Bett.

3

Sechs Tage waren seit Franks Auszug vergangen. Zweimal hatte er angerufen, aber ich nahm nicht ab. Der Schock hatte zwar nachgelassen, die Trauer jedoch nicht. Dennoch zwang ich mich, jeden Morgen um sieben aufzustehen, wie ich es getan hatte, als ich ins Büro fuhr. Zu präsent waren die Erinnerungen an meine Mutter, die oft den ganzen Tag im Bett liegen geblieben war. Ich hatte schon als Jugendliche beschlossen, dass mein Leben anders aussehen würde. Deshalb saß ich nun am Küchentisch und starrte auf die Kuckucksuhr, die ich in Einzelteile zerlegt hatte. Trotz des Reparaturvideos, das auf YouTube lief, schaffte ich es nicht, die Klappe zu reparieren. Schlimmer noch, ich konnte die Uhr nicht mehr zusammensetzen. Frustriert trat ich hinaus auf die Terrasse.

Der Maulbeerbaum stand noch immer schief, der Pfahl steckte fest. Auf einmal kochte blanke Wut in mir hoch. Frank hatte den Baum gepflanzt, voller Begeisterung, weil er irgendwo Maulbeeren gekostet hatte und sie so lecker fand. Mir wäre eine Blumenstaude lieber gewesen. Rittersporn vielleicht, oder Hortensien. Nun war Frank weg, und der Maulbeerbaum immer noch da. Ich holte meine Handtasche und setzte mich in den Wagen.

Vor dem Gartencenter stauten sich die Fahrzeuge, wie nicht anders zu erwarten an einem sonnigen Samstagmorgen Ende April. Kunden luden Pflanzen und Sträucher in den Kofferraum, die Vorfreude auf die beginnende Gartensaison war ihnen deutlich anzusehen. Ich parkte neben einem Paar mit Kleinkind und nahm mir einen Einkaufswagen. Am Eingang gab es einen Imbissstand, der Duft von gegrillten Würsten hing in der Luft. Mein Magen knurrte, doch ich hatte keinen Appetit. Vor den Sonderangeboten blieb ich stehen. Eine Bougainvillea im Topf, Pfingstrosen, eine Feuerschale aus Edelstahl. Ob ich den Maulbeerbaum durch die Bougainvillea statt Rittersporn ersetzen sollte? Oder doch lieber Hortensien?

»Alice?«

Ich drehte mich um und blickte in das vertraute Gesicht von Jutta. Ihre Tochter war mit Pauline in dieselbe Klasse gegangen; die Mädchen konnten sich ebenso wenig leiden wie Jutta und ich einander.

»Wie geht es dir?«, fragte Jutta in mitleidigem Tonfall.

»Gut, danke.«

»Es tut mir so leid wegen Frank«, sagte sie. »Das muss ein Schock sein!«

Ich schwieg.

»Männer!« Jutta schnalzte mit der Zunge. »Im Grunde sind sie doch alle gleich. Kaum überschreitet die Ehefrau die vierzig, wissen sie nicht mehr, wo die Musik spielt.

Kommt dann noch das eine oder andere Fettpölsterchen hinzu …«

Unwillkürlich zog ich den Bauch ein.

Jutta tätschelte meinen Arm. »Diese Olivia kann dir das Wasser bestimmt nicht reichen.«

»Du kennst sie?«, rutschte es mir heraus.

»Nicht persönlich, ihr Name steht auf dem Nachsendeauftrag«, erklärte Jutta, die bei der Post arbeitete. »Aber wir wissen doch beide, worauf Männer in Franks Alter stehen.«

Nachsendeauftrag. Frank war zu Olivia gezogen, nicht in ein Hotel, wie ich geglaubt hatte. Ich umklammerte den Griff des Einkaufswagens mit beiden Händen so fest, dass meine Knöchel weiß hervortraten.

»Ich muss los, Wolfgang wartet. Er ist zwar kein Prachtexemplar, dafür dreht sich auch keine Dreißigjährige nach ihm um!« Sie lachte schallend. »Melde dich, wenn du etwas brauchst, ja?«

Sie marschierte ungewöhnlich leichtfüßig über den Parkplatz. Die Menschen strömten an mir vorbei, doch ich nahm sie kaum wahr. Ich hatte mir Olivia älter vorgestellt. Frank hatte immer gesagt, er mochte die Spuren, die das Leben auf meinem Körper gezeichnet hatte. Ich ging auf die fünfzig zu und hatte nie das Bedürfnis verspürt, es zu verheimlichen.

Ich betrat das Gartencenter und suchte die Blumenstauden. Obwohl ich versuchte, mich auf die unterschiedlichen Pflanzen zu konzentrieren, hörte ich in Gedanken immer wieder Jutta. Ich fragte mich, wer sich über die neue Staude freuen würde. Ich sah das leere Haus vor mir, den verlassenen Garten. Wen interessierte es, ob ich putzte oder Blumen pflanzte? Ob Mücken in der Wassertonne Larven legten, die Fenster sauber waren oder der Maulbeerbaum gerade wuchs? Es kam mir vor, als pflegte ich eine Kulisse, vor der sich nichts mehr abspielte. Kurz entschlossen ließ ich den Einkaufswagen stehen und eilte aus dem Gartencenter. Eine halbe Stunde später parkte ich vor dem Altenheim, in dem Lizzy arbeitete. Hecken säumten die breiten, rollstuhlgängigen Wege, da und dort stand ein Hochbeet, das die Bewohner mit Primeln bepflanzt hatten.

Ich fand Lizzy im Aufenthaltsraum, wo sie einem gebrechlichen Mann das Fernsehprogramm vorlas.

»Alice?«, fragte sie erschrocken, als sie mich in der Tür entdeckte. »Was machst du hier? Ist alles in Ordnung?«

»Keine Sorge, mir geht es gut.« Ich zögerte. »Machst du vielleicht bald Mittagspause?«

Lizzy blickte auf die Uhr. »Erst in einer halben Stunde.«

»Entschuldigen Sie, dass ich einfach so hereinplatze«, sagte ich zu dem Mann.

»Kein Problem, ein bisschen Abwechslung ist immer willkommen.«

»Ich warte draußen«, sagte ich zu Lizzy.

Eine halbe Stunde später saßen wir auf einer der zahlreichen Parkbänke, die um das Altenheim verteilt waren. Lizzy bot mir von ihrem Kartoffelsalat an.

Ich lehnte ab und erzählte ihr von meiner Begegnung mit Jutta. »Es ist weit mehr als eine Affäre. Frank ist bereits zu dieser Olivia gezogen!«

»Ach, Schätzchen.«

»Und ich mache einfach weiter, als wäre nichts geschehen.«

»Du brauchst eben Zeit, um das alles zu begreifen.«

»Gestern habe ich den Teppich im Wohnzimmer gereinigt! Dabei sieht ihn ja ohnehin keiner.«

Lizzy sah mich mitfühlend an. »Vielleicht solltest du dich nach einer neuen Stelle umschauen? Das würde dich auf andere Gedanken bringen.«

»Als was denn? Wir haben damals gelernt, von Hand zu zeichnen. Am Reißbrett. Heute werden technische Zeichnungen am Computer erstellt. Davon verstehe ich nichts.«

»Aber von Büroarbeit. Du hast den Laden praktisch allein geschmissen. Ohne dich hätte sich Frank nie dermaßen auf seine Projekte konzentrieren können.«

Ich dachte daran, wie ich nach einer Pause von mehreren Jahren, in denen ich mich um Pauline gekümmert hatte, wieder ins Ingenieurbüro zurückgekehrt war. An meinem Platz saß ein technischer Produktdesigner, der mit einem CAD-System arbeitete. Natürlich hatte Frank mir von den Veränderungen erzählt, aber ich war zu sehr ins Muttersein vertieft gewesen, um mich damit zu befassen. Erst als ich auf den Bildschirm schaute, wurde mir klar, dass meine Fähigkeiten als Zeichnerin nicht mehr gefragt waren. Also machte ich, was ich schon immer gut konnte: organisieren, strukturieren, planen. Frank war dankbar, denn seine damalige Bürokraft hatte gerade gekündigt.

»Ich habe keinen kaufmännischen Abschluss, ich kann überhaupt nichts vorweisen«, sagte ich.

Hätte ich mich doch wenigstens weitergebildet! Doch ich hatte es nie für nötig gehalten. Warum Geld und Zeit investieren, nur, um ein Stück Papier in der Hand zu halten, das ich nie brauchen würde? Ich war davon ausgegangen, dass ich für immer bei Frank im Büro arbeiten würde.

»Aber du hast Erfahrung«, sagte Lizzy. »Das zählt mehr als ein Abschluss. Glaub mir, ich weiß, wovon ich rede.«

Sie hatte im vergangenen Jahr einen kaufmännischen Abendkurs besucht. Die körperliche Arbeit im Altenheim setzte ihr zu, und sie wollte gerne etwas ganz Neues tun. Trotz guter Fachkenntnisse hatte sie aber keine Stelle gefunden, weil es ihr an Erfahrung mangelte.

»Es braucht beides«, sagte ich. »Erfahrung und einen Abschluss.«

»Du könntest zu einem Karrierecoach gehen. Oder ein Wiedereinstiegsseminar besuchen. Viele Frauen stehen vor ähnlichen Problemen.« Ein Spatz hüpfte um Lizzys Füße und pickte die Krümel vom Boden. »Was sagt eigentlich Pauline zu dem Ganzen?«

Ich senkte den Blick. Mehrmals hatte ich Pauline anrufen wollen, doch ich brachte es nicht über mich. Zu präsent waren die Vorwürfe, die sie mir beim Brunch gemacht hatte.

»Du hast ihr doch erzählt, dass Frank ausgezogen ist?«, fragte Lizzy.

»Sie weiß es bestimmt von ihm.«

Plötzlich fragte ich mich, ob sie Olivia bereits kennengelernt hatte. Das würde zumindest erklären, warum sie sich beim Brunch so unwohl gefühlt hatte und gleich wieder gegangen war. War ich die Einzige, die nichts von Franks neuer Beziehung gewusst hatte?

Lizzy nahm meine Hand. »Du brauchst Pauline jetzt! Ruf sie an!«

»Sie wird behaupten, dass ich Frank vertrieben habe.«

Lizzy sah mich ungläubig an. »Wieso das?«

»Sie hält mich für überorganisiert und bieder.« Ich erzählte, dass Olivia Künstlerin war.

Lizzy machte eine abschätzige Handbewegung. »Na und? Du bist auch kreativ! Du lebst es bloß anders aus. Schau dir nur die Blumenpracht in deinem Garten an, von deinen ausgezeichneten Kochkünsten ganz zu schweigen.«

Ich wusste, dass Lizzy mich aufmuntern wollte, doch sie erreichte genau das Gegenteil. Sie führte mir vor Augen, wie andere mich sahen. Wie Pauline mich sah. Meine Tochter begriff nicht, dass ich eine gewisse Biederkeit immer für erstrebenswert gehalten hatte. Für mich bedeuteten Ordnung und Vorhersehbarkeit Normalität. Als Kind hatte ich mir gewünscht, meine Mutter würde am Herd stehen, wenn ich nach Hause kam. Ich träumte von Dampfnudeln in Vanillesoße, Gardinen am Fenster und sorgfältig gefalteter Wäsche. Pauline konnte das nicht nachvollziehen, und das war gut so. Denn es bedeutete, dass ich nicht die gleichen Fehler gemacht hatte wie meine Mutter.

»Ich werde mit ihr reden«, versicherte ich.

Wir sprachen noch eine Weile über dieses und jenes, doch meine Gedanken waren bei Pauline. Auf der Fahrt nach Hause dachte ich über Lizzys Rat nach. Ich würde Pauline anrufen, aber noch fühlte ich mich nicht imstande dazu. Erst brauchte ich Klarheit. Ich musste wissen, wie es weitergehen würde. Lizzy hatte recht, ich konnte mich nicht verstecken und so tun, als käme alles von alleine wieder in Ordnung. Ein Wiedereinstiegsseminar wollte ich nicht besuchen. Ich kannte meine Stärken und Schwächen, ich musste bloß herausfinden, wo sie gefragt waren.

Als ich zu Hause ankam, stand vor dem Nachbarhaus ein Umzugswagen. Arbeiter in Overalls trugen Möbel hinein. Ein graues Ledersofa, Tischbeine aus Chromstahl, ein granitschwarzes USM-Sideboard. Männermöbel, dachte ich, und stellte mir den Besitzer vor. Jung, zurückgegeltes Haar, Hemd mit Hosenträger. In Gedanken sah ich, wie Pauline die Augen verdrehte. Hallo? Gordan Gekko war einmal, wir leben im 21. Jahrhundert! Aber wie kleideten sich Investmentbanker heute? Ich erfuhr es nicht, denn der Besitzer der Möbel war nirgends zu sehen. Die Arbeiter schlossen bereits die Hecktür und fuhren davon.

Normalerweise fühlte sich das Nachhausekommen wie eine Umarmung an. Als ich jetzt die Diele betrat, empfing mich zwar der vertraute Geruch von Magnolien-Duftstäbchen, doch die Stille war bedrückend. Seit die Kuckucksuhr schwieg, kam es mir vor, als habe das Herz des Hauses aufgehört zu schlagen. War es Zufall, dass die Klappe ausgerechnet am Tag von Franks Geständnis kaputtgegangen war?

Auf einmal wusste ich, was ich zu tun hatte. Meine Ehe konnte ich vermutlich nicht mehr kitten. Ich kannte Frank gut genug, um zu wissen, dass er mich nicht für einen Flirt betrogen hätte. Die Sache mit Olivia war ihm ernst. Aber ich würde dafür sorgen, dass meine Uhr wieder lief. Ohne die Schuhe auszuziehen, ging ich in die Küche, sammelte die Teile auf dem Tisch ein, packte sie in eine Kiste und googelte den Namen des Uhrengeschäfts, der auf einem vergilbten Schild auf der Rückseite des Gehäuses stand: *Bärentaler Kuckucksuhren.* Ich machte mir keine großen Hoffnungen, dass das Geschäft noch existierte. Die Uhr hatte meine Mutter schon vor meiner Geburt besessen. Doch ich täuschte mich.

4

Mit jedem Kilometer, den ich zwischen München und mich brachte, fühlte ich mich ein wenig freier. Ich tat etwas, das ich noch nie zuvor getan hatte: Ich fuhr ohne Plan los. Weder hatte ich im Uhrengeschäft angerufen noch jemandem erzählt, wohin ich wollte.

Bärentaler Kuckucksuhren lag im Hochschwarzwald. Meine Mutter hatte oft vom Titisee erzählt, wo sie zwei Wochen Urlaub gemacht hatte, bevor ich zur Welt kam. Dabei waren ihre Augen stets feucht geworden, und ihre Stimme hatte einen seltsamen Tonfall angenommen. Es lag eine Sehnsucht darin, die mich tief verunsicherte. Als sei ihr Leben vor meiner Geburt noch in Ordnung gewesen. Ich hatte mich schuldig gefühlt und wollte wiedergutmachen, was ich offenbar durch meine Geburt zerstört hatte. Doch egal, wie viele Blumen ich für sie pflückte oder wie viele Bilder ich zeichnete, sie wurde einfach nicht glücklich.

Ich stellte das Radio an, um die unliebsamen Gedanken zu vertreiben. Vor mir erstreckte sich die A8, und ich malte mir aus, wie es wäre, einfach weiterzufahren. Ins

Saarland, nach Luxemburg oder vielleicht bis ans Meer. Gleichzeitig wusste ich, dass ich es nicht tun würde. Sobald meine Kuckucksuhr geflickt war, würde ich nach München zurückkehren. In Roadmovies sah es so einfach aus. Die Heldinnen ließen alles zurück, als streiften sie lediglich ein altes Paar Schuhe ab. Aber woher kam das Geld? Und wer bezahlte während ihrer Abwesenheit die Rechnungen oder goss die Pflanzen? Darüber machten sie sich so wenig Gedanken wie über die Menschen, die sie zurückließen.

Kurz vor Stuttgart hielt ich an einer Raststätte, kaufte mir einen Becher Kaffee und ein pampiges Sandwich. Noch ein Grund, warum ich nicht gerne verreiste. Zu Hause bereitete ich alle Mahlzeiten von Grund auf aus frischen Zutaten zu. Wieder dachte ich an Pauline, die mich für meine hohen Ansprüche kritisiert hatte. War ich doch überperfekt? Aber warum sollte ich mich mit einem pampigen Sandwich zufriedengeben, wenn ich mein Brot selbst backen konnte? Frank hatte meine Mahlzeiten immer gelobt. Ob Olivia eine gute Köchin war? Vielleicht kümmerte sie sich nicht um Banalitäten wie Essen, immerhin war sie *Künstlerin.* In Gedanken spie ich das Wort aus. Tief in meinem Innern aber nagten die Zweifel. Mein Leben erschien mir auf einmal furchtbar banal. Was hatte ich je erschaffen? Ich hatte Frank bei seiner Arbeit unterstützt. Ihm zugehört und manchmal auch eigene Ideen eingebracht, umgesetzt aber hatte immer er sie. Er gab den Impuls, ich hielt die Maschinerie am Laufen. Wann hatte er gemerkt, dass er mehr brauchte? Warum hatte er es nicht bei mir gefunden?

Mir war der Appetit vergangen. Ich packte die Überreste des Sandwiches ein – auch wenn es nicht schmeckte, Lebensmittel wegzuwerfen schaffte ich nicht – und machte einen Abstecher zur Toilette. Es war ungewöhnlich warm für Ende April, und ich zog meinen Pullover aus. Darunter trug ich ein ärmelloses Top. Als ich mir die Hände wusch, betrachtete ich mich im Spiegel. Mein blondes Haar war mit weißen Strähnen durchzogen, um Augen und Mund hatten sich feine Fältchen gebildet. Obwohl ich mich im Garten und im Haushalt viel bewegte, war die Haut an meinen Oberarmen schlaff. »Mama-Flügel« hatte Pauline sie einst genannt. Und wo war meine Taille eigentlich geblieben? Hastig zog ich meinen Pullover wieder an. Ich fragte mich, wie Olivia aussah. Ob sie regelmäßig ins Fitnessstudio ging? Frank hielt nichts von Kraftübungen, aber er hatte sie auch nicht nötig. Er war kein Muskelprotz, doch seine Schultern waren wohlgeformt, seine Hüften schmal, und er hatte kein Gramm zu viel auf den Rippen.

Was erhoffte ich mir eigentlich von meinem Ausflug? Bildete ich mir wirklich ein, dass meine Welt in Ordnung käme, wenn meine Kuckucksuhr wieder lief? Ich erwog sogar umzudrehen, aber nun war ich schon so weit gekommen. Ich kehrte zu meinem Wagen zurück und fuhr los. Im Radio lief »Dancing Queen« von ABBA, und ich sang laut mit. Ich traf die Töne nicht, aber das störte ja niemanden.

Manchmal hat Alleinsein auch Vorteile. Langsam begann sich die Landschaft zu verändern. Sie war weniger dicht besiedelt, im Westen ging die Ebene in sanfte Hügel über, dahinter erhoben sich niedrige Berge. Ein Schild kündigte Hüfingen an. Die Wälder wurden dichter, wenig später fuhr ich an Titisee-Neustadt vorbei. Ich sah die Turmspitze des Münsters und mehrere Industriegebäude, darunter auch eine Uhrenfabrik.

Plötzlich tauchte der See vor mir auf. Er lag unterhalb der Straße in einem Tal, eine schimmernde blaue Fläche inmitten einer Frühlingslandschaft. Wälder säumten die Ufer, sie bildeten einen grün-braunen Teppich, der mit zunehmender Entfernung immer blasser wurde. Die Sonne glitzerte auf der Wasseroberfläche, ein Ausflugsschiff entfernte sich langsam von einem Steg. Am liebsten hätte ich einen Abstecher an den kleinen Strand gemacht, der von hier aus zu sehen war, doch es war bereits halb vier. Ich wusste nicht, wie lange Bärentaler Kuckucksuhren geöffnet hatte, im Internet stand darüber nichts. Viele Geschäfte schlossen in der Nebensaison früher, ich wollte nichts riskieren.

Ich fuhr am Titisee vorbei, warf einen letzten Blick auf das tiefe Blau und konzentrierte mich auf die Straße, die nun kurvenreicher wurde. Ich öffnete das Fenster, um frische Luft hereinzulassen. Es war deutlich kühler als in München, und es roch nach Nadelbäumen. Ich folgte den Anweisungen des Navis, bis ich nach Bärental kam, wo sich die Bundesstraßen 500 und 317 kreuzten. Ich hatte ein idyllisches Dorf erwartet, stattdessen gab es einen Lidl mit einem großen Parkplatz und eine Bäckerei, deren Dach wie ein roter Bollenhut aussah. Schräg gegenüber stand ein neues Gebäude aus Naturholz, in dem laut Schild eine Gastwirtschaft und ein Souvenirladen untergebracht waren. Von Bärentaler Kuckucksuhren keine Spur.

Ich parkte vor dem Holzbau und betrat das Souvenirgeschäft. Die Glasfront, die sich über zwei Stockwerke erstreckte, ließ viel Licht herein, das helle Holz und die Natursteinfliesen sorgten für eine angenehme Atmosphäre. Die Gastwirtschaft befand sich im oberen Stockwerk, im Erdgeschoss wurden Produkte aus dem Schwarzwald verkauft. Keine kitschigen Kühlschrankmagnete, Flaschenöffner oder Schlüsselanhänger, sondern Schwarzwälder Blütenhonig, Spirituosen aus lokalen Brennereien, Stickereien, Kunsthandwerk sowie hölzernes Küchenzubehör wie Schneidebretter, Salatschalen und Getreideflocker. Als ich eine Angestellte nach Bärentaler Kuckucksuhren fragte, führte sie mich zu einer Wand, an der verschiedene Uhren hingen.

»Diese hier hat Jakob Müller gemacht.« Sie zeigte auf die oberste Reihe. »Früher hat er seine Bärentaler Kuckucksuhren im eigenen Laden verkauft, seit dem Tod seiner Frau vertreiben wir seine Uhren. Es war ihm zu mühsam, die Arbeit in der Werkstatt immer wieder zu unterbrechen, wenn ein Kunde kam. Er ist nicht mehr der Jüngste. Aber immer noch der Beste!«, fügte sie rasch hinzu. »Sie finden keine schöneren Uhren im Schwarzwald.

Jede ist ein Unikat. Schauen Sie nur, wie detailreich die Verzierungen sind.«

Ich trat näher und betrachtete zwei kleine Figuren, die Hand in Hand neben einem steinernen Brunnen standen. Der Ausdruck auf ihren Gesichtern berührte mich. Jakob Müller hatte es geschafft, die Liebe auf wenigen Millimetern festzuhalten.

»Alles ist handgefertigt, jede Figur, jedes Blatt, jeder Fensterladen«, sagte die Angestellte.

Ich erzählte ihr von meiner Uhr. »Macht Jakob Müller auch Reparaturen?«

Sie nickte. »Sie haben Glück, er hat ursprünglich sogar Uhrmacher gelernt. Keine Selbstverständlichkeit, wie manche Kunden glauben. Viele Holzbildhauer sind zwar ausgezeichnete Handwerker, von Uhrwerken haben sie aber nur Grundkenntnisse.«

Sie gab mir die Adresse, und ich bedankte mich. Bevor ich ging, kaufte ich eine Flasche Zibärtle für Lizzy. Ich kannte mich nicht aus mit Obstbränden, aber die Angestellte erklärte mir, dass es sich beim Zibärtle um eine Rarität handelte, die leicht nach Marzipan schmeckte. Lizzy liebte Marzipan.

Die Adresse lag in der Nähe des Bahnhofs, direkt am Waldrand. Als ich vor dem alten Fachwerkhaus hielt, zögerte ich. Mir war nicht ganz wohl bei der Vorstellung, einfach unangemeldet reinzuplatzen. Ich war davon ausgegangen, dass ich eine Werkstatt aufsuchte, aber dies hier war auch ein Wohnhaus. Es gab einen ebenerdigen Anbau, in dem einst der Laden untergebracht war und der heute offenbar als Lagerraum diente. Durch das Fenster sah ich aufeinandergestapelte Kisten sowie mehrere Holzgehäuse.

Das Haus wirkte gepflegt, doch die Blumenkisten waren leer, und im Garten wucherte das Unkraut. Hatte sich Jakob Müllers Frau darum gekümmert, als sie noch lebte? Ich spürte einen Stich, als ich mir seine Einsamkeit vorstellte. Vielleicht projizierte ich aber auch nur meine eigenen Gefühle auf ihn. Wer sagte, dass seine Ehe glücklich war?

Ich fasste Mut und klingelte. Nichts geschah. Ich wartete einen Moment, wollte mich bereits abwenden, als ich Schritte hörte. Die Tür ging auf, und vor mir stand ein älterer Mann mit einem grauen Haarkranz. Er trug einen Kittel, dessen Taschen mit Werkzeug vollgestopft waren, darunter einen Wollpullover, der aussah, als stamme er aus den Achtzigerjahren. Seine Füße steckten in Hausschuhen mit Gummisohlen.

Ich entschuldigte mich für die Störung und stellte mich vor. »Alice Kern, ich komme aus München.«

Er begrüßte mich freundlich. »Wenn Sie eine Kuckucksuhr suchen, muss ich Sie leider enttäuschen. Das hier ist nur meine Werkstatt.«

Ich erklärte ihm, dass ich bereits eine Uhr von ihm besaß. »Sie … läuft nicht mehr.«

»Haben Sie sie dabei?«

»Ja, im Auto.«

Er rieb die Hände gegeneinander, als freue er sich auf die bevorstehende Herausforderung. Ich holte die Kiste mit dem Gehäuse und den einzelnen Teilen. Als er sah, dass ich die Uhr auseinandergenommen hatte, strahlte er über das ganze Gesicht.

»Eine Frau nach meinem Geschmack!«, sagte er. »Kommen Sie herein.«

Ich folgte ihm in einen spärlich beleuchteten Flur. Von allen Seiten tickte, surrte und pfiff es.

Er deutete auf die Uhren an der Wand. »Früher waren sie im ganzen Haus verteilt. Der Lärm hat meine Frau fast verrückt gemacht«, schmunzelte er. »Wir haben uns darauf geeinigt, dass ich sie nur hier aufhänge. Inzwischen ist meine Margaretha von uns gegangen, aber ich bringe es nicht über mich, die Uhren woanders aufzuhängen.«

Sagte man den Menschen im Schwarzwald nicht nach, sie seien Eigenbrötler, die Fremde nicht besonders mochten?

»Darf ich Ihnen eine Tasse Kaffee anbieten?«, fragte er.

Ich lehnte dankend ab, weil ich ihm keine Mühe bereiten wollte.

»Wenn Sie Ihre Meinung ändern, sagen Sie Bescheid.«

Er führte mich zur Werkstatt, die sich im hinteren Teil des Anbaus befand. Licht strömte durch ein Dachfenster herein und fiel auf eine Werkbank, die mit Hobelspänen übersät war. Ein Stück Holz steckte in einem Schraubstock, daneben lagen Stechbeitel und Messer in unterschiedlichen Größen. An den Wänden gab es zahlreiche

Schablonen mit Motiven aus dem Schwarzwald. Überall hingen Uhren, manche waren mit Zetteln versehen, auf denen Name und Adresse des Besitzers standen.

Jakob Müller wischte ein paar Hobelspäne beiseite, um Platz für meine Kiste zu schaffen. Als er sich über das Gehäuse beugte, veränderte sich sein Gesichtsausdruck. Er starrte auf das Chalet, dann fuhr er mit dem Finger über die kleine Bank, die unter einem krummen Baum stand. Darauf saßen ein Mann mit Filzhut und eine Frau, die den Kopf gegen seine Schulter lehnte. Die Hand des Mannes ruhte an ihrer Wange. Mir hatte diese Geste immer besonders gefallen. Sie wirkte zärtlich, es lag aber auch Ehrfurcht in der Berührung. Ich musste an die Uhr denken, die ich im Souvenirgeschäft bewundert hatte. Jakob war ein Meister darin, Liebespärchen darzustellen.

Jakob Müller räusperte sich. »Diese Uhr ist sehr alt.«

Auch seine Stimme klang nun anders. Zerbrechlicher. Fürchtete er, dass er mir nicht helfen konnte?

»Sie hat meiner Mutter gehört, sie hat ihr viel bedeutet. Aber wenn die Reparatur zu aufwendig ist …«

»Nein, nein«, sagte er rasch. »Es könnte bloß sein, dass ich das eine oder andere Teilchen ersetzen muss. Möglicherweise habe ich nicht alles auf Lager.«

Er drehte das Gehäuse und leuchte mit einer Lampe hinein. Mit einem leisen Brummen hob er die Kiste hoch.

»Kommen Sie mit«, rief er.

Ich folgte ihm durch einen weiteren Flur, vorbei an Maschinen und verschiedenen Geräten. Wir betraten einen

Raum, in dem es kein Dachfenster gab, dafür mehrere Lampen mit verstellbaren Haltern. Auf einem Tisch lagen Zahnräder, Stifte, Federn und Schrauben. Es roch nach Putzmittel und Maschinenöl.

»Hier arbeite ich an den Uhrwerken«, sagte er. »Sie sind sehr empfindlich, deshalb achte ich darauf, dass sie nicht mit Holzstaub in Berührung kommen.«

Jakob Müller stellte die Kiste ab und begann, in einer Schublade zu wühlen.

»Die Klappe ging von einem Tag auf den anderen nicht mehr auf«, erklärte ich.

Er murmelte etwas Unverständliches, öffnete weitere Schubladen. Schließlich sah er auf.

»Können Sie morgen noch einmal vorbeikommen? Die Uhr ist sehr alt«, wiederholte er. »Ich muss mir die Mechanik genauer anschauen.«

Ich hatte eigentlich nicht vorgehabt, im Schwarzwald zu übernachten, ich hatte angenommen, dass Jakob Müller die Uhr entweder sofort reparieren konnte oder sie mir zuschicken würde, wenn es länger dauerte.

Er bemerkte mein Zögern. »Nur, wenn es Ihnen keine Umstände macht.«

Ich dachte an das Ausflugsschiff auf dem Titisee. Wenn ich hierblieb, hätte ich Zeit für eine Rundfahrt. Ein Hotelzimmer war in der Nebensaison leicht zu finden, ich hatte sogar ein Ersatz-T-Shirt und feste Schuhe eingepackt, falls ich während des Wartens einen Spaziergang machen wollte.

»Kein Problem«, sagte ich zu meiner eigenen Überraschung.

Wir vereinbarten, dass er mich morgen Mittag anrufen würde, und ich gab ihm meine Handynummer. Erst als ich Bärental hinter mir gelassen hatte, fiel mir ein, dass ich ihn gar nicht nach seiner Nummer gefragt hatte.

5

Bereits am Abend bereute ich meinen spontanen Entschluss. Die letzte Rundfahrt hatte ich verpasst, im Restaurant saß ich alleine an einem Tisch und versuchte, mir nicht anmerken zu lassen, wie fehl am Platz ich mich fühlte. Später, in meinem Zimmer, stand ich kurz davor, die Flasche Zibärtle zu öffnen, die ich Lizzy gekauft hatte. Stattdessen holte ich mein Handy hervor.

Lizzy nahm sofort ab. »Wie geht es dir, Liebes?«

Ich erzählte ihr, dass ich im Schwarzwald war. Zum ersten Mal erlebte ich sie sprachlos.

»Meine Kuckucksuhr ist defekt.«

»Du … bist in den Schwarzwald gefahren, um die Uhr reparieren zu lassen?«

Sie klang, als sei ich zum Mond gereist, um Steine zu sammeln. Ich erklärte ihr, dass die Klappe seit dem Tag, an dem Frank auszog, nicht mehr aufging. Dass mir die Symbolik bedeutsam erschien, als steckte ich selbst in der Dunkelheit fest.

»Sie hat meiner Mutter gehört, sie ist fast fünfzig Jahre alt«, schloss ich.

»Konntest du sie nicht schicken?«

»Du wolltest doch immer, dass ich wegfahre!«, protestierte ich. »Genau das habe ich jetzt getan.« Wenn auch nur für eine Nacht, ergänzte ich in Gedanken.

Plötzlich begriff ich. Wie hatte ich nur so unsensibel sein können? Lizzy wollte nicht, dass *ich* wegfuhr, sie wollte, dass *wir* wegfuhren. Zusammen. Ich schilderte, wie es dazu gekommen war.

»Ich hatte nicht vor, hier zu übernachten, aber Jakob ...«

»Jakob?«, wiederholte sie. »Sieht er gut aus?«

Ich lachte. »Jakob Müller ist charmant, aber eindeutig zu alt für dich.«

Lizzy seufzte enttäuscht. »Ist das Hotel wenigstens schön?«

»Mit Seeblick«, sagte ich. »Und sündhaft teuer, jedenfalls für jemanden, der arbeitslos ist. Aber es ist ja nur für eine Nacht.«

Wir plauderten noch eine Weile. Sie erzählte mir von einem Arzt, den sie im Internet kennengelernt hatte und morgen treffen würde. Ich mahnte sie zur Vorsicht, wie ich es immer tat, wenn sie mit fremden Männern ausging. Nachdem ich aufgelegt hatte, fühlte ich mich wesentlich entspannter. Ich beschloss, das Beste aus der Nacht zu machen, die ich hier verbrachte, wickelte mich in eine Decke ein und setzte mich auf den Balkon. Der Himmel über dem See war klar, der Mond zeichnete einen silbernen Streifen auf die Wasseroberfläche. Noch nie hatte ich so viele Sterne gesehen. Sie führten mir vor Augen, wie unbedeutend ich war, was auch meine Sorgen kleiner erscheinen ließ. In dieser Nacht schlief ich zum ersten Mal seit Franks Auszug tief und fest.

Nach dem Frühstück brach ich zu einer Seerundfahrt auf. Die Hochsaison begann erst im Mai, deshalb erstaunte es mich, dass sich so viele Leute an Bord befanden. Ein Paar verkündete stolz, dass es seine diamantene Hochzeit feierte. Frank und ich hatten es nicht einmal bis zur silbernen geschafft.

Zurück an Land bummelte ich durch das Städtchen Titisee. Es gab zahlreiche Souvenirgeschäfte, alle verkauften Kuckucksuhren, die mich wie magisch anzogen. Ich begann, die Modelle zu vergleichen, dabei achtete ich auf Details, die mich früher nicht interessiert hatten – auf die Struktur der Verzierungen, beispielsweise, oder ob sich die einzelnen Dachschindeln voneinander unterschieden. Jakob Müller gehörte wirklich zu den Meistern seines Fachs. Er hatte sich noch nicht gemeldet, und ich beschloss, in einem Café auf seinen Anruf zu warten. Nach einigen Stunden warf mir die Bedienung immer unfreundlichere Blicke zu. Ich gab ihr ein großzügiges Trinkgeld und ging.

Mein Wagen stand auf einem Parkplatz neben der Badeanstalt. Ich spazierte am Ufer entlang, setzte mich auf eine Bank und nahm ein Buch über die Geschichte des Schwarzwalds hervor, das ich spontan gekauft hatte. Ich konnte mich jedoch nicht konzentrieren. Wie lange sollte ich noch warten? Ich wollte Jakob Müller nicht bedrängen, es kam mir unhöflich vor. Immerhin hatte ich unangekündigt vor seiner Tür gestanden. Pauline hätte mir vorgeworfen, dass ich mir zu viele Gedanken darüber mache, was andere über mich denken, schoss es mir durch den Kopf.

Um drei entschied ich, bei Jakob Müller vorbeizuschauen. Vielleicht hatten wir uns missverstanden.

Er öffnete die Tür, noch bevor ich den Motor ausgeschaltet hatte.

»Alice, ich wollte Sie gerade anrufen«, begrüßte er mich.

Ich wunderte mich über die vertraute Ansprache, sagte aber nichts. Sie passte zu seinem Verhalten gestern.

»Konnten Sie die Uhr reparieren?«, fragte ich.

»Leider nicht, mir fehlt ein Ersatzteil.« Das schlechte Gewissen war ihm deutlich anzusehen. »Ich habe mehrere Kollegen angerufen, ohne Erfolg. Ich musste es beim Lieferanten bestellen.«

Ich versuchte, mir meine Enttäuschung nicht anmerken zu lassen. »Kein Problem. Können Sie mir die Uhr nach der Reparatur zuschicken?«

Er knetete die Hände. »Ja, das könnte ich …«

Ich wartete.

Er räusperte sich verlegen. »Die Uhr ist sehr alt, und die Post geht nicht gerade zimperlich mit Paketen um …«

Ich ahnte, worauf er hinauswollte. »Sie möchten, dass ich sie persönlich abhole?«

»Wenn es Ihnen keine Umstände macht.« Er sah auf. »Der Lieferant hat versprochen, das Ersatzteil per Eilpost zu senden. Morgen Mittag ist Ihre Uhr fertig.«

Unschlüssig stand ich da. Eine zweite Übernachtung in einem teuren Hotel konnte ich mir nicht leisten.

»Als Entschädigung dafür, dass Sie so lange warten müssen, werde ich Ihre Uhr so richtig auf Vordermann bringen und das Pendel sowie die Gewichte austauschen«, fuhr Jakob fort und fügte rasch hinzu: »Umsonst natürlich! Wenn Sie möchten, kann ich Ihnen auch zeigen, wie man sie zusammenbaut.«

Die Vorstellung, Jakob bei der Arbeit über die Schulter zu schauen, reizte mich. Über die Unterkunft würde ich mir später Gedanken machen. Ich sagte zu und folgte ihm in den hinteren Teil des Hauses. In der Holzwerkstatt betrachtete ich die Werkzeuge, die auf dem Tisch oder in fein säuberlich beschriebenen Schubladen lagen. Sägen, Feilen, Hobel, Stecheisen, Hammer und Bohrer. Grobes und feines Schleifpapier, Maßbänder, Winkel und Zollstöcke. Besonders beeindruckend fand ich die Schnitzwerkzeuge. Jakob besaß Dutzende, sie unterschieden sich alle in Breite und Schneideform.

»Haben Sie das Schnitzen gelernt oder sind Sie von Natur aus begabt?«, fragte ich.

»Ich habe bereits als Kind gern geschnitzt, doch ich habe Uhrmacher gelernt, weil es mehr Arbeitsstellen gab. Allerdings bereute ich meine Entscheidung schon bald«, erzählte er. »Eine zweite Lehre zu machen konnte ich mir nicht leisten, aber in der Uhrenfabrik, in der ich arbeitete, wurden auch Holzbildhauer ausgebildet. Ich sah ihnen so oft wie möglich bei der Arbeit zu und lernte das Schnitzen von Grund auf.« Er lächelte schelmisch. »Wenn der Chef Feierabend machte, durfte ich sogar an die Maschinen.«

Jakobs Begeisterung war ansteckend, und ich lächelte zurück. »Sie sind ein Künstler. So schöne Uhren habe ich sonst nirgends gesehen.«

Das Kompliment freute ihn sichtlich. »Ich liebe es, mit Holz zu arbeiten. Früher war das Handwerk hier im Schwarzwald weitverbreitet«, erklärte er. »Es gab zahlreiche Familien, die sich auf einzelne Aufgaben spezialisiert haben. Eine stellte Fensterläden her, eine andere Tierfiguren, eine dritte Dachschindeln und so weiter. Leider ist Handarbeit vielen Kunden heute zu teuer, deshalb stammen die meisten Uhren aus Serienproduktion.«

Es lag kein Vorwurf in seiner Stimme, doch ich hörte eine Spur von Wehmut.

»Sie machen aber alles selbst?«, fragte ich.

»Fast. Das Gehäuse wird vom Schreiner gefertigt. Die nötigen Maschinen hätten hier gar nicht Platz. Und das Uhrwerk stammt aus einem Schwarzwälder Traditionsbetrieb, ich baue es nur ein. Selbermachen lohnt sich nicht. Ich beschränke mich auf Reparaturen.«

Ich nickte.

»Ich bin gerade daran, das Werk Ihrer Uhr zu reinigen. Möchten Sie mir helfen?«, fragte Jakob.

Kurz darauf saßen wir auf zwei Hockern, und ich vergaß

die Welt um mich herum. Wir putzten die einzelnen Teile, dann zeigte mir Jakob, wie man die Blasebälge austauschte.

»Das Schlagwerk der Uhr hebt sie an und füllt sie mit Luft, die anschließend über die beiden Pfeifen entweicht«, erklärte er. »Mit den Jahren nützt sich das dünne Leder ab, deshalb muss man sie irgendwann ersetzen.«

Seine Finger waren erstaunlich geschickt, doch mir entging nicht, dass seine Hände leicht zitterten.

»Wie lebt es sich in München?«, fragte er plötzlich.

»Gut«, antwortete ich. »Aber man sieht die Sterne nicht.«

Er nickte langsam, als wusste er genau, wovon ich sprach. »Sind Sie verheiratet?«

Unwillkürlich berührte ich den Ring an meinem Finger. Ich hatte es noch nicht über mich gebracht, ihn abzunehmen.

»Entschuldigen Sie, ich wollte Ihnen nicht zu nahetreten«, sagte Jakob, der meine Stimmung sofort wahrnahm.

Ich schüttelte den Kopf. »Kein Problem. Es ist nur … wir haben uns vor Kurzem getrennt, und ich …« Zu meinem Entsetzen brach ich in Tränen aus.

Jakob legte sein Werkzeug hin und wandte sich mir zu. Er sagte kein Wort, sondern wartete, bis meine Tränen versiegt waren, dann reichte er mir ein Taschentuch.

»Eigentlich haben wir uns nicht getrennt«, gab ich zu. »Frank hat mich verlassen.«

Warum vertraute ich mich einem völlig Fremden an? Ich hatte früh gelernt, dass es besser war, Trauer und Schmerz zu verbergen. Den meisten Menschen war es unangenehm, wenn sie mit dem Leiden anderer konfrontiert wurden. Sie gaben sich zwar verständnisvoll, wechselten aber sobald wie möglich das Thema. Jakobs Anteilnahme hingegen wirkte echt, und als er sprach, wählte er seine Worte mit Bedacht.

»Und jetzt wissen Sie nicht, wie es weitergeht«, sagte er.

»Frank und ich haben alles geteilt, wir haben sogar zusammengearbeitet.« Ich erzählte von dem Ingenieurbüro. »Mein Leben hat sich von einem Tag auf den anderen völlig verändert. Ich muss mir eine neue Stelle suchen, vielleicht sogar aus dem Haus ausziehen.«

So weit hatte ich noch gar nicht gedacht, aber jetzt realisierte ich, dass die Möglichkeit durchaus bestand. Ich würde Frank nicht ausbezahlen können, falls es zu einer Scheidung kam.

»Wie ist er so?«, fragte Jakob.

»Frank?«

»Ja.«

Ich erzählte, wie ich Frank an meinem ersten Arbeitstag im Ingenieurbüro seines Vaters kennengelernt hatte. Ich war viel zu früh gekommen, und es war noch niemand da. Weil ich keinen Schlüssel hatte, wartete ich vor der Tür. Frank, der damals noch studierte und nebenbei für seinen Vater jobbte, kam, in ein Selbstgespräch vertieft, die Treppe hoch. Ich erinnerte mich noch gut daran, wie erstaunt ich darüber war, bis ich realisierte, dass er etwas ausrechnete. In der Hand hielt er einen Notizblock, auf dem er sich Zahlen notierte. Als er mich sah, hielt er abrupt inne und lächelte.

»In dieses Lächeln habe ich mich verliebt«, schloss ich.

Es kam mir ganz natürlich vor, mit Jakob darüber zu reden. Vielleicht gerade, weil er ein Fremder war? Ich würde ihn nie wiedersehen, meine Gefühle waren bei ihm gut aufgehoben.

Ich beschrieb meine Beziehung zu Frank. Je länger ich sprach, desto mehr kam ich mir vor, als redete ich über eine gut geölte Maschine. Wo waren Leidenschaft und Begeisterung geblieben? Wo die gelegentlichen Reibereien? Wann hatten wir zuletzt etwas Überraschendes gemacht oder uns etwas erzählt, das der Andere nicht schon wusste? Abgesehen von Franks Beziehung zu Olivia, natürlich. Während der vergangenen sechsunddreißig Stunden hatte ich mehr Unvorhergesehenes erlebt als in all den Jahren zuvor. Ich war zu einer spontanen Reise aufgebrochen, saß in der Werkstatt eines Uhrmachers, den ich gerade erst kennengelernt hatte, und wusste noch nicht einmal, wo ich heute Abend übernachten würde.

Jakob hörte zu, ohne über mich zu urteilen oder mir Ratschläge zu erteilen. Er nickte hie und da, manchmal stellte er eine Frage. Irgendwann gingen wir dazu über, das Uhrwerk zusammenzusetzen. Er erklärte mir die Funktion der einzelnen Teile und zeigte mir, wie sie zusammenpassten. Die technische Herausforderung gefiel mir, und meine Genauigkeit war von Vorteil. Als wir in die

Holzwerkstatt zurückkehrten, sah ich, dass es bereits dunkel war.

»Ich muss mich um ein Hotelzimmer kümmern«, sagte ich.

Jakob empfahl mir eine Unterkunft ganz in der Nähe. »Ich rufe Inge kurz an, sie wird Ihnen einen Sonderpreis machen.«

Ich bedankte mich. »Wann soll ich morgen vorbeikommen?«

»Gegen zehn?«, schlug er vor. »Bis dahin sollte ich das Scharnier erhalten haben, und wir können es zusammen einsetzen.«

Ich freute mich schon darauf.

Inge Falks Gasthof war einfach zu finden. Genau wie Jakobs Haus lag er am Waldrand. Ich hätte sogar zu Fuß hingehen können. Es gab drei Stockwerke, entlang des mittleren zog sich ein Balkon, der mit kunstvollen Schnitzereien verziert war. Vor dem Eingang standen zwei Töpfe mit Hyazinthen, die Blumenkisten waren mit Geranien bepflanzt.

Eine ältere Frau mit markanter Nase und warmen haselnussbraunen Augen kam zur Tür. Sie stellte sich als Inge Falk vor und erzählte, dass Jakob bereits angerufen hatte. Das Zimmer war weniger luxuriös als das am Titisee, dafür gemütlicher und mit viel Liebe eingerichtet. Auf dem Nachttisch stand eine Vase mit Trockenblumen, auf einer antiken Kommode ein Wasserkocher. Eine

Schale enthielt verschiedene Teesorten und kleine Beutel mit Kaffeepulver. Im Schrank hing ein Duftsäckchen, das nach Fichte roch. Inge Falk war überrascht, dass ich weder eine Reisetasche noch einen Koffer dabeihatte. Als ich erklärte, dass ich nicht damit gerechnet hatte, im Schwarzwald zu übernachten, legte sie den Kopf schräg und musterte mich.

»Die Kleider meiner Tochter dürften Ihnen passen«, stellte sie fest.

Ich lehnte dankend ab, doch sie schnalzte mit der Zunge und kehrte kurz darauf mit einem Stapel Kleidungsstücke zurück.

»Meine Tochter wohnt im Ausland, sie braucht die Sachen nicht. Alles ist frisch gewaschen.« Sie legte den Stapel aufs Bett. »Möchten Sie etwas essen? Ich habe noch Waldkräuterspätzle.«

Ich merkte, wie hungrig ich war. »Gerne!«

Erst am Tisch wurde mir klar, dass die Unterkunft normalerweise kein Abendessen anbot. Inge Falk bekochte mich privat. Als ich mich dafür bedankte, winkte sie ab.

»In der Nebensaison habe ich mehr als genug Zeit.«

Sie ging in die Küche, kurz darauf kam sie mit einer großen Portion Spätzle und einem Salat zurück.

»Die Kräuter sind frisch«, sagte sie. »Sie wachsen alle hier im Wald.«

»Es riecht köstlich.«

»Wenn Sie noch etwas brauchen, lassen Sie es mich wissen.«

Sie verschwand in der Küche, und ich widmete mich dem Salat. Auch er war mit Kräutern gespickt, viele davon kannte ich nicht. Ich entdeckte eine botanische Zeichnung an der Wand und stand auf, um sie näher zu betrachten. Sie zeigte Essbares aus dem Wald, nicht nur Kräuter wie Gundermann, Brennnesseln oder Giersch, sondern auch Eicheln, Fichtenspitzen, Nüsse, Beeren und Pilze.

Satt und zufrieden ging ich zurück auf mein Zimmer. Bevor ich das Licht löschte, rief ich Lizzy an. Sie nahm nicht ab. Ich schloss daraus, dass ihre Verabredung mit dem Arzt erfolgreich verlief. Wenn ihr ein Mann nicht passte, blieb sie in der Regel nicht einmal bis zum Dessert. Ich wünschte es ihr von ganzem Herzen.

Ich zögerte, dann wählte ich Paulines Nummer. Ich hatte es lange genug hinausgeschoben.

»Mama«, sagte sie. »Wie geht es dir?«

Mama. Mir wurde warm ums Herz.

»Gut, danke«, antwortete ich. »Und dir?«

Stille, dann hörte ich sie schlucken. »Es … tut mir leid. Ich wollte dich anrufen, aber …«

Sie wusste Bescheid.

»Kommst du zurecht?«, fragte sie. »Papa hat mir erzählt, was passiert ist.«

Die Wortwahl ärgerte mich. Es war nicht einfach »passiert«. Frank hatte eine Entscheidung getroffen. Ich schluckte meine Wut herunter. Auf keinen Fall durfte Pauline zwischen die Fronten geraten. Frank und ich würden immer ihre Eltern bleiben, egal, wie unsere Beziehung aussah.

»Mach dir keine Sorgen«, sagte ich. »Menschen verändern sich, manchmal führt das eben dazu, dass man andere Wege geht.«

»Soll ich zu dir kommen?«, bot sie an. »Bist du einsam?«

»Ich freue mich immer, dich zu sehen«, sagte ich. »Im Moment bin ich allerdings im Schwarzwald.«

»Im Schwarzwald? Du bist weggefahren?«, fragte sie verblüfft.

»Nur für zwei Tage.«

Ich berichtete ihr von der Kuckucksuhr. Dass ich weggefahren war, um meine Uhr reparieren zu lassen, schien sie zu beruhigen. Das wiederum gab mir zu denken. Ich sah mich durch ihre Augen. Unflexibel, an Gewohnheiten festhaltend, die ich nur brach, um etwas in Ordnung zu bringen.

»Wie läuft das Studium?«, wechselte ich das Thema.

»Gut.« Sie schaffte es, zehn Minuten von der Uni zu erzählen, ohne wirklich etwas zu sagen.

Nachdem ich aufgelegt hatte, fühlte ich mich erschöpft. Gespräche mit Pauline waren wie ein Hochseilakt. Ich fürchtete ständig, etwas Falsches zu sagen, und konzentrierte mich ganz darauf, nicht abzustürzen. Die Zufriedenheit, die ich seit der Arbeit in der Werkstatt verspürt hatte, war weg. Ich dachte an Frank und fragte mich, was er in diesem Moment machte. Er hatte mehrmals angerufen, doch ich war noch nicht bereit für ein Gespräch gewesen. Kurz erwog ich, ihn jetzt zurückzurufen. Dann stellte ich mir vor, wie er mit Olivia dalag und sie die Narbe an seinem Unterarm berührte. Wie er ihr den Fahrradunfall schilderte, bei dem er sich als Kind sowohl Elle als auch Speiche gebrochen hatte. Erzählte er ihr auch von der Ohrfeige, die ihm sein Vater auf dem Weg zum Arzt verpasst hatte, weil er statt Hausaufgaben zu machen draußen gespielt hatte? Oder von seiner Mutter, die nur schweigend zusah?

Ich öffnete das Fenster weit und sog die Nachtluft ein. Ich hatte Franks Erinnerungen stets wie einen Schatz aufbewahrt, den er nur mir anvertraute. Nie hatte ich mir vorstellen können, dass ich sie eines Tages würde teilen müssen. Auf einmal fühlten sie sich wertlos an. Ich betrachtete meinen Ehering, dann zog ich ihn ab.

6

Ich wachte nach einer unruhigen Nacht mit dem Gefühl auf, dass mir etwas gestohlen worden war. Nach mehreren Tassen Kaffee und einem Müsli, das ich nur zur Hälfte aß, ging ich zur Rezeption, um das Zimmer zu bezahlen. Inge Falk nahm gerade eine telefonische Buchung entgegen. Ich griff nach einem Prospekt, der in einem Halter mit Ausflugstipps und Sehenswürdigkeiten steckte. »Waldbaden: Erlebnis für Körper und Seele«, stand darauf. Waldbaden? Ich dachte daran, wie gerne Pauline als Kind im Herbst in Laubhaufen gesprungen war. Anscheinend hatte Waldbaden aber nichts mit Laubhaufen zu tun, vielmehr handelte es sich um eine Naturheilmethode aus Japan, die immer häufiger in Europa praktiziert wurde. In Bärental fanden jeden Dienstag Touren statt.

Inge Falk hatte aufgelegt. »Reisen Sie schon ab?«

Ich steckte den Prospekt ein und holte mein Portemonnaie hervor. »Sobald meine Uhr repariert ist.«

Als ich ihr meine Kreditkarte reichte, fragte ich mich, wie lange ich noch Geld vom Familienkonto würde abheben können. Ich war mir sicher, dass Frank mich unterstützen würde, bis ich wieder ein Einkommen hatte. Trotzdem, sobald ich zu Hause war, musste ich mich um eine Stelle kümmern.

Inge Falk wünschte mir eine gute Fahrt.

Es war noch früh, und ich beschloss, einen Spaziergang zu machen, um die Zeit bis zehn Uhr totzuschlagen. Ich fühlte mich nach der unruhigen Nacht wie gerädert, vielleicht würde mir die Bewegung guttun. Hinter dem Haus führte ein Pfad in den Wald hinein. Der Bärlauch hatte bereits zu blühen begonnen, die weißen Sterne sahen wie ein Feuerwerk aus. Überall spross junges Grün. Ich atmete tief ein, roch Feuchtigkeit und Erde. Die Frische vertrieb meine Müdigkeit zwar nicht, aber sie weckte meine Lebensgeister. Das Morgenkonzert der Vögel war noch in vollem Gang. Auf einmal hörte ich einen bekannten, zweisilbigen Ruf. Der Kuckuck! Ich fasste den Ruf als Zeichen auf und schlug den Weg zu Jakobs Haus ein. Ich kam ein bisschen zu früh an, aber Jakob musste mich vom Fenster aus gesehen haben, denn er öffnete die Tür, bevor ich klingeln konnte.

»Guten Morgen, Alice.«

»Guten Morgen.«

»Der Briefträger war noch nicht da«, sagte er. »Aber vielleicht können Sie mir in der Zwischenzeit helfen, ein paar Hosenträger zu malen?«

Ich wusste, dass er von einer Holzfigur sprach, dennoch musste ich lachen. »Natürlich, gerne.«

Auf der Werkbank lagen mehrere Figuren, daneben

standen Farbtöpfe und ein Behälter mit Pinsel in unterschiedlichen Größen. Jakob skizzierte auf Papier, wie er sich die Hosenträger vorstellte. Seine Hand zitterte, und ich begriff, dass er es sich nicht zutraute, die feinen Striche auf den Holzfiguren anzubringen.

»Haben Sie nie daran gedacht, eine Hilfskraft einzustellen?«, fragte ich vorsichtig.

Jakob senkte den Blick. »Es ist schwierig, jemanden zu finden. Ich hatte immer gehofft, dass mein Sohn das Geschäft irgendwann übernehmen würde, als Kind hat er gern geschnitzt. Aber er wollte lieber auf die Uni. Er wohnt übrigens auch in München. Er hat dort studiert und ist anschließend geblieben. Die Sterne vermisst er nicht.«

Die Uhren stimmten ihr Zehn-Uhr-Konzert an. Von allen Seiten kuckuckte, zwitscherte und rief es. Klappen gingen auf, Vögel kamen zum Vorschein und Figuren tanzten. Auf einer winzigen Holzbühne spielte eine Trachtenkapelle. Die Frauen trugen schwarze Faltenröcke mit weißer Bluse und sogar Bollenhüte. Ich klatschte begeistert. Jakob strahlte über das ganze Gesicht.

Wir widmeten uns der Arbeit. Wie bereits am Vortag vergaß ich alles um mich herum. Erst als Jakobs Zittern so stark wurde, dass er eine Pause machen musste, merkte ich, dass bereits Mittag war. Ich war so vertieft gewesen, dass ich sogar das Konzert der Uhren ausgeblendet hatte.

»Soll ich den Briefkasten leeren?«, bot ich an.

Jakob schaute mich verständnislos an.

»Das Ersatzteil«, erinnerte ich ihn.

Er sprang auf. Ein bisschen zu schnell, denn er hielt sich am Stuhl fest und schloss die Augen. Ich griff nach seinem Arm, um ihn zu stützen.

»Entschuldigen Sie«, murmelte er.

»Setzen Sie sich.«

Er schüttelte den Kopf. »Nein, nein.«

Mit wackeligen Schritten ging er davon. Ich schaute ihm nach. Schämte er sich für seine Gebrechlichkeit? Ich musste an Franks Vater denken, daran, wie schwer es ihm gefallen war, sich einzugestehen, dass ihn seine Kräfte verließen. Meine Mutter war ganz anders gewesen. Sie starb zuerst innerlich, dann wartete sie darauf, dass der Körper folgte.

Jakob kehrte mit leeren Händen zurück. Er wirkte verstört. Ich versicherte ihm, dass er sich keine Vorwürfe zu machen brauchte, schließlich konnte er nichts dafür, dass der Lieferant geschlampt hatte.

»Bleiben Sie noch eine Nacht?«, fragte er, ohne mich anzusehen.

Sein Tonfall ließ mich aufhorchen. Auf einmal kam mir ein Verdacht. Seine Verlegenheit, sein schlechtes Gewissen … hatte er womöglich vergessen, das Ersatzteil zu bestellen? Oder es sogar absichtlich hinausgeschoben, damit ich ihn weiterhin in der Werkstatt besuchte? Unter anderen Umständen hätte ich mich über diese Vorstellung geärgert, ich reagierte empfindlich, wenn man mich belog. Doch Jakobs Einsamkeit berührte mich. Ich dachte an mein leeres Haus, das überall Erinnerungen an Frank barg. An das Gefühl, nach so vielen Ehejahren plötzlich alleine zu sein. Wissend, dass keiner da war, um mich zu trösten, wenn ich es brauchte. Dass es niemanden mehr gab, mit dem ich mich freuen oder scherzen konnte. Aber wenigstens lebte Frank noch. Wie musste es sich erst anfühlen, wenn der Partner gestorben war?

»Warum nicht?«, sagte ich. »Ich kann die Stellenangebote im Internet auch hier durchsehen.«

Jakob atmete erleichtert aus. Ihm musste klar sein, dass ich ihn durchschaut hatte, aber wir ließen uns beide nichts anmerken. Ich schlüpfte in meine Jacke.

»Sind Sie heute Nachmittag in der Werkstatt?«, fragte ich. »Darf ich Ihnen bei der Arbeit zuschauen?«

»Gerne!« Jakob strahlte wieder. »Vielleicht gegen vier? Nach dem Essen ruhe ich mich für gewöhnlich aus.«

»Wunderbar.«

Ich verabschiedete mich und rief Inge Falk an. Mein Zimmer war noch bis Freitag frei, ich könnte also weitere drei Nächte bleiben, falls nötig. Das hatte ich zwar nicht vor, trotzdem kaufte ich mir ein paar Hygieneartikel, damit ich spontan entscheiden konnte. Anschließend rief ich Lizzy an. Sie nahm immer noch nicht ab. Als ich das Handy zurück in die Tasche steckte, fiel mein Blick auf den Prospekt, den ich mitgenommen hatte. Heute fand das Waldbaden statt. Wenn ich mich beeilte, würde ich es sogar rechtzeitig zu dem Treffpunkt in Bärental schaffen. Ich überflog den Text. Ziel der Therapie, die auf japanisch Shinrin Yoku hieß, war es, völlig in die Atmosphäre des Waldes einzutauchen, um Stress abzubauen und abzuschalten. Im Grunde genau das, was ich brauchte. Dennoch zögerte ich. Vor einigen Jahren hatte ich einen Yogakurs besucht, ich war mir völlig fehl am Platz vorgekommen. Ungelenk, schwerfällig, begriffsstutzig. Statt eines Yogaoutfits hatte ich eine Jogginghose und ein T-Shirt getragen, das immer hochrutschte.

Pauline würde mir jetzt vorwerfen, dass ich zu viel Wert darauf legte, was andere über mich dachten. Wen kümmerte es, ob ich alles richtig machte? Ob ich die passenden Kleider trug? Ich kaufte mir ein Brötchen, das ich im Gehen aß, und fuhr zum Treffpunkt. Dort warteten ein junges Paar in Wanderschuhen und eine Frau, die gerade eine Thermosflasche in einen Rucksack packte. Ich schätzte sie auf Ende dreißig. Ihr kastanienbraunes Haar war zu einem Pferdeschwanz zusammengebunden, die Outdoorhose saß wie angegossen und betonte ihre muskulösen Beine. Ich ging auf sie zu.

»Ich komme wegen des Waldbadens«, sagte ich. »Sind Sie die Kursleiterin?«

Sie gab mir die Hand. »Ja, ich heiße Rebekka.«

»Alice«, stellte ich mich vor. »Ich habe mich nicht angemeldet, ist noch ein Platz frei?«

»Im Wald gibt's genug Platz für alle.« Sie sah mich freundlich an. »Aber um diese Jahreszeit sind die Gruppen ohnehin klein. Die Hauptsaison hat noch nicht begonnen. Das sind Tom und Dörthe.«

Ich begrüßte das Paar, das genauso nervös wirkte, wie

ich mich fühlte. Beide trugen Cargohosen, die neu aussahen.

Rebekka wartete noch einige Minuten, falls sich weitere Personen anschließen wollten, dann trat sie ein paar Schritte beiseite und rief jemanden an. Kurz darauf marschierten wir los.

»Ich möchte euch nicht mit viel Theorie belasten«, sagte sie. »Jeder Mensch erlebt den Wald anders. Häufig nehmen wir uns instinktiv, was wir gerade brauchen. Im übertragenen Sinn, natürlich. Ich werde euch durch ein paar Übungen führen, das Tempo bestimmt ihr. Tom, möchtest du den Anfang machen?«

»Womit?«, fragte er verwirrt.

»Schlag ein Tempo an, bei dem du dich wohlfühlst«, sagte Rebekka.

Tom begriff und ging etwas schneller. Ich musste mich anstrengen, um mitzuhalten. Der Weg führte steil bergauf, vorbei an Ferienhäusern, deren Fensterläden größtenteils geschlossen waren, und Gärten, die erst langsam erwachten. Wir kamen zu einer Ebene, von der aus der Feldberg gut zu sehen war. Auf dem Gipfel lag noch Schnee, er erinnerte mich an ein Sahnehäubchen.

»Da vorne ist der Feldsee.« Rebekka zeigte auf eine dunkle Fläche am Fuß des Berges, die fast von Bäumen verdeckt wurde. »Für mich ist er der schönste See im Schwarzwald!«

Sie bedankte sich bei Tom und gab nun ihr eigenes Tempo vor. Sie ging so langsam, dass ich das Gefühl hatte, an Ort und Stelle zu treten. Allmählich beruhigte sich mein Puls von dem hastigen Aufstieg, und ich betrachtete die zarten Pflanzen, die am Wegrand wuchsen. Die Sonne war warm, doch sobald wir in den Wald eintauchten, wurde es wesentlich kühler. Mitten auf dem Weg blieb Rebekka stehen und bat uns, einen Kreis zu bilden.

»Und jetzt schließt die Augen«, sagte sie.

Mir war nicht ganz wohl dabei. Was, wenn Spaziergänger vorbeikämen? Rebekka beschrieb einen Lichtstrahl, der in unseren Körper strömte. Ich stellte mir vor, wie er mich wärmte, und tatsächlich begann sich meine Anspannung zu lösen. Irgendwann vernahm ich Stimmen, doch ich war so in mich gekehrt, dass sie mich nichts anzugehen schienen. Sie kamen näher, verklangen wieder. Ein Vogel rief, irgendwo raschelte es. Ich weiß nicht, wie lange wir so dastanden, aber es kam mir ganz natürlich vor. Als wir weitergingen, war es, als hätte ich eine Schleuse passiert.

Jetzt durfte ich das Tempo bestimmen. Normalerweise bewegte ich mich zackig, doch ich war viel zu entspannt. Gemütlich schlenderte ich tiefer in den Wald hinein, blieb ab und zu stehen, um eine Pflanze oder einen Stein zu betrachten.

Die nächste Übung bestand darin, sich einen Platz abseits des Weges zu suchen und den Geräuschen zu lauschen. Ich setzte mich ins weiche Moos, das zwischen den Wurzeln eines Baums wuchs. Kurz dachte ich daran, dass ich keine Hose zum Wechseln dabei hatte, aber auf einmal war mir das egal. Zu meiner Enttäuschung hörte ich vor allem den Straßenverkehr. Als Rebekka nach der Übung fragte, was uns aufgefallen war, beklagten sich alle über den Lärm.

Sie nickte. »Es gibt kaum einen Ort in Deutschland, an dem es völlig still ist. Lärm ist die größte Stressquelle, der wir ausgesetzt sind. Er kann uns sogar physisch krank machen, weil es kein Entrinnen gibt. Im Hochschwarzwald hören wir nicht nur den Straßenlärm, wir befinden uns auch unter mehreren Einflugschneisen.«

Ich fragte mich, was der Lärm mit den Tieren machte. Gewöhnten sie sich daran? Litten sie darunter? Wir übten, unangenehme Geräusche auszublenden, indem wir uns auf ein Rascheln, ein Zwitschern oder ein Knarren konzentrierten, aber das Rauschen von der Straße fühlte sich an wie ein Juckreiz, den ich nicht stillen konnte.

Bevor es weiterging, lud uns Rebekka ein, die Schuhe auszuziehen. Über die Formulierung musste ich schmunzeln. Dörthe und Tom lösten bereits ihre Schnürsenkel, also überwand ich mich und tat es ihnen gleich. Wir kehrten zum Weg zurück, der nun wieder etwas anstieg. Ich versuchte, Tannenzapfen und Ameisenstraßen auszuweichen, als sich aber ein spitziger Stein in meine Fußsohle bohrte, gab ich auf und beschloss, die Einladung auszuschlagen. Pauline hätte mir auf die Schultern geklopft, dachte ich, während ich meine Schuhe anzog.

Auf einer Lichtung packte Rebekka ihre Thermoskanne aus und verteilte Pappbecher. Wir tranken Ingwertee, knabberten Nüsse und sogen die Umgebung in uns auf. Das Rauschen war leiser, wir hatten uns ein ganzes Stück von der Straße entfernt. Mir fiel ein, dass ich vergessen hatte zu fragen, wie lange wir unterwegs sein würden. Jakob erwartete mich um vier. Pünktlichkeit war mir wichtig, doch jetzt verspürte ich einen regelrechten Widerwillen, auf die Uhr zu schauen. Zeit hatte hier keine Bedeutung.

Nach der Stärkung verkündete Rebekka, dass wir die nächste Übung paarweise durchführen würden. Dörthe und Tom gaben sich die Hand. Ich blickte zu Rebekka.

»Ich wechsle nicht gern die Rollen, deshalb habe ich den Förster gebeten einzuspringen«, erklärte sie. »Er wird jeden Moment eintreffen.«

Der Anruf, den sie am Treffpunkt gemacht hatte. Das schlechte Gewissen überfiel mich. Hatte ich etwas überlesen? Durften nur Paare am Waldbaden teilnehmen? Ich dachte an Lizzy, die sich als Alleinstehende häufig unerwünscht vorkam. Ich hatte sie nie richtig verstanden, jetzt aber konnte ich nachvollziehen, wie sie sich fühlte.

Rebekka erklärte die Übung. »Ich lade euch ein, die Augen zu schließen und euch vom Partner oder von der Partnerin zu einem Baum führen zu lassen. Tastet ihn ab, prägt euch seine Form, die Anordnung seiner Äste und seine Besonderheiten ein. Zurück am Ausgangspunkt könnt ihr die Augen wieder öffnen und versuchen, den Baum zu finden. Danach tauschen wir die Rollen.«

Ich sollte die Augen schließen und mich von einem

fremden Mann durch den Wald führen lassen? Alles in mir sperrte sich dagegen.

Ein Zweig knackte, und Rebekka richtete sich auf. Ihre Wangen waren gerötet, ihr Blick war auf eine Gestalt gerichtet, die leichtfüßig über einen Baumstrunk stieg. Auf einmal verstand ich, warum sie den Förster gebeten hatte einzuspringen. Damit, dass sie ungern die Rollen wechselte, hatte es bestimmt nichts zu tun, dachte ich, als ich den Mann betrachtete, der auf uns zukam.

Er war in ihrem Alter, vielleicht etwas älter. Groß, mit kräftigen Schultern und kurz geschnittenem sandblondem Haar. Sein wettergegerbtes Gesicht zeugte von vielen Stunden im Freien. Die haselnussbraunen Augen kamen mir bekannt vor, aber ich war mir sicher, dass ich ihn noch nie zuvor gesehen hatte.

Er begrüßte uns mit einem freundlichen Lächeln und stellte sich als Niklas Falk vor. Inge Falk, schoss es mir durch den Kopf. Natürlich, deshalb waren mir die Augen vertraut. Niklas musste ihr Sohn sein.

»Niklas arbeitet seit zwölf Jahren als Förster in diesen Wäldern«, sagte Rebekka ein wenig atemlos. »Falls ihr also Fragen zu Flora und Fauna habt …« Sie strahlte ihn an.

»… dürft ihr mich löchern«, beendete Niklas den Satz augenzwinkernd, als Rebekka keine Anstalten machte weiterzureden.

Rebekka wandte sich an uns. »Seid ihr bereit für die Übung?«

Dörthe hatte die Augen schon geschlossen. Tom legte ihr die Hände auf die Schultern, und sie machte einen vorsichtigen Schritt.

Niklas kam auf mich zu. Mein Herz klopfte heftig, es war Jahre her, seit mich ein anderer Mann als Frank berührt hatte, abgesehen von einem Händeschütteln oder einer kurzen Umarmung zur Begrüßung.

Er sah mich fragend an.

Ich räusperte mich und stellte mich vor. Meine Stimme klang fremd in meinen Ohren, dünn und schwach. Mein Unbehagen entging ihm offenbar nicht, denn er fragte, ob er sich zuerst von mir führen lassen sollte.

»In Ordnung«, sagte ich.

Er schloss die Augen und wartete. Vorsichtig legte ich ihm die Hand an den Oberarm. Niklas trug eine Jacke, trotzdem kam mir der Kontakt intim vor. Zögerlich dirigierte ich ihn über die Lichtung. Er bewegte sich, als wäre der Waldboden eben wie ein Gehsteig. Kein Stolpern, kein Fehltritt, und das, obwohl ich ihn weder auf Unebenheiten noch auf Hindernisse hingewiesen hatte.

»Mogelst du etwa?«, platzte ich empört heraus.

Er lachte schallend. »Ein bisschen. Aber nur, weil ich sonst auf die Nase fallen würde.«

Ich stimmte in sein Lachen ein. Auf einmal fiel die Nervosität von mir ab, und ich hatte keine Hemmungen mehr, ihn zu führen. Da er ein Stück größer war als ich, legte ich die Hände an seine Hüften.

»Du kannst die Augen jetzt richtig schließen«, sagte ich.

Diesmal ging er wesentlich unsicherer.

»Achtung, Wurzel«, sagte ich. »Schön die Füße heben.«

Im Exerzierschritt bewältigte er das Hindernis.

»Und nun den Kopf einziehen«, wies ich ihn an.

Er duckte sich.

Schritt für Schritt bewegten wir uns durch den Wald. Ich nahm Kleinigkeiten wahr, die mir vorher nicht aufgefallen waren, weil ich mich in Niklas hineinversetzte. Morsche Äste, verborgene Steine, mit Dornen bestückte Zweige. Ich war so in meine Aufgabe vertieft, dass ich das Ziel der Übung aus den Augen verlor.

»Bist du sicher, dass der Baum, den du dir ausgesucht hast, im Schwarzwald steht?«, fragte Niklas irgendwann.

»Klar.« Hastig wählte ich einen Baum. »Wir sind schon da.«

Er streckte die Hände aus und berührte den Stamm, dann breitete er die Arme aus, um den Umfang zu erkunden. »Hallo, alte Dame«, sagte er mit dunkler, warmer Stimme. Er strich über die weißgraue Rinde, als streichle er die Wange eines Kindes. »Eine meiner Lieblingstannen«, erklärte er. »Doch sie macht mir große Sorgen. Weißtannen kommen eigentlich ganz gut mit der Trockenheit zurecht, weil sie Pfahlwurzeln bilden. Diese Dame aber kämpft seit einigen Jahren ums Überleben. Ich stand schon mehrmals kurz davor, sie zu fällen, entschied mich dann jedes Mal dagegen.«

»Mogelst du wieder?«, fragte ich unsicher. »Oder kennst du diesen Baum wirklich?«

»Jeder Baum ist einzigartig«, sagte er schlicht.

Ich war beeindruckt. Es war müßig, ihn zum Ausgangspunkt zurückzuführen und ihn dann den Baum suchen zu lassen, also tauschten wir gleich hier die Rollen. Er legte mir eine Hand auf die Schulter. Sie fühlte sich warm an, es ging eine Energie von ihr aus, die mich schaudern ließ. Ich dachte an Frank und wie wir früher aneinandergeschmiegt eingeschlafen waren. Die Wärme seines Körpers hatte mir ein Gefühl von Geborgenheit gegeben. Nach Paulines Geburt legte ich mich meistens früher schlafen als er, erschöpft von einem langen Tag mit einem Kleinkind. Frank genoss die Stille und las in seinen Fachzeitschriften. Das änderte sich auch nicht, als Pauline älter wurde. Nur selten schliefen wir noch Arm in Arm ein.

Niklas drückte meine Schulter, und ich setzte mich in Bewegung. Obwohl er kein Wort sagte, spürte ich instinktiv, wann ich den Fuß heben, wann ich mich ducken oder einem Hindernis ausweichen musste. Es war fast, als würden wir tanzen. Ich hätte noch ewig so weitergehen können und war enttäuscht, als wir stehen blieben.

»Darf ich vorstellen?« Er nahm meine Hand und legte sie an einen Baum.

Ich strich über den Stamm. »Die Rinde fühlt sich so glatt an.«

»Der Baum ist noch jung.«

Ich tastete den Stamm ab, bis ich einen Zweig berührte, auf dem Nadeln wuchsen. »Ist das eine Tanne? Oder eine Fichte?«

Ich kannte den Unterschied nicht. Überhaupt wusste ich erstaunlich wenig über Bäume, stellte ich fest.

»Reiß eine Nadel ab«, sagte Niklas.

Vorsichtig bog ich den Zweig nach unten und zupfte an einer Nadel.

Niklas führte meinen Finger zu der Stelle, an der sie gewachsen war. »Spürst du, dass sie sich kreisrund vom Zweig gelöst hat?«

»Nicht wirklich.«

»Warte einen Moment.«

Er ging davon und kam kurz darauf mit einem neuen Zweig zurück, den er mir in die Hand drückte. Er bat mich, wieder eine Nadel abzureißen. Als ich die Stelle anschließend untersuchte, merkte ich, dass etwas Rinde haften geblieben war.

»Wir nennen das ein Fähnchen«, erklärte Niklas. »Wenn du es an der Abrissstelle siehst – oder spürst –, weißt du, dass du einen Fichtenzweig vor dir hast. Falls du immer noch nicht sicher bist, ob du vor einer Tanne oder einer Fichte stehst, liefern dir die Zapfen einen weiteren Hinweis. Fichtenzapfen hängen, Tannenzapfen stehen.«

»Dann ist dieser Baum also keine Fichte.« Ich strich über den Stamm. »Aber das bedeutet nicht, dass es eine Tanne ist, oder? Im Schwarzwald gibt es auch Kiefern.«

»Kiefernadeln sind länger.«

»Also eine Tanne. Eine junge Tanne«, ergänzte ich. »Mit schöner, glatter Haut.«

»Genau.«

Ich hörte seiner Stimme an, dass er lächelte.

»Wenn du das Alter genauer bestimmen möchtest, kannst du den Umfang messen.« Er stellte sich dicht hinter mich, nahm meine Hände in seine und führte sie um den Stamm herum. »Meine Armspanne beträgt 197 Zentimeter«, sagte er. »Bei dir dürften es etwa 175 sein. Das heißt, dieser Stamm hat einen Umfang von circa 120 Zentimetern. Stimmst du mir da zu?«

Ich brachte nur ein Nicken zustande.

»Dann ist der Baum um die fünfzig Jahre alt, vielleicht etwas mehr.«

»Ist das jung?«

»Noch nicht einmal geschlechtsreif.«

Ich spürte seinen Atem an meinem Hals, seinen Herzschlag am Rücken. Meine Gedanken setzten aus. Eine Weile standen wir so da, keiner sagte etwas. Dann ließ er meine Hände los und trat einen Schritt zurück.

Endlich fand ich meine Stimme wieder. »Wie alt ist deine alte Dame?«

Er räusperte sich. »Gut dreihundert Jahre.«

Niklas führte mich zu seiner Lieblingstanne zurück. Wir schafften es nicht einmal gemeinsam, den Stamm zu umfassen. Ich schätzte den Umfang auf mindestens sechs Meter.

»Sechseinhalb«, bestätigte er. »Ich habe ihn letztes Jahr gemessen. Eigentlich ist die Tanne keine alte Dame, sondern eine in den besten Jahren. Eine Weißtanne kann bis zu sechshundert Jahre alt werden, aber das ist bei uns eher selten.«

Ich begann zu rechnen. Dreihundert Tannenjahre entsprachen demnach vierzig bis fünfzig Menschenjahre. Die Tanne war also fast gleich alt wie ich. Hatte Niklas wirklich von einer Dame in den besten Jahren gesprochen?

Er nahm meine Hand und legte sie auf die Rinde. »Spürst du den Unterschied?«

Sie war rau und löste sich teilweise unter meiner Berührung. »Ja.«

»Die eckigen Schuppen und die abblätternde Tafelborke sind Anzeichen dafür, dass die Tanne schon einiges erlebt hat.«

»Niklas?«, rief Rebekka. »Alice? Wo seid ihr?«

Ich öffnete die Augen. Niklas stand so dicht vor mir, dass ich die hellbraunen Bartstoppeln sah, die sein Kinn bedeckten. Wir wichen beide gleichzeitig zurück.

7

Ich kam über eine Stunde zu spät in die Werkstatt. Wieder und wieder entschuldigte ich mich, doch Jakob winkte ab.

»Zeit ist eine Illusion«, sagte er. »Das hat schon Einstein erkannt.«

Erstaunliche Worte für einen Uhrmacher.

»Sie haben offensichtlich einen schönen Nachmittag verbracht.«

»Ja, ich war waldbaden.«

»Mit Rebekka?«

»Sie kennen sie?«

»Sicher, hier kennt jeder jeden.« Er nahm ein Stück Holz und drehte es in der Hand. »Auch wenn ich zugeben muss, dass ich immer noch nicht ganz verstehe, was sie da im Wald macht.«

Ich erklärte es ihm. Er warf mir einen skeptischen Blick zu, dann holte er ein Blatt Papier hervor und reichte es mir.

»Haben Sie Lust, eine Schablone zu entwerfen?«

Verdattert nahm ich das Papier entgegen. »Ich?«

»Warum nicht?«

»Ich bin nicht kreativ.«

Er runzelte die Stirn. »Wie kommen Sie darauf?«

Er sagte es, als sei Kreativität das Natürlichste der Welt.

»Ich habe zwar technische Zeichnerin gelernt«, protestierte ich. »Dafür braucht man aber nur Lineal, Zirkel, Zeichendreieck und ein gutes räumliches Vorstellungsvermögen. Damals, zumindest. Heute reichen Computerkenntnisse vermutlich aus.«

Er drückte mir einen Bleistift in die Hand. »Lassen Sie sich von dem inspirieren, was Sie heute im Wald gesehen haben.«

Ich setzte mich an den Tisch und starrte auf das leere Blatt. *Sie ist Künstlerin*, hörte ich Frank sagen. Selbstzweifel kamen in mir auf. Auf einmal fragte ich mich, was ich hier eigentlich tat. Glaubte ich tatsächlich, dass sich meine Probleme lösen würden, indem ich sie ignorierte? War ich am Ende doch wie meine Mutter? Statt mit Frank zu reden oder mir eine Arbeit zu suchen, verkroch ich mich in einer Werkstatt und tat, als existierte die Welt dort draußen nicht. Denn eines war mir jetzt klar: Ich war nicht hier, um Jakobs Einsamkeit zu lindern, sondern meine eigene. Während ich darüber nachdachte, begann sich meine Hand wie von alleine zu bewegen. Ich beobachtete, wie ein Tannenzweig entstand. Zögerlich erst, dann wurden meine Striche sicherer. Wen kümmerte es, ob die Proportionen und die Anordnung der Nadeln stimmten? Bilder aus dem Wald verdrängten die Gedanken an Frank, und die Anspannung fiel von mir ab. Ich konnte die eckigen Schuppen der alten Weißtanne spüren, das Moos riechen, auf dem ich gesessen hatte.

Als die Kuckucke sechsmal riefen, lehnte ich mich zurück. Ich hatte kein Kunstwerk erschaffen, aber ich hatte meine Eindrücke zu Papier gebracht.

»Wie schön!«, sagte Jakob. »Diese Zweige hier könnten beim Sägen allerdings brechen.«

Er setzte sich neben mich und besserte die Stellen aus. Dann ritzte er das Blatt in der Mitte an und faltete es.

»Die Front einer Uhr ist symmetrisch, deshalb brauchen wir nur das halbe Bild. Welche Seite gefällt Ihnen besser?«

Ich entschied mich für die linke, und er reichte mir eine Schere. Nachdem ich die Zeichnung ausgeschnitten hatte, übertrug ich sie auf ein Stück Holz, das Jakob vorbereitet hatte.

»Haben Sie schon einmal mit einer Dekupiersäge gearbeitet?«

»Nein, was ist das?«

Er führte mich in den angrenzenden Raum und deutete auf eine Säge, deren Form mich an eine Nähmaschine erinnerte.

»Eigentlich nichts anderes als eine elektrisch betriebene Laubsäge«, beantwortete er meine Frage.

Neben der Dekupiersäge stand eine Kiste mit Holzresten. Jakob nahm das größte Stück heraus und legte es auf die Gussplatte. Er erklärte mir die verschiedenen Sägeblätter und zeigte mir, wie ich das Holz führen musste.

Ich übte, bis ich ein Gefühl dafür bekam, dann wagte ich es, mit meinem Stück zu beginnen. Holzsplitter flogen durch den Raum, und eine feine Staubschicht legte sich auf meine Hände. Das Rattern übertönte alle anderen Geräusche, ich bekam nicht einmal mit, wie die Uhren erneut schlugen.

»Wie akkurat Sie arbeiten!«, stellte Jakob begeistert fest, als ich ihm meinen Holzrohling präsentierte.

Sein Lob beflügelte mich. Am liebsten hätte ich weitergemacht, als Jakob aber fragte, ob ich morgen wiederkäme, stellte ich fest, dass es schon halb acht war.

Ich ließ meinen Wagen vor seinem Haus und spazierte zu Fuß Richtung Gasthof. Kühle Luft strömte aus dem Wald, irgendwo rief ein Käuzchen. Ich setzte mich auf eine Bank und schloss die Augen. Wie beim Waldbaden versuchte ich, mir einen Lichtstrahl vorzustellen, der mich wärmte. Es gelang mir nicht. Ich sah nur … Niklas. Seine warmen Augen, das wettergegerbte Gesicht. Ich hörte sein Lachen, als ich ihm vorwarf, er habe gemogelt. Spürte seinen Herzschlag an meinem Rücken. Ich war erstaunt über die Gefühle, die er in mir auslöste, wo ich doch Frank nachtrauerte. Ein Teil von mir war fest in meinem alten Leben verankert, ein anderer schien bereit für Neues. Hatte Frank den Übergang auch als fließend erlebt? Hatte er deshalb den Moment verpasst, um mit mir zu reden?

Natürlich war Niklas bloß eine Projektionsfläche, schließlich hatte ich gerade mal eine knappe Stunde mit ihm verbracht. Trotzdem fragte ich mich, ob aus uns etwas hätte werden können, wenn ich ihn unter anderen Umständen kennengelernt hätte. Wenn ich zehn Jahre jünger und frei wäre. Meine Ehe mit Frank mochte vorbei sein, emotional aber würde es lange dauern, bis ich mich von ihm gelöst hatte. Daran änderte auch die Tatsache nichts, dass ein anderer Mann mein Interesse geweckt hatte. Niklas hatte etwas in mir zum Klingen gebracht, doch eine Partnerschaft bestand aus so viel mehr. Frank und ich teilten eine Vergangenheit. Er kannte mich besser als jeder andere Mensch.

Mein Handy klingelte. Halb erwartete ich, dass Frank meine Gedanken gespürt hatte. Doch es war Lizzy.

»Wie geht es dir?«, fragte ich. »Wie war deine Verabredung?«

Am anderen Ende hörte ich einen tiefen Seufzer. »Toll – zu Beginn. Wir haben uns über Gott und die Welt unterhalten, Rotbarsch gegessen und Chardonnay getrunken, aber dann wollte er unbedingt zu mir nach Hause kommen.«

Ich stimmte in ihr Seufzen ein. Zu Lizzys Grundsätzen gehörte es, sich nicht mit Männern einzulassen, die in einer festen Beziehung waren. Deshalb bestand sie darauf, die erste Nacht bei ihnen zu verbringen. Das gab ihr die Möglichkeit, sich nach Spuren einer Ehefrau oder Freundin umzusehen. Weigerte sich der Mann, ließ sie sicherheitshalber die Finger von ihm.

»Das tut mir leid«, sagte ich.

»Es war zu perfekt. Vermutlich ist er nicht einmal Arzt. Aber erzähl von dir. Wie war es im Schwarzwald? Geht deine Uhr wieder?«

»Ich bin immer noch hier«, antwortete ich und berichtete ihr von Jakob und vom Waldbaden.

Lizzy prustete los. »Waldbaden? Hast du dich in einem Blätterhaufen gewälzt?«

»Nein«, kicherte ich. »Aber im Moos gesessen und Bäume umarmt.«

»Der Kursleiter ist nicht zufällig einer dieser Naturburschen mit Filzhut, der am Lagerfeuer sitzt und …«

»Kursleiterin«, unterbrach ich sie. »Sie heißt Rebekka.«

»Ach so.« Lizzy klang enttäuscht.

Ich erwog, ihr von Niklas zu erzählen, aber sie würde der Sache zu viel Bedeutung beimessen. Also schilderte ich, wie ich mich im Wald entspannt hatte und wie weit weg mir alle Sorgen plötzlich erschienen waren.

»Vielleicht müsste ich das auch einmal versuchen«, sagte Lizzy.

Ich stellte mir vor, wie sie in schriller Aufmachung Bäume streichelte. »Ich glaube, eine Bootsfahrt auf dem Titisee würde dir besser gefallen.«

Am anderen Ende herrschte kurzes Schweigen. »Aber du kommst schon zurück, oder?«

»Natürlich! Spätestens am Freitag, dann beginnt hier die Saison.«

Allerdings löste die Vorstellung, nach München zurückzufahren, gemischte Gefühle in mir aus. Wie würde es sich anfühlen, wieder im leeren Haus zu sein, umgeben von Erinnerungen und geplatzten Träumen? Ich war noch nicht bereit, mit Frank zu reden, doch lange konnte ich das längst überfällige Gespräch nicht mehr hinausschieben.

Nachdem wir uns verabschiedet hatten, blieb ich noch einen Moment sitzen. Etwas bewegte sich am Waldrand. Zwei Augen leuchteten wie Goldmünzen auf, dann kam ein Fuchs auf mich zu. Als er mich entdeckte, drehte er sich um und verschwand hinter einem Gebüsch. Ich wartete, doch er kehrte nicht zurück.

Ein Wagen stand vor Inge Falks Tür, die nur angelehnt war. Von drinnen hörte ich Stimmen. Mein Herz setzte einen Schlag aus. Besuchte Niklas seine Mutter? Erst da realisierte ich, dass es Frauenstimmen waren. Ich stieß die Tür auf.

Inge Falk nahm einen Bund Kräuter von Rebekka entgegen. »Danke, die kann ich gut brauchen.«

»Gern geschehen. Hier sind noch die neuen Flyer.« Rebekka reichte ihr einen Stapel Prospekte, dann entdeckte sie mich. »Alice! Was für eine Überraschung.«

Sie erklärte Inge Falk, dass ich im Kurs war.

»Hat es Ihnen gefallen?«, erkundigte sich Inge Falk.

»Ich fühle mich jetzt sehr entspannt«, antwortete ich.

»Unsere Rebekka weiß eben, was sie tut.« Sie sah Rebekka liebevoll an. »Hat sie Ihnen erzählt, dass sie seit Anfang des Jahres in einer Klinik in Freiburg arbeitet? Auch Städter haben inzwischen erkannt, wie wichtig der Wald für die Seele ist. Rebekka bietet Waldbaden als therapeutische Begleitmaßnahme an. Habe ich das richtig gesagt?«

Rebekka winkte ab. »Ja, aber ich glaube nicht, dass es Alice interessiert.«

»Ich finde das toll«, entgegnete ich. »Und ich hoffe, dass dein Angebot viele Touristen anlockt.« Ich deutete auf die Prospekte.

Nachdem Rebekka gegangen war, füllte Inge Falk den Halter an der Wand auf. Ihr Gesichtsausdruck war weich, und sie wirkte viel zugänglicher. Vertrauensvoll beugte sie sich zu mir.

»Rebekka ist meine zukünftige Schwiegertochter«, sagte sie.

Obwohl ich mir nicht vorstellen konnte, eine neue Beziehung einzugehen, versetzten mir ihre Worte einen Stich.

»Mein Sohn Niklas und Rebekka sind wie geschaffen füreinander«, fuhr Inge Falk fort. »Rebekka hat schon als Kind für ihn geschwärmt, aber sie ist sieben Jahre jünger als er, und er hat sie keines Blickes gewürdigt. Sie wissen ja, wie das ist. Er war bereits an der Uni, als sie noch zur Schule ging. In diesem Alter sind sieben Jahre unüberbrückbar. Dann kam er mit Birte zusammen.« Sie schnalzte missbilligend mit der Zunge. »Ich habe ihm von Anfang an gesagt, dass sie nicht die Richtige für ihn ist, aber wer hört schon auf seine Mutter?«

So viel hatte ich sie noch nie am Stück reden hören.

»Ich muss zugeben, die Beziehung hielt länger, als ich erwartet habe«, fuhr sie fort. »Aber vor einigen Jahren haben sie sich dann doch getrennt.«

»Ich habe Niklas heute im Wald kennengelernt«, sagte ich.

»Dann haben Sie ja gesehen, wie gut Rebekka und er zusammenpassen. Ein Förster und eine Waldtherapeutin.« Inge Falk sprudelte förmlich über vor Glück.

In Gedanken rechnete ich aus, wie alt Niklas sein mochte. Ich hatte Rebekka auf Ende dreißig geschätzt, dann musste Niklas Mitte vierzig sein, älter, als ich vermutet hatte.

»Aber was rede ich da«, sagte Inge Falk. »Sie sind bestimmt müde.«

Am nächsten Morgen ging ich direkt nach dem Frühstück zu Jakob. Ich würde am Nachmittag, wenn er sich ausruhte, einen ausgedehnten Spaziergang machen. Jetzt, wo ich seinen Tagesablauf kannte, konnte ich darauf Rücksicht nehmen.

Jakob erwartete mich bereits. In der Werkstatt stand eine Thermoskanne mit Kaffee, neben meinem Rohling lag eine Auswahl an Schnitzwerkzeugen. Jakob erklärte, dass er sie vor jedem Schnitzen schärfte.

»Soll ich das für Sie machen, oder möchten Sie es selbst versuchen?«, fragte er.

»Wenn nichts kaputtgehen kann, versuche ich es gerne selbst.«

Ich verbrachte die nächste halbe Stunde damit, die Werkzeuge vorzubereiten. Das Surren der Maschine machte jegliches Gespräch unmöglich, zumal Jakob nicht mehr gut hörte. Als ich fertig war, befestigte er ein Holzstück an der Werkbank und zeigte mir, wie ich das Messer führen musste.

»Immer schön weg vom Körper«, mahnte er. »Und mit der Maserung schneiden, sonst bricht das Holz.«

Ich übte an dem Holzstück, bis ich mich traute, die ersten Versuche an meinem drei Zentimeter dicken Rohling zu machen.

»Zuerst legen wir die grobe Form an.« Jakob rundete eine Kante ab und übergab mir das Messer.

Schon bald hatte ich den Dreh raus, mit dem Resultat war ich allerdings nicht zufrieden. Im Vergleich zu Jakobs Arbeiten sah mein Rohling aus wie eine Kinderzeichnung, das neben einem Gemälde von Renoir hing.

»Schnitzen ist Übungssache«, beruhigte er mich. »Am Anfang sieht es immer ein bisschen unregelmäßig aus.«

»Ein bisschen?«, wiederholte ich skeptisch.

»Sie sind sehr streng mit sich.«

»Ja«, seufzte ich.

Von Pauline hätte ich an dieser Stelle eine Predigt über Perfektionismus zu hören bekommen, und Frank hätte mir versichert, dass es normal war, nur das Beste zu wollen. Jakob aber nickte bloß.

»Wir können alle nicht aus unserer Haut«, sagte er und bot mir an, das Stück auszubessern.

Ich lehnte dankend ab. »Ich muss wohl eher meine Ansprüche herunterschrauben.«

Er setzte sich mir gegenüber. »Können Sie das denn?«

»Kann man nicht alles, wenn man es nur will?«, gab ich zurück.

»Das glaube ich nicht, nein.« Jakob schaute auf seine Hände, die in seinem Schoß ruhten. »Wir sind, wer wir sind.«

Er sagte es leise, aber ich hörte die Trauer in seiner Stimme. Machte er sich wegen etwas Vorwürfe? Sollte ich nachhaken? Er sprach nicht viel über sich, ich fürchtete deshalb, ich könnte ihm zu nahe treten.

»Jetzt kommt die Rückseite dran«, sagte Jakob, bevor ich mich entscheiden konnte. »Heute machen sich nur wenige Hersteller die Mühe, beide Seiten auszuarbeiten. Aber ohne Hinterschneiden wirkt das Bildwerk klumpig. Die Schatten fehlen.«

Ich vertiefte mich wieder in die Arbeit, lauschte dabei dem Ticken der Uhren und dem Geräusch des Schnitzbeitels, den ich immer sicherer führte. Dieses Gefühl tiefer Konzentration hatte ich seit Paulines Geburt nur selten erlebt, jetzt merkte ich, wie sehr es mir gefehlt hatte. Ich fühlte mich in meine Anfangszeit als technische Zeichnerin zurückversetzt.

Ab und zu bat mich Jakob um Hilfe. Einmal, um eine winzige Schraube anzuziehen, ein anderes Mal, um die abgebrochene Spitze eines Hirschgeweihs zu kitten. Er lobte meine geschickten Hände und die Präzision, mit der ich die Arbeiten ausführte. Ich wusste, dass er mich zu motivieren versuchte, dennoch freute ich mich über seine Komplimente. Vielleicht, weil es Eigenschaften waren, die niemand an mir schätzte. Nun erschuf ich dank meiner Fähigkeiten etwas.

»Sind Sie in München aufgewachsen?«, fragte er plötzlich.

»Im Hasenbergl«, antwortete ich. »Damals war der Stadtteil aber noch nicht so gut an München angebunden wie heute. Es war eine ganz eigene Welt. Erst als die U-Bahn-Linie 2 verlängert wurde, hat sich das verändert.«

»Wie sah diese Welt aus?«

Ich dachte an die Plattenbauten und die Schmierereien an den Mauern. An schlecht isolierte Fenster, fremde Sprachen und schief getretene Pantoffeln. Aber auch an den in den Siebzigerjahren errichteten Abenteuerspielplatz, auf dem ich so viele Stunden verbracht hatte, und an die vielen Kinder, die draußen herumtobten.

»Heute würde man wohl von einem sozialen Brennpunkt sprechen«, sagte ich. »Aber mir gefiel es dort. Es war nie langweilig.«

Dass das nicht selbstverständlich war, realisierte ich erst, als Frank und ich in unsere neu gekaufte Doppelhaushälfte zogen. Pauline war damals drei Jahre alt, und es gab nur wenige andere Kinder in der Nachbarschaft. Sie war oft alleine und wollte, dass ich mit ihr spielte.

»Wie war es für Ihre Mutter?«, fragte Jakob vorsichtig.

Ich zögerte. »Ehrlich gesagt, wäre meine Mutter vermutlich nirgends glücklich gewesen. Heute weiß ich, dass sie unter Depressionen litt. Damals aber glaubte ich, dass ich nicht artig genug war, oder vielleicht nicht liebenswert.«

Die heftigen Gefühle, die meine Kindheitserinnerungen in mir auslösten, trafen mich unvorbereitet. Ich hatte geglaubt, all das hinter mir gelassen zu haben.

»Entschuldigen Sie«, sagte Jakob. »Ich wollte nicht …«

»Schon gut«, sagte ich rasch. »Diese Zeit gehört nun einmal zu meinem Leben. Ich glaube, im Moment kommt vieles wegen der Trennung hoch. Das ist vermutlich ganz normal.« Ich atmete tief durch. »Wie war es, im Schwarzwald aufzuwachsen?«

Jakob erzählte mir von seiner Kindheit in der Nachkriegszeit, von Zwetschgen in Weckgläsern, langen Wintern und verschollenen Vätern.

»Ich hatte großes Glück, mein Vater kam nach dem Krieg unversehrt zurück, körperlich zumindest. Innerlich war er aber nicht mehr derselbe. Er wirkte oft abwesend, nur wenn er Uhren baute, war er wie früher. Ich verbrachte viel Zeit mit ihm in der Werkstatt und half ihm, wo ich nur konnte.«

Ich dachte darüber nach, wie sich Kinder anpassten, um den Eltern keinen zusätzlichen Kummer zu bereiten.

»Haben Sie Geschwister?«, fragte ich.

»Drei Schwestern und einen älteren Bruder, der aber früh bei einem Unfall im Sägewerk ums Leben kam.«

»Das tut mir leid.«

Jakob nickte. »Und Sie?«

»Nein, ich war ein Einzelkind«, antwortete ich. »Mein Vater ist vor meiner Geburt gestorben.«

»Hat Ihre Mutter nie einen neuen Mann kennengelernt?«

Über die Vorstellung hätte ich beinahe gelacht. Wie sollte eine Frau, die sich so vehement gegen das Glück wehrte, als wäre es eine ansteckende Krankheit, eine Beziehung aufbauen? Es hatte mich schon erstaunt, dass sie überhaupt mit mir schwanger geworden war.

Ich schüttelte den Kopf. Die Kuckucke stimmten ihr Konzert an und ersparten mir eine ausführliche Antwort.

8

Es herrschte wenig Verkehr auf der Straße. An einem sonnigen Freitagnachmittag im Mai fuhren die meisten Autos in die entgegengesetzte Richtung, weg von der Stadt, hinaus aufs Land. Im Schwarzwald hatte die Saison begonnen, die ersten Gäste waren schon am Morgen bei Inge Falk eingetroffen.

War es wirklich erst eine knappe Woche her, seit ich diese Strecke gefahren war? Es kam mir so viel länger vor! Ich hatte nicht nur physisch eine Reise angetreten, sondern auch seelisch und geistig. Wohin sie mich führen würde, wusste ich noch nicht, doch den ersten und damit schwierigsten Schritt hatte ich gemacht.

Im Kofferraum lag meine Kuckucksuhr, die wieder einwandfrei funktionierte. Jakob hatte mir versichert, dass sie weitere fünfzig Jahre ohne Pannen laufen würde. Der Gedanke an ihn stimmte mich traurig. Ich sah ihn vor mir, wie er vor dem Haus stand und mir nachwinkte. Ein einsamer, alter Mann, den ich in der kurzen Zeit, die ich mit ihm verbracht hatte, lieb gewonnen hatte. Ich hatte versprochen, ihn bald zu besuchen. Als Beweis, dass ich es ernst meinte, ließ ich das Holzstück, das ich geschnitzt hatte, in der Werkstatt. Dort wartete es darauf, mit weiteren Schnitzereien, über die ich mir schon ein paar Gedanken gemacht hatte, zu einer Uhr zusammengesetzt zu werden.

Niklas war ich nicht mehr begegnet, und das war gut so. Abgesehen davon, dass er ohnehin vergeben war, war ich gerade dabei, den Boden unter den Füßen wiederzufinden und mein Leben neu aufzubauen. Ich wollte mich nach einer Arbeitsstelle umsehen, die handwerkliches Geschick verlangte, aber keine entsprechende Ausbildung voraussetzte. Das würde nicht einfach werden, doch ich wusste, dass mich ein Bürojob nicht glücklich machen würde.

Je näher ich München kam, desto unruhiger wurde ich. Die Kraft, die ich im Schwarzwald getankt hatte, wich Unsicherheit. Ich fragte mich, ob Frank inzwischen seine Sachen aus dem Haus geholt hatte. Was würden die leeren Räume in mir auslösen? Wie käme ich mit den Erinnerungen zurecht?

Meine Sorge war jedoch unbegründet. Zwar spürte ich Wehmut, als ich in den stillen Flur kam, aber ich betrachtete alles mit anderen Augen. Fast, als betrat ich die Bühne eines Theaters, das vor langer Zeit geschlossen worden war. Ich spürte mit aller Deutlichkeit, dass hier kein neues Stück gespielt würde. Die Ehe, der ich nachtrauerte, hatte schon lange vor Olivias Auftauchen nur noch auf dem Papier bestanden. Und noch etwas wurde mir klar: Auch wenn Frank feststellen sollte, dass er einen Fehler gemacht hatte, gab es für mich kein Zurück mehr.

Ich begann, alte Requisiten zu entsorgen. Zuerst bezog ich das Bett neu. Franks Decke und sein Kissen verstaute ich im Schrank, die Kleider, die er hiergelassen hatte, packte ich in Kartons. Er war während meiner Abwesenheit nicht da gewesen, um sie zu holen, was ich ihm hoch anrechnete. Immerhin ignorierte ich seit zwei Wochen seine Anrufe. Bestimmt vermisste er das eine oder andere Stück. Dann räumte ich seinen Schreibtisch aus. Ich würde dort Bewerbungen schreiben, dafür brauchte ich genügend Platz. Am Schluss suchte ich die Sachen zusammen, die ihm viel bedeuteten. Fachbücher, seine CD-Sammlung, die Solarlautsprecher, die er mitentwickelt hatte, ein Foto von Pauline, das auf seinem Nachttisch stand. Seine Weinsammlung und die Grafiken, die er auf Reisen gekauft hatte. Unseren restlichen Besitz würden wir gemeinsam aufteilen müssen. Wenn er bei Olivia eingezogen war, brauchte er vermutlich nicht viel. Die entstandenen Lücken füllte ich, indem ich Bilder umhängte und Möbel neu arrangierte. Lediglich die Kuckucksuhr kam an ihren angestammten Platz, dort, wo sie hingehörte.

Nachdem ich geduscht hatte, setzte ich mich mit meinem Handy aufs Sofa und wählte seine Nummer. Er nahm nach dem ersten Klingeln ab.

»Alice! Endlich! Wie geht es dir? Ich … ich habe mir Sorgen gemacht.«

Seine Stimme nach zwei Wochen Funkstille wieder zu hören, brachte mich durcheinander. Es dauerte einen Augenblick, ehe ich mich gesammelt hatte.

»Mir geht es gut, danke. Ich war im Schwarzwald.«

»Pauline hat es mir erzählt«, sagte er. »Was hast du dort gemacht?«

Er klang verwundert, was mich nicht weiter erstaunte. Jahrelang hatte ich mich geweigert, mit ihm wegzufahren, dann verreiste ich spontan und ohne jeglichen Plan.

»Das ist eine lange Geschichte«, wich ich aus, denn mir war nicht danach, ihm von meinen Erlebnissen zu erzählen. »Ich rufe an, weil du vermutlich deine Sachen brauchst. Willst du sie holen?«

»Natürlich«, sagte er rasch, jetzt in geschäftigem Tonfall. »Wann passt es dir?«

Unwillkürlich krampfte sich mein Magen zusammen. Hatte ich tief in meinem Inneren doch gehofft, dass er mich vermisste? Ich wusste zwar nicht, ob ich das wollte, aber seine Antwort führte mir vor Augen, wie weit er sich von mir entfernt hatte.

»Wie wär's mit diesem Wochenende?«, sagte ich.

»Morgen?«

»Gut. Um zehn?«

»Prima.«

Die Uhr schlug die volle Stunde, der Kuckuck kam heraus und rief achtmal. Ich schnappte mir eine Flasche Rioja aus Franks Weinsammlung, schenkte mir ein Glas ein und ging damit hinaus auf die Terrasse.

Die Sonne war hinter den Häusern verschwunden, der Himmel jetzt ein blasses Rosa. Im Garten blühten Lungenkraut, Storchenschnabel und die ersten Hortensien, am Wegrand spross Unkraut. Mein Blick fiel auf den schiefen Maulbeerbaum. Ich stellte mein Weinglas hin, ging zu ihm und legte die Hand an seinen Stamm. Die Rinde war rau, aber nicht schuppig, irgendwie lebendig.

Nebenan ging die Terrassentür auf. Ein Mann mit grau meliertem Haar trat heraus, er trug eine gut sitzende Jeans und ein helles Hemd. Der Investmentbanker? Er hatte mich bemerkt und kam auf den Zaun zu, der unsere Gärten trennte. Sein Gesicht war ebenmäßig, sein Blick offen.

»Guten Abend! Ich bin Max Müller. Schön, Sie kennenzulernen.« Er streckte mir die Hand entgegen.

Ich ergriff sie. Sein Händedruck war fest, aber nicht schmerzhaft, seine Augen hatten den gleichen Grünton wie meine. Ich dachte daran, wie mich Frank früher als seinen Smaragd bezeichnet hatte.

Max Müller war mir auf Anhieb sympathisch. Normalerweise tastete ich mich vorsichtig an fremde Menschen heran, doch ich stellte mich gleich als Alice vor und lud ihn zu einem Glas Wein ein. Vielleicht lag es daran, dass sich mein Leben im Umbruch befand, vielleicht auch nur an dem schönen Abend oder dem halben Glas Wein, das ich bereits getrunken hatte.

»Gerne«, sagte er überrascht.

Ich holte ein zweites Glas.

»Einen Viña Ardanza«, sagte er. »Du bist eine Weinkennerin.«

Ich winkte ab. »Ich trinke selten Alkohol. Mein … Ex-Mann war der Weinkenner. Ich profitiere nur von seinem guten Geschmack.«

Es kam mir komisch vor, Frank als Ex-Mann zu bezeichnen, schließlich waren wir noch verheiratet.

Ich schenkte Max ein und prostete ihm zu. »Herzlich willkommen!«

»Auf eine gute Nachbarschaft«, sagte er.

»Wie gefällt es dir hier?«

»So gut, dass ich beschlossen habe, vermehrt im Homeoffice zu arbeiten«, antwortete er. »Ursprünglich wollte ich den Hausteil nur als Anlage erwerben. Ich bin beruflich viel unterwegs, deshalb war mir das Wohnen nie wichtig.«

»Was machst du?«, fragte ich.

Er erzählte von seiner Arbeit bei einer internationalen Bank, davon, wie er Übernahmen und Fusionen finanziell vorbereitete. Gerade ausführlich genug, damit ich verstand, worum es ging, aber nicht so sehr ins Detail, dass es mich langweilte.

»Und du?«, wollte er wissen.

Ich befinde mich in einer Übergangsphase klang wie die Ausrede einer Frau mittleren Alters, die nach der Familienphase nicht wusste, wie es weitergehen sollte. Deshalb erklärte ich, dass ich bei Frank im Ingenieurbüro angestellt war, was auf dem Papier sogar stimmte.

»Allerdings nicht mehr lange«, fügte ich hinzu. »Ich brauche eine Veränderung.«

»Hast du schon konkrete Pläne?«

»Bis jetzt bin ich noch gar nicht dazu gekommen, mich mit dem Arbeitsmarkt auseinanderzusetzen«, wich ich aus.

»Was interessiert dich denn?«

Was er wohl dazu sagen würde, wenn ich erzählte, dass ich am liebsten winzige Fensterläden kitten, Hosenträger malen oder mit 0,8-Millimeter-Schrauben hantieren würde?

»Feinmechanik«, antwortete ich. »Leider habe ich jedoch keine entsprechende Ausbildung. Ich habe technische Zeichnerin gelernt, damals, als man noch wirklich zeichnete.«

Er sah mich anerkennend an. »Technik liegt mir gar nicht«, gestand er. »Ich bewundere Menschen, die begreifen, wie ein Gegenstand funktioniert. Mein Vater ist Uhrmacher. Er hat immer gehofft, dass ich eines Tages sein Geschäft übernehmen würde, aber …« Er schaute auf seine Hände, als gehörten sie nicht zu ihm.

»Du verstehst, wie der Markt funktioniert«, entgegnete ich. »Ist das nicht ähnlich? Ich vermute, die einzelnen Faktoren sind wie Zahnräder, die ineinandergreifen und den Wert einer Firma oder einer Anlage beeinflussen.«

Er lächelte schief. »Um abstrakte Zusammenhänge zu erfassen, braucht es nur gesunden Menschenverstand, keine Grundlagen in Physik und Mathematik.«

Mir gefiel die Art, wie er sich selbst auf die Schippe nahm. Ich hatte mir einen Investmentbanker anders vorgestellt, arrogant und selbstverliebt. Offenbar war auch ich nicht davor gefeit, in Klischees zu denken.

Der Wein, den ich auf leeren Magen getrunken hatte, stieg mir allmählich in den Kopf. Ich stand auf.

»Möchtest du auch ein Stück Brot?«

»Gerne.«

Ich ging ins Haus und nahm ein selbst gebackenes Brot aus dem Gefrierschrank. Es dauerte ein paar Minuten, bis es im Mikrowellenherd aufgetaut war. Als ich auf die Terrasse zurückkam, hatte Max eine Flasche Olivenöl und etwas Käse geholt. Wir tunkten das Brot ins Öl, tranken dazu Wein und unterhielten uns über Grundstückspreise, die Nachbarn und den Arbeitsmarkt. Ich fühlte mich wohl in seiner Gegenwart, ihm ging es offenbar ähnlich.

»Was hast du damit vor?« Er zeigte auf den Pfahl, der neben dem Maulbeerbaum steckte.

»Eigentlich wollte ich den Baum richten.« Ich erzählte ihm von dem misslungenen Versuch, den Pfahl gerade in den Boden zu rammen, und meinem Entschluss, den Baum mit einer Blumenstaude zu ersetzen.

Er lachte. »Wenn du möchtest, kann ich dir dabei helfen.«

Ich dachte an die raue Rinde, und plötzlich war ich in Gedanken im Schwarzwald. Ich sah die alte Dame vor mir, spürte Niklas' Herzschlag an meinem Rücken. Mir wurde warm, und mein Atem ging etwas schneller. Die kurze

Begegnung mit Niklas hatte viel in mir ausgelöst. Nicht nur, weil er etwas in mir zum Klingen gebracht hatte. Ich betrachtete Bäume mit neuen Augen. Auf einmal war ich mir nicht mehr sicher, ob ich es schaffen würde, den Maulbeerbaum zu fällen.

Max beobachtete mich schweigend. Vermutlich führte er meine Reaktion auf sein Angebot zurück. Die Vorstellung war mir peinlich. Als sehnte ich mich so sehr nach Zuneigung, dass ich mehr in seine Worte hineininterpretierte.

»Ich hätte dich nicht für einen Macho gehalten«, scherzte ich betont locker.

Er sah mich einen Moment verwirrt an, dann hob er die Hände zum Zeichen der Kapitulation. »So war das nicht gemeint! Ich bin mir sicher, dass du es auch allein schaffst.«

Ich stand auf. »Wenn ich mich nicht bald schlafen lege, schaffe ich überhaupt nichts mehr.«

Er erhob sich sofort und reichte mir die Hand zum Abschied. Die Geste passte nicht zu dem ungezwungenen Abend, den wir zusammen verbracht hatten, und einen Moment lang standen wir beide unschlüssig da. Ich griff nach dem Brotkorb und der Weinflasche, bevor er mein Zögern missverstehen konnte. Als ich aus der Küche zurückkam, um die Gläser zu holen, war er weg.

»Du hast *was?*«, rief Lizzy am anderen Ende der Leitung.

»Ihm ein Glas Wein angeboten.« Ich saß im Bett, ein Kissen im Rücken, und berichtete ihr von Max. »Was ist daran so ungewöhnlich?«

»Du weißt doch überhaupt nichts über ihn!«

»Muss ich das, um ein Glas Wein mit ihm zu trinken? Wir saßen draußen im Garten! Du triffst dich auch mit Männern, die du nur aus dem Internet kennst. Was weiß du schon über sie?« Zu spät dachte ich an die Lügen des vermeintlichen Arztes. »Tut mir leid, so habe ich das nicht gemeint.«

Lizzy seufzte. »Du hast ja recht. Es ist nur … es passt einfach nicht zu dir.«

Ich dachte an ihre Reaktion, als ich von meiner Reise in den Schwarzwald erzählt hatte. Seit Jahren wollte sie mit mir wegfahren, oder zumindest etwas Gewagteres unternehmen als Kaffee trinken. Und nun tat ich es ohne sie.

»Woher weißt du, dass Max Müller überhaupt sein richtiger Name ist?«, fuhr sie fort. »Klingt ja fast wie Max Mustermann.«

Ich wollte sie darauf hinweisen, dass ein Nachbar sich kaum mit falschem Namen vorstellen würde – im Gegensatz zu einer Internetbekanntschaft –, als der Groschen fiel.

»Bist du noch dran?«, fragte Lizzy.

»Jakob hat erzählt, dass sein Sohn in München lebt. Und Max hat erwähnt, dass sein Vater Uhrmacher ist.«

»Du glaubst, Max könnte sein Sohn sein?« Lizzy quiekte. »Das wäre ja ein Wink des Schicksals!«

Ich wechselte rasch das Thema, bevor ihre Fantasie mit ihr durchging. »Arbeitest du morgen?«

»Nein, ich habe das ganze Wochenende frei.«

»Hast du Lust auf einen Waldspaziergang?«

»Einen … Waldspaziergang?« Lizzy klang, als hätte ich eine alpine Klettertour vorgeschlagen.

»Frank kommt am Vormittag seine Sachen holen. Danach könnten wir in die Allacher Lohe fahren.«

Ich war seit Jahren nicht mehr dort gewesen. Franks Vater hatte den Lohwald im Nordwesten Münchens geliebt, wir hatten ab und zu mit ihm einen Ausflug dorthin unternommen.

»Gibt es auch ein Café?«, fragte Lizzy.

»Bestimmt.«

Sie wechselte sprunghaft das Thema, wie sie es oft tat. Erzählte von einer Mitarbeiterin, die an Parkinson erkrankt war, dann von einem Film, den sie gesehen hatte, und von einer Bürostelle, auf die sie sich beworben hatte, aber für die sie unterqualifiziert war. Auch wenn sie manchmal flatterig wirkte, war Lizzy im Moment das Verlässlichste in meinem Leben, und ich genoss es, ihr zuzuhören. Nachdem wir aufgelegt hatten, kuschelte ich mich in meine Decke und versuchte zu schlafen. Es fiel mir schwer. Die Eindrücke der vergangenen Tage kamen immer wieder an die Oberfläche. Als ich endlich wegdriftete, hörte ich einen dumpfen Schlag. Ich schreckte auf, begriff dann, dass das Geräusch aus dem anderen Hausteil kam. Das ältere Paar, das vor Max dort gewohnt hatte, hatte den Raum neben unserem Schlafzimmer als Abstellkammer benutzt, nachdem der Sohn ausgezogen war. Manchmal hatte ich ganz vergessen, wie nahe sie waren. Jetzt wurde mir wieder bewusst, dass nur eine Wand zwischen Max und mir lag.

9

Der Kuckuck rief zehnmal. Frank stand im Flur, die Hände in die Taschen geschoben, und räusperte sich. So unsicher hatte ich ihn erst einmal erlebt, nach Paulines Geburt. Unwillkürlich dachte ich daran zurück. Frank hatte mich während der ganzen, nicht enden wollenden Nacht unterstützt. Er massierte mir in den Wehenpausen den Rücken, machte mir Mut und steckte mir erfrischende Mandarinenschnitze zu, wenn uns niemand beobachtete. Er war mein sprichwörtlicher Fels in der Brandung. Als die Hebamme ihm schließlich seine neugeborene Tochter reichte, zitterten seine Hände jedoch so stark, dass er mehrmals tief durchatmen musste, bevor er sich traute, Pauline zu halten.

»Die Uhr funktioniert wieder.« Seine pragmatische Feststellung holte mich in die Gegenwart zurück.

»Gerufen hat der Kuckuck immer«, antwortete ich automatisch. »Die Klappe ging nicht mehr auf.«

»Ja, richtig.« Er verlagerte das Gewicht von einem Fuß auf den anderen.

»Alice …«, begann er.

»Frank …«, sagte ich gleichzeitig.

Wir hielten beide inne, und ich gab ihm ein Zeichen, dass er fortfahren sollte.

»Es tut mir wirklich leid.« Er strich sich über seinen Bart, der neu war. »Du bedeutest mir immer noch viel, ich möchte, dass du das weißt.«

Ich wollte ihn fragen, weshalb er mich dann betrogen hatte, doch ich tat es nicht. Ich kannte die Antworten, sie jetzt aus seinem Mund zu hören, würde mir zu deutlich vor Augen führen, was wir verloren hatten.

»Warum hast du mir nichts gesagt?«, fragte ich stattdessen. »Hättest du es überhaupt je getan, wenn es nicht zu dem Missverständnis gekommen wäre?«

Er betrachtete seine Hände. »Weil ich ein Feigling bin.«

Plötzlich kochte der Zorn in mir hoch. »Wolltest du auf Nummer sicher gehen? Abwarten, bis du die Gewissheit hattest, dass … sie deine Gefühle erwidert?«

Ich konnte Olivias Namen nicht aussprechen, aber das war auch nicht nötig.

Er sah mich erschrocken an. »Natürlich nicht! Das würde ich nie tun!«

Mein Zorn verflog, so schnell er gekommen war. Im Grunde war ich nicht auf Frank wütend, sondern auf uns beide. Wir hatten es verpasst, die Liebe zu pflegen. Unserer Ehe Nahrung zu geben. Und es nicht einmal bemerkt, als sie langsam einging.

Ich rieb mir die Schläfen. »Ist es etwas Ernstes?«

»Ich glaube schon«, antwortete er leise.

Ich nickte und wartete auf den Schmerz, der prompt kam, allerdings weniger heftig als erwartet. Er war dumpf, bereits Teil von mir, kein frischer Stich.

»Darf ich hereinkommen?« Frank deutete auf das Wohnzimmer.

Ich trat beiseite. »Möchtest du einen Kaffee?«

»Wenn es dir keine Umstände macht.«

Diese Höflichkeit schaffte noch mehr Distanz zwischen uns als die physische Trennung. Ich ging in die Küche und holte zwei Tassen aus dem Schrank, ließ mir Zeit mit der Zubereitung des Kaffees. Ich wärmte die Tassen vor, gab sorgfältig Pulver in das Sieb und strich es mehrmals glatt. Dabei versuchte ich, nicht zurückzublicken, sondern nach vorne. Was ich im Moment brauchte, war Klarheit. Ich würde mich noch lange genug mit der Vergangenheit auseinandersetzen können, jetzt musste ich mein Leben in den Griff bekommen.

Als ich die Tassen ins Wohnzimmer trug, fühlte ich mich gewappnet für den nächsten Schritt.

»Es gibt viel zu bereden«, sagte ich und setzte mich aufs Sofa. »Wie soll es weitergehen? Mit der Arbeit zum Beispiel, dem Haus oder unseren Versicherungen?«

»Magst du jetzt schon darüber reden?«

»Ich weiß nicht einmal, ob du mich im Büro erwartest.«

»Es eilt nicht. Nimm dir so viel Zeit, wie du brauchst.«

»Ich brauche keine Zeit, sondern Klarheit.«

Er zog eine Grimasse. Ich war mir nicht sicher, ob es

der Versuch eines Lächelns war oder ob er sich gerade daran erinnerte, weshalb er mich verlassen hatte.

»Möchtest du denn weiterhin bei mir arbeiten?«, fragte er.

Bei mir, nicht bei uns. Hatten wir das Ingenieurbüro nicht gemeinsam zu dem gemacht, was es heute war?

»Nein«, sagte ich bestimmt. »Aber es wird eine Weile dauern, bis ich eine neue Stelle gefunden habe.«

Wir sprachen über Finanzen und erstellten eine Liste aller Aufgaben, die wir erledigen mussten. Ich schlug vor, dass ich mich um die administrativen Belange der Trennung kümmern würde, da ich im Moment mehr Kapazität hatte. Die Worte klangen seltsam, so geschäftlich, als trennten wir uns regelmäßig. Mir wurde bewusst, dass wir während der letzten Jahre selten längere Gespräche außerhalb des Büros geführt hatten. Wann hatten wir zuletzt etwas zusammen unternommen? Über unser Leben nachgedacht oder gar Pläne geschmiedet? Das war nie nötig gewesen, denn unsere Zukunft lag stets wie ein betonierter Weg vor uns. Jedenfalls für mich.

Ich dachte an den unebenen Boden im Wald, über den ich mit geschlossenen Augen gegangen war. An Niklas' Hände, die mich führten. Warum hatte ich mich nie von Frank ins Unbekannte führen lassen?

»Ich lasse dich nicht hängen, Alice.« Frank beugte sich zu mir, als wollte er mich berühren, ließ es dann aber bleiben. »Du wirst immer ein wichtiger Teil meines Lebens bleiben.«

Ich lehnte mich zurück. »Hat Pauline sie schon kennengelernt?«

»Nein.« Er räusperte sich erneut. »Sie findet es egoistisch von mir, dass ich dich … dass ich eine andere …« Er schaffte es nicht, den Satz zu beenden.

Pauline hatte Frank Vorwürfe gemacht? Das überraschte mich. Eine wohlige Wärme breitete sich in mir aus. Natürlich war es mir wichtig, dass sie nicht das Gefühl hatte, für jemanden Partei ergreifen zu müssen, schließlich würden Frank und ich immer ihre Eltern bleiben. Trotzdem freute es mich, dass sie auch an mich dachte, nicht nur an Frank. Es bewies, dass ich ihr etwas bedeutete, obwohl sie es selten zeigte.

Frank stand auf. »Dann lade ich mal meine Sachen ein.«

Wie ich vermutet hatte, wollte er keine Möbel mitnehmen. Nur seinen Lesesessel und eine Lampe, die seiner Mutter gehört hatte. Während er die Kartons, die ich gepackt hatte, hinaustrug, ging ich in den Garten, um Unkraut zu zupfen. Ich musste mich beschäftigen, hatte aber gleichzeitig das Bedürfnis, Frank im Auge zu behalten. Sein Auszug wurde dadurch für mich nachvollziehbarer.

Immer wieder schaute ich zum Nachbarhaus. Ob Max uns beobachtete? Insgeheim hoffte ich, dass er herauskommen und mich auf den gestrigen Abend ansprechen würde. Es war kindisch, doch Frank sollte wissen, dass mein Leben auch ohne ihn weiterging.

Ich traf Lizzy an der S-Bahn-Station Karlsfeld. Sie trug fliederfarbene Turnschuhe und einen breitkrempigen Strohhut. Mir war, als hätte ich sie ewig nicht mehr gesehen. Wir umarmten uns, dann trat sie einen Schritt zurück und studierte mich.

»Ich bin immer noch die Gleiche«, sagte ich.

»Da bin ich mir nicht so sicher«, erwiderte sie mit gespielter Skepsis, wurde gleich darauf aber ernst. »Wie war es mit Frank?«

»Weniger schlimm, als befürchtet«, antwortete ich wahrheitsgemäß.

Sie drückte mich. »Ich bewundere dich. Ich weiß nicht, ob ich so gefasst wäre wie du.«

»Gefasst?«, protestierte ich. »Ich lag fast eine Woche im Bett! Und noch immer frage ich mich, warum ich das Ende unserer Ehe nicht kommen sah. Jetzt, im Nachhinein, bin ich darüber nicht erstaunt. Die Anzeichen waren schon lange da, aber ich wollte sie nicht wahrhaben.«

»Ist ein Neuanfang denn völlig ausgeschlossen?«, fragte Lizzy.

»Frank verliebt sich nicht leichtfertig. Es ist ihm ernst mit … ihr. Und ich muss zuerst herausfinden, was ich im Leben eigentlich will. Nicht als Ehefrau von Frank oder Mutter von Pauline. Als ich, Alice.«

Wir gingen langsam die Straße hinunter. Die Allacher Lohe lag zwischen der Autobahnumgehung und dem Güterbahnhof, eigentlich ein Ort, an dem man keine grüne Oase erwartete. Ich dachte an den Verkehrslärm im

Schwarzwald und fragte mich, ob ich den Lohwald idyllischer in Erinnerung hatte, als er in Wirklichkeit war. Als wir dann aber auf einen Kiesweg einbogen, der von der Straße wegführte, dämpften die Bäume die Geräusche, und die Luft wurde immer frischer. Ich atmete tief ein.

»Wie war es für dich, als Uwe dich verlassen hat?«

Lizzy zuckte leicht zusammen, als ich ihren Ex-Mann erwähnte.

»Er hat mich nicht verlassen, ich habe ihn rausgeschmissen.« Sie beugte sich vor, um die gelben Blüten einer Goldnessel zu betrachten, die am Wegrand wuchs. »Wie schön! Du weißt bestimmt, wie diese Blume heißt?«

Sie sah mich erwartungsvoll an. Wie so oft, wenn ich nach Uwe fragte, versuchte sie, das Thema zu wechseln. Diesmal ließ ich aber nicht locker.

»Warum hast du dich von ihm getrennt?«, bohrte ich.

Sie richtete sich auf und ging weiter. Ich fürchtete schon, dass sie meine Frage einfach ignorieren würde, als sie erneut stehen blieb, den Kopf in den Nacken legte und den blauen Himmel zwischen den Baumkronen betrachtete.

»Weil er mir nicht guttat.«

Eine Ahnung beschlich mich. »Hat er dich geschlagen?«

»Nur, wenn er getrunken hatte«, sagte sie leise. »Das Problem war, dass er immer häufiger trank.«

»Das tut mir leid, Lizzy.«

Sie zuckte mit den Schultern. »Mir tut es nur leid, dass

ich so lange brauchte, um zu kapieren, dass er sich nie ändern würde.«

Sie erzählte von den blauen Flecken und den Versprechen, die jedes Mal folgten. Dass es die letzte Flasche sei, dass er sich Hilfe holen würde.

»Ich war so dumm«, sagte sie. »Ich habe ihm tatsächlich geglaubt.«

Ich dachte darüber nach, wie schnell Frauen die Schuld bei sich selbst suchten. Ich hatte Lizzy immer dafür bewundert, dass sie sich nicht um Konventionen scherte. Sie kleidete sich, wie es ihr gerade gefiel, egal, ob die bunten Hosen und Tops im Trend waren oder nicht. Sie sagte, was sie dachte, und ließ Kritik an sich abprallen. Ich hatte ihr Verhalten einem starken Selbstbewusstsein zugeschrieben, aber vielleicht schlüpfte sie in die Rolle der Exzentrikerin, um sich zu schützen. Wer mit niemandem verglichen werden konnte, musste keine Angst haben, nicht zu genügen.

»Du bist gegangen«, sagte ich. »Das schaffen nur wenige Frauen.«

Sie verzog das Gesicht zu einer Grimasse. »Ja, aber erst nach elf Jahren. Sag mal, gibt es hier nicht irgendwo einen See?«

Wir folgten dem Forstweg, bis wir zu einem Fußpfad kamen, der durchs Gebüsch zum Allacher See führte. Ich blickte kurz auf Lizzys helle Turnschuhe, offenbar kümmerte es sie nicht, dass der Stoff Grasflecken bekommen könnte. Nach wenigen Minuten kamen wir zum See, dessen Oberfläche türkisblau schimmerte. Im Vergleich zum Titisee war er winzig, dennoch überkam mich ein ähnliches Glücksgefühl wie im Schwarzwald. Vielleicht lag es an den Sonnenstrahlen, die dem Wasser ein magisches Glitzern verliehen.

Lizzy begann, »Ja ich will« von Andrea Berg zu singen. Als sie zur Stelle mit dem Baggersee kam, breitete sie die Arme aus. Dann zog sie ihre Schuhe aus und knöpfte die Hose auf.

Ich hielt sie zurück. »Hier darf man nicht baden.«

Das Verbot beeindruckte sie wenig. Bevor ich ihr erklären konnte, dass der See zum Naturschutzgebiet gehörte, war sie bereits im Wasser.

»Es ist herrlich!«, rief sie. »Du weißt gar nicht, was du verpasst!«

Ich hob abwehrend die Hände. In den letzten Wochen hatte ich mich zwar verändert, aber ich war immer noch ich.

Lizzy kam wieder an Land. »Kaum zu glauben, dass ich noch nie hier war«, sagte sie, während sie sich mit einem Taschentuch notdürftig abtupfte und noch halb nass in ihre Hose stieg. »Ich wohne seit fünfzehn Jahren in München.«

»Der See wurde in den Neunzigerjahren angelegt, als der Rangierbahnhof gebaut wurde.« Das wusste ich von Frank, der sich schon immer für Bauprojekte in München interessiert hatte. »Man hat an dieser Stelle Kies abgebaut. Das Wasser kommt aus dem Bächl.«

Lizzy fröstelte, und mir fiel der Zibärtle ein, den ich eingepackt hatte. Ich holte ihn aus meinem Rucksack.

»Den habe ich dir aus dem Schwarzwald mitgebracht. Willst du ihn aufmachen? Er wird dich wärmen.«

»Nur, wenn du mittrinkst«, zwinkerte sie.

Ich dachte an den Wein, den ich am Vorabend mit Max getrunken hatte, und wollte schon ablehnen, doch warum eigentlich? Ein bisschen mehr Alkohol würde mir nicht schaden.

Wir setzten uns hin und stießen auf das Leben an, das sich für uns beide anders entwickelt hatte, als wir es uns erhofft hatten. Auf die Zukunft, die wir so gestalten wollten, wie es uns gefiel.

10

Ich stand vor dem Spiegel und versuchte, mich durch die Augen eines zukünftigen Arbeitgebers zu betrachten. Ich hatte mich seit über zwanzig Jahren auf keine Stelle mehr beworben und wusste nicht, was von mir erwartet wurde. Noch immer war ich überrascht, dass ich mich überhaupt vorstellen durfte. In den vergangenen drei Wochen hatte ich über ein Dutzend Bewerbungen geschrieben. Als technische Zeichnerin, Leiterin eines Reparaturcafés, Auftragsplanerin, sogar als Greenkeeperin auf einem Golfplatz. Obwohl keine der Ausschreibungen besondere Vorkenntnisse verlangte, bis auf die Stellen als Zeichnerin, erhielt ich nur Absagen. Zu Beginn hatte ich mir genau überlegt, ob mir die Arbeit zusagte. Ich hatte Pro und Kontra abgewogen, mir ausgemalt, wie mein Leben aussähe, wenn ich die Stelle bekäme. Mit jeder Absage wurde ich pragmatischer. Schließlich zog ich alle Jobs in Betracht, für die ich auch nur halbwegs qualifiziert war. Auch Bürojobs.

Eigentlich wollte ich nicht den ganzen Tag in einem Büro sitzen, schon gar nicht als Aushilfe. Doch wie ich befürchtet hatte, durfte ich in meinem Alter und mit meinem Abschluss nicht wählerisch sein. Ich dachte daran, wie froh Lizzy an meiner Stelle wäre. Auf ihre letzte Bewerbung hatte sie nicht einmal eine Reaktion erhalten. Warum spürte ich dann keine Dankbarkeit?

Max hatte angeboten, bei der Bank ein gutes Wort für mich einzulegen. Ich hatte abgelehnt. Nicht nur, weil mich die Arbeit dort genauso wenig interessierte wie alle anderen Tätigkeiten im kaufmännischen Bereich, sondern, weil ich Beruf und Privatleben trennen wollte.

Er war tatsächlich Jakobs Sohn. Als ich ihm erzählte, dass ich ein paar Tage in der Werkstatt seines Vaters verbracht hatte, schüttelte er verwundert den Kopf.

»Das kann kein Zufall sein!«, sagte er mit vielsagendem Blick. »Das Schicksal hat uns zusammengeführt.«

In den paar Wochen, in denen wir uns kannten, war er zu einem festen Bestandteil meines Lebens geworden. Es war unvermeidbar, dass wir uns fast täglich begegneten, ich hatte jedoch das Gefühl, dass er die Treffen absichtlich herbeiführte. Wenn ich Unkraut jätete, setzte er sich mit einer Tasse Kaffee auf die Terrasse, um Zeitung zu lesen. Wenn ich das Haus verließ, holte er genau dann seine Post aus dem Briefkasten. Ich fühlte mich geschmeichelt, eine kritische Stimme in meinem Innern warnte mich jedoch davor, zu viel Nähe zuzulassen. Ich wurde nicht schlau aus meinen Gefühlen. Max war attraktiv, freundlich und intelligent. Ein toller Gesprächspartner, ein hilfsbereiter Nachbar. Was hielt mich zurück? Ich musste ja nicht gleich eine feste Beziehung eingehen. Trotzdem wich ich innerlich zurück, wenn er auf mich zukam.

Traute ich dem Glück nicht? Immer wieder fragte ich mich, warum er sich für mich interessierte. Es gab schönere, schlankere, erfolgreichere Frauen. Oder lag es an meiner Begegnung mit Niklas? Sosehr ich es auch versuchte, ich konnte ihn nicht vergessen.

Ich strich meine weiße Bluse ein letztes Mal glatt und schlüpfte in ein paar flache Lederschuhe mit Gummisohlen. Ich hatte mich entschieden, seriös und praktisch aufzutreten. Die Firma Schultz Security, bei der ich mich vorstellen würde, bot Sicherheitsleistungen an. Gesucht wurde eine zuverlässige Bürokraft, die gut organisiert war und exakt arbeitete. Genau die Eigenschaften, die ich mitbrachte.

Ich kam eine halbe Stunde zu früh in Laim an. Ich fuhr einmal an der Firma vorbei, um das Gebäude zu betrachten, wendete und parkte bei einem Baumarkt ganz in der Nähe. Fehlte noch, dass man auf einer Überwachungskamera beobachtete, wie ich vor dem Eingang wartete. Punkt vierzehn Uhr betrat ich einen schlichten Empfangsraum, wo mich eine Frau in einem schlecht sitzenden Kostüm begrüßte. Sie meldete mich beim Personalverantwortlichen an und bat mich, Platz zu nehmen. An der Wand hing ein Bildschirm, auf dem ein Film ohne Ton lief. Er stellte verschiedene Produkte und Dienstleistungen vor; neben Alarmanlagen verkaufte Schultz Security Gebäudedienstleistungen wie Treppenhaus- und Büroreinigungen, zudem war die Firma eine zertifizierte Notruf- und Serviceleitstelle. Putzen, betreuen, helfen. Aufgaben, die ich jahrelang ohne Bezahlung gemacht hatte.

»Frau Kern?« Ein rundlicher Mann mit schütterem Haar kam auf mich zu. »Horst Schultz. Es freut mich, Sie kennenzulernen.«

Der Geschäftsführer persönlich? Ich nahm seine ausgestreckte Hand und hoffte, dass meine nicht zu feucht war. Er führte mich in ein Sitzungszimmer, wo er mir einen Kaffee anbot. Ich lehnte ab, bereute meine Entscheidung aber sofort, denn sie verriet vermutlich, wie aufgeregt ich war.

Horst Schultz schlug eine Mappe auf, die vor ihm auf dem Tisch lag. Sie enthielt mein Bewerbungsschreiben.

»Sie arbeiten in einem Familienbetrieb«, begann er.

»Ja.«

»Solaranlagen, sehr interessant.«

Ich wusste nicht, was er von mir erwartete, also nickte ich nur.

Er schilderte, wie sein Vater das wachsende Bedürfnis der Bevölkerung nach Sicherheit erkannt hatte und Schultz Security in den Siebzigerjahren gegründet hatte. 1998 hatte Horst Schultz die Leitung übernommen.

»Wir bieten unseren Kunden mehr als Dienstleistungen und Produkte an«, betonte er. »Wir verkaufen Lebensqualität. Sicherheit und Sauberkeit gehören zu den Grundbedürfnissen des Menschen.«

»Das sehe ich auch so«, stimmte ich zu.

»Niemand versteht das besser als eine Hausfrau und Mutter.«

Die Wortwahl mochte veraltet sein, doch es waren genau meine Gedanken. Hoffnung stieg in mir auf. Vielleicht hatte ich tatsächlich eine Chance, die Stelle zu bekommen. Horst Schultz wollte wissen, warum ich meinen ursprünglichen Beruf an den Nagel gehängt hatte. Ich versuchte gar nicht erst, meine Familienzeit mit Begriffen wie »persönliche Weiterbildung« oder »kreative Pause« zu umschreiben, ich war mir sicher, dass es nicht gut ankäme.

Er hörte mir aufmerksam zu, stellte mir Fragen zum Ingenieurbüro und bat mich, meine Aufgaben dort zu beschreiben.

»Warum haben Sie gekündigt?«

Vor dieser Frage hatte ich mich gefürchtet. Mein Privatleben ging einen Arbeitgeber nichts an, doch ich konnte schlecht behaupten, dass es mir im Ingenieurbüro nach so langer Zeit plötzlich nicht mehr gefiel.

»Weil ich mich von meinem Mann getrennt habe«, antwortete ich so sachlich wie möglich.

Horst Schultz schwieg einen Moment, dann lehnte er sich zurück und fuhr unbeirrt weiter. »Wir bieten eine Tätigkeit in einem wachsenden Betrieb mit kurzen Entscheidungswegen, was Sie sicher zu schätzen wissen. Flexible Arbeitszeiten, individuelle Weiterbildungen sowie Rabatte auf Sicherheitsprodukte und Reinigungsmittel. Zudem halten wir unsere Mitarbeiter über alle Neuerungen auf dem Laufenden.« Er ließ seine Worte wirken, bevor er fortfuhr. »Im Gegenzug erwarten wir Zuverlässigkeit, Genauigkeit und Selbstständigkeit. Sie kümmern sich um die eingehende Post, übernehmen einfache Empfangstätigkeiten und administrative Arbeiten wie die Digitalisierung von Dokumenten und die Vorbereitung des Versands. Aus Ihren Unterlagen entnehme ich, dass Sie es gewöhnt sind mitzudenken.«

Bot er mir etwa die Stelle an?

Er sah mich erwartungsvoll an. »Ich bin mir sicher, dass Sie auch einige Fragen an mich haben.«

»Sie haben Weiterbildungen erwähnt«, sagte ich, weil mir nichts anderes einfiel. »Wie sehen diese aus?«

»Wir haben eine eigene Sicherheitsfachschule, die auch unseren Mitarbeitern offensteht. Sie können einzelne Kurse belegen, zum Beispiel Gewerberecht, Unfallverhütungsvorschriften oder Sicherheitstechnik, um nur die Interessantesten zu nennen, oder, allerdings erst nach mindestens einem Jahr Berufspraxis, den vollständigen Lehrgang absolvieren und die IHK-Prüfung zum Abschluss Geprüfte Schutz- und Sicherheitskraft ablegen.«

Auf einmal hörte ich, wie Rebekka uns im Wald einlud, die Augen zu schließen. Ich spürte den unebenen Boden unter meinen Füßen, Niklas' Hand auf meiner Schulter. Im Schwarzwald war es mir gelungen, loszulassen. Ich hatte eine neue Seite an mir kennengelernt, mich aus einem Korsett befreit. Mein Sicherheitsdenken über Bord geworfen und den Schritt ins Unbekannte gewagt.

»Möchten Sie es sich noch überlegen?«, fragte Horst Schultz.

Ich blinzelte. »Heißt das, Sie würden mich einstellen?«

»Sie passen hervorragend in unser Team.«

In mir ging eine Tür zu, und ein Schloss rastete ein.

Pauline saß in einem Café gegenüber der Universität, das hauptsächlich von Studenten besucht wurde, und scrollte auf ihrem Handy. Als sie mich sah, legte sie es widerwillig weg. An die regelmäßigen Treffen hatte ich mich noch nicht gewöhnt. Sie kamen mir erzwungen vor, als glaubte Pauline, die Lücke, die Frank hinterlassen hatte, füllen zu müssen. Ich setzte mich an den Bistrotisch und bestellte eine große Flasche Mineralwasser, Pauline eine Mate.

»Ist alles okay?«, fragte sie. »Du siehst völlig fertig aus.«

Ich fächerte mir mit der Speisekarte Luft zu. Seit ich Schultz Security verlassen hatte, stand mir der Schweiß auf der Stirn. Ich hatte eine Stelle. In nur drei Tagen, am 1. Juni, würde ich beginnen. Meine Vorgängerin, die schwanger war, musste vorzeitig in den Mutterschutz wegen Komplikationen, deshalb fehlte eine Bürokraft. Ich erzählte Pauline von der Zusage.

»Toll!« Ihre Freude schien echt. »Was macht die Firma?«

»Sie bietet Dienstleistungen im Bereich Sicherheit an.«

Pauline rümpfte die Nase. »Überwachung und so?«

Begriff sie nicht, dass ich froh war, überhaupt eine Arbeit gefunden zu haben? Dass ich nicht wählerisch sein konnte?

»Einbruchschutz«, sagte ich ungewöhnlich scharf.

»Sorry!«, sagte sie und hob die Hände.

Die Kellnerin brachte die Getränke und schenkte uns ein. Ich nahm einen Schluck Wasser und widerstand dem Drang, mich zu rechtfertigen.

»Wie läuft es an der Uni?«, fragte ich stattdessen.

Sie zuckte die Schultern. »Gut.«

»Hast du dir schon Gedanken über das Thema deiner Bachelorarbeit gemacht?«

»Das eilt nicht.«

»Was würde dich denn interessieren?«

»Kann ich nicht einfach im Hier und Jetzt leben?«

Wir waren in unser übliches Muster verfallen. Wann würden wir uns endlich wie zwei Erwachsene begegnen? Mit meiner eigenen Mutter hatte ich es auch nie geschafft, bloß, dass bei uns die Rollen vertauscht waren. Auf einmal fühlte ich mich hundemüde. Meine Freude über die Zusage war erloschen, das Leben kam mir nur noch anstrengend vor.

Auf dem Nachhauseweg dachte ich über meine heftige Reaktion nach. Hatte Pauline einen wunden Punkt getroffen? Im Schwarzwald hatte ich einen Eindruck davon bekommen, wer ich sein könnte. Trauerte ich dieser Frau nach?

Ich rief Lizzy an, um ihr meine Neuigkeiten zu erzählen. Sie gratulierte mir überschwänglich und schlug vor, auf die neue Stelle anzustoßen. Als sie anbot, am Abend mit einer Flasche Wein vorbeizukommen, musste ich schmunzeln. Mir war klar, dass sie endlich Max kennenlernen wollte. Ich nahm es ihr nicht übel. Ich hatte die Begegnung hinausgezögert, weil ich befürchtete, Lizzy würde der nachbarschaftlichen Beziehung zu viel Bedeutung beimessen. Ich versprach, ihn ebenfalls einzuladen.

Unterwegs kaufte ich Lebensmittel ein. Wenn wir schon feierten, dann richtig. Ich verbrachte die nächsten Stunden damit, Paprika zu rösten, Kapern zu schneiden, Brotscheiben mit Knoblauch einzureiben und frische Kräuter zu ernten. Als Lizzy kam, war der Tisch auf der Terrasse gedeckt, und ich hatte ein Sommerkleid an, das ich vor zwei Jahren gekauft, aber nie getragen hatte, weil es mir im Nachhinein zu gewagt vorkam. Der Stoff war mit großen, roten Mohnblumen bedruckt.

»Wow!«, rief Lizzy und betrachtete mich von allen Seiten. »Du siehst richtig exotisch aus.«

Ob es an dem Kleid lag, in dem ich mich tatsächlich anders fühlte als in meinen üblichen, praktischen Jeans und Blusen, oder daran, dass ich in drei Tagen ein neues Arbeitsleben beginnen würde, ich spürte, dass etwas in der Luft lag.

»Wo ist er?«, flüsterte Lizzy.

»Wer?«, fragte ich mit gespielter Unschuld.

Lizzy kniff mich in die Seite.

Ich lachte. »Unter der Dusche.«

Lizzy riss die Augen auf.

»Nicht unter meiner Dusche«, erklärte ich rasch.

Im diesem Moment hörte ich Max auf der Terrasse. »Hallo? Jemand zu Hause?«

»In der Küche«, rief ich.

Er kam mit einem großen Blumenstrauß herein, den er mir strahlend überreichte. Sein Haar war im Nacken feucht, er roch nach Duschgel und Zahnpasta.

»Herzlichen Glückwunsch zur neuen Stelle!« Sein Blick glitt über mein Kleid, und mir wurde auf einmal bewusst, wie tief der Ausschnitt war.

»Wie lieb!« Ich küsste ihn auf die Wange. »Max, das ist meine Freundin Lizzy. Lizzy, mein Nachbar Max.«

Sie musterten sich interessiert. Im Vergleich zu Lizzys bunter Tunika und den grasgrünen Leggings war mein Kleid schon fast langweilig. Wie immer hatte sie eine passende Brille aufgesetzt, heute ein achteckiges Modell aus den Siebzigerjahren.

»Alice hat mir schon viel von dir erzählt«, sagte Lizzy in geheimnisvollem Ton.

Ich warf ihr einen warnenden Blick zu.

»Wie schön, wenn man sich mit den Nachbarn gut versteht«, fuhr sie mit einem verschmitzten Lächeln fort.

Max, der meinen Blick bemerkt hatte, wusste offensichtlich nicht, was er von Lizzy halten sollte. Ich drückte ihm eine Platte mit Häppchen in die Hände und bat ihn, sie nach draußen zu tragen.

Hinter seinem Rücken stieß Lizzy ein stummes »Wow« aus, das ich absichtlich ignorierte. Ich arrangierte die Blumen in einer Vase, stellte sie auf den Wohnzimmertisch und trat auf die Terrasse hinaus, wo Max und Lizzy bereits in ein angeregtes Gespräch vertieft waren. Ich schenkte Wein ein, und Max hob sein Glas.

»Auf deine Zukunft«, sagte er.

»Alles Gute, meine Liebe!« Lizzy stieß mit mir an.

Wir genossen den Wein und lauschten dem Summen der Bienen, die um den Lavendel schwirrten, dann wollte Max alles über die neue Stelle wissen. Als ich meine Aufgaben beschrieb, runzelte er die Stirn, sagte aber nichts. Er fragte, ob ich vorhatte, eine Alarmanlage im Haus zu installieren. Wir sprachen über Kriminalität und die Tatsache, dass München laut Statistik die sicherste Großstadt Deutschlands war.

»Und trotzdem werden wir immer misstrauischer«, stellte Max nachdenklich fest.

»Die Welt verändert sich, und davor haben Menschen Angst«, sagte Lizzy. »Da ist es nur logisch, dass sie überall Gefahr wittern.«

Max legte den Kopf schräg. »Du machst auf mich nicht den Eindruck eines ängstlichen Menschen.«

Lizzy zuckte die Schultern, aber ich musste daran denken, wie schwer es ihr gefallen war, Uwe zu verlassen.

»Wovor hast du Angst?«, fragte ich Max.

Er nahm sich ein Häppchen und kaute nachdenklich. »Davor, das Leben zu verpassen«, sagte er schließlich. »So banal es auch klingt. Deshalb habe ich Bärental verlassen. Und du?«

Ich musste nicht lange überlegen. »Vor dem Loslassen.«

»Was könnte dir dabei zustoßen?«, fragte er.

Jetzt zögerte ich. »Ich könnte die Kontrolle über das Leben verlieren.«

»Kontrolle«, schnaubte Lizzy. »Wer hat die schon?«

Ich dachte über ihren Einwand nach. Machte ich mir etwas vor, wenn ich glaubte, dass mir meine neue Stelle die Kontrolle über mein Leben zurückgab? Ich würde ein eigenes Einkommen haben, war weder auf Frank noch sonst jemanden angewiesen. Doch ich bezahlte auch einen Preis dafür. Ich würde einen großen Teil des Tages damit verbringen, Tätigkeiten auszuführen, die mir nichts bedeuteten. War das Kontrolle oder Gefangenschaft?

Max wandte sich an Lizzy. »Hast du vor etwas Angst?«

Ich erwartete eine banale Antwort wie »vor Spinnen« oder »morgens zu verschlafen«. Lizzy wirkte auf den ersten Blick extrovertiert, sie war aber zurückhaltend, wenn es darum ging, ihre Verletzlichkeit zu zeigen. Ich hatte eine Weile gebraucht, um mit diesem Widerspruch klarzukommen. Zu meiner Überraschung antwortete sie mit ungewöhnlich ernster Miene.

»Davor, nicht gesehen zu werden«, sagte sie.

Ich hoffte inständig, dass Max keinen Spruch über ihren Kleidungsstil machen würde, der eindeutig dafür sorgte, dass man Lizzy sah. Er tat es nicht. Er nickte bedächtig und schwieg. Dankbarkeit erfüllte mich. Mein Leben mochte nicht perfekt sein, doch dieser Augenblick war es.

11

Mein erster Arbeitstag bei Schultz Security begann mit einem Begrüßungskaffee. Man stellte mir alle Mitarbeitenden vor, dann zeigte mir Silke, die drei Tage die Woche den Empfang besetzte, meinen Arbeitsplatz. Er war funktional eingerichtet, mit einem bequemen Bürostuhl und einem verstellbaren Schreibtisch, jedoch ohne jeglichen Charme. Industrieteppich, weiße Betonwände, Leuchtstoffröhren. Pappschachteln mit Werbematerial stapelten sich auf den Regalen, die Ablagefächer waren aus braunem Kunststoff. Von meinem Fenster aus sah ich direkt auf die Westendstraße.

Silke führte mich in meine Aufgaben ein, die zwar nicht schwierig, aber genau definiert waren. Ich versuchte, mir alles zu merken. Es gelang mir nicht.

»Am Anfang ist es viel, aber Sie können mich jederzeit fragen, wenn etwas unklar ist«, sagte sie.

Ich kam während des Vormittags mehrmals auf das Angebot zurück. Geduldig erklärte sie mir, wo ich Büromaterial fand, wie meine Vorgängerin die Ablage organisiert hatte und was ein zertifizierter Alarmprovider war.

Silke war etwa in Paulines Alter, wirkte aber wegen ihrer ruhigen Art und ihrem konservativem Kleidungsstil reifer.

Über Mittag setzten sich viele Angestellte in die Küche und packten mitgebrachtes Essen aus. Es gab einen Kühlschrank und eine Mikrowelle. Ich brauchte dringend frische Luft, wollte mich aber nicht absondern, deshalb gesellte ich mich zu ihnen. Sicherheitshalber hatte ich ein Stück Gemüsekuchen eingepackt. Während ich den Gesprächen lauschte, dachte ich an die Spaziergänge, die Frank und ich früher über Mittag gemacht hatten. Wir brachten einander dabei jeweils auf den neusten Stand, berichteten von Kunden oder neuen Entwicklungen, besprachen Probleme und tauschten Ideen aus. In den letzten Monaten waren die Spaziergänge immer seltener geworden, doch das merkte ich erst jetzt. Häufig hatte Frank mittags weggemusst, oder er war erst am frühen Nachmittag von einem Termin zurückgekehrt. Hatte er sich da bereits mit Olivia getroffen?

»Haben Sie den Film auch gesehen?«, fragte mich der Buchhalter, dessen Namen ich bereits wieder vergessen hatte.

Ich wusste nicht, von welchem Film er sprach.

»Bekloppt«, brummte ein Logistiker mit vollem Mund. »Bevor der Typ aus dem Hause geht, schaltet er die Anlage am Hauptzugang scharf. In der nächsten Szene sieht man, wie der Einbrecher das Funksignal aufzeichnet. Wie soll das gehen, bitte schön?«

Das Gespräch wandte sich Funkübertragungsmechanismen und Sicherheitszertifikaten zu. Meine Gedanken schweiften ab. Ich fragte mich, wer für Jakob Hosenträger malte.

Am Nachmittag zeigte mir Silke die Arbeit am Empfang. Schon nächste Woche würde ich an den Tagen, an denen sie frei hatte, Ansprechperson für Kunden und Lieferanten sein. Die einzige Herausforderung bestand darin, die Anrufe an die richtige Person weiterzuleiten. Dank dem gut strukturierten Verzeichnis, das digital und auf Papier zugänglich war, keine große Sache. Silke lobte meine rasche Auffassungsgabe, und ich fragte mich, was sie erwartet hatte. Ich fühlte mich uralt.

Die meisten Angestellten gingen pünktlich um fünf nach Hause. Ich blieb eine halbe Stunde länger, um einen guten Eindruck zu hinterlassen. Noch kannte ich die unausgesprochenen Regeln und Erwartungen nicht. Als ich endlich Feierabend machte, war ich gleichzeitig erschöpft und unruhig. Auf der Westendstraße staute sich der Verkehr, es roch nach Abgas und Asphalt. Ich schaltete das Autoradio ein und rechnete aus, wie lange ich noch arbeiten musste, bis ich in Rente ging.

Lizzy vorzujammern, dass ich mir nicht vorstellen konnte, die verbleibenden achtzehn Arbeitsjahre einfache Büroarbeiten zu erledigen, fand ich unfair. Sie hatte sich seit Franks Auszug rührend um mich gekümmert, aber irgendwann war genug. Sie beschwerte sich auch nicht darüber, dass ihr die Knie nach einem langen Tag im Altenheim schmerzten oder dass es immer mehr zu tun gab, weil beim Personal gespart wurde. Deshalb erzählte ich ihr von dem Kaffee, der für alle Mitarbeitenden umsonst war, und dem Willkommenspaket, das man mir geschenkt hatte. Es enthielt Reinigungsmittel und Schutzmasken.

Auch Pauline hatte angerufen, um zu fragen, wie mein erster Tag gelaufen war. Ich freute mich darüber, dass sie an mich gedacht hatte, keinesfalls würde ich ihr gegenüber jedoch zugeben, dass mich mein neuer Arbeitsplatz deprimierte. Nur mit Max konnte ich offen darüber reden.

Wir saßen an seinem Wohnzimmertisch, vor mir lag ein defekter Föhn. Max hatte ihn wegwerfen wollen, weil er sich nicht mehr einschalten ließ.

»Es ist nicht so, dass mir die Arbeit sinnlos erscheint«, versuchte ich ihm zu erklären. »Nur, dass jeder sie machen könnte. Verstehst du, was ich meine?«

»Natürlich«, antwortete er. »Deine besonderen Fähigkeiten sind dort nicht gefragt.«

»Gleichzeitig ist mir klar, dass meine Erwartungen viel zu hoch sind. Nur wenige Menschen haben das Glück, eine wirklich befriedigende Stelle zu finden. Ich kann es mir nicht leisten, wählerisch zu sein.« Ich drehte den Föhn in den Händen. »Hat er sich während des Gebrauchs ausgeschaltet?«

»Nein, ich habe ihn kurz hingelegt, dann ließ er sich nicht mehr einschalten.«

»Bist du sicher, dass er nicht einfach überhitzt war?«

Max stand auf und steckte als Beweis das Kabel ein. Ich drückte auf den Knopf, nichts passierte.

»Wir können es uns aber auch nicht leisten, etwas zu tun, das uns unglücklich macht«, nahm er den Gesprächsfaden wieder auf. »Dafür ist das Leben zu kurz.«

»Mich würde es noch unglücklicher machen, kein Einkommen zu haben«, führte ich ihm vor Augen.

Ich widmete mich dem defekten Föhn – einem Problem, das ich vielleicht nicht lösen, aber wenigstens anpacken konnte. Wenn er nicht überhitzt war, dann vermutlich verstopft. Ich reinigte die Lüftungsschlitze, doch es nützte nichts.

»Darf ich ihn auseinandernehmen?«, fragte ich.

Max breitete die Arme aus. »Bitte.«

Ich holte meine Werkzeugkiste und öffnete das Gehäuse. Der Filter hinter dem Ansauggitter war zwar verschmutzt, aber nicht verantwortlich für das Problem. Blieb ein Hardwarefehler oder ein defektes Kabel.

»Du siehst glücklich aus, wenn du mit Werkzeug hantierst«, sagte Max plötzlich. »Du erinnerst mich an meinen Vater, wenn er schnitzt.«

Ich hatte Max völlig vergessen. Er saß neben mir und schaute interessiert zu. Auf seinem Gesicht lag ein Ausdruck, den ich noch nie an ihm gesehen hatte. Eine Mischung aus Bewunderung, Ehrfurcht und Zärtlichkeit. Mir fielen seine langen Wimpern auf, die schmale Nase. Grau melierte Bartstoppeln, die sein Kinn wie einen Schatten bedeckten. Gleichmäßige Lippen, wenige Zentimeter vor meinen. Ich spürte seinen Atem an meiner Wange, dann beugte er sich vor.

Ich wich abrupt zurück und drehte den Kopf zur Seite. Seine Lippen streiften mein Ohr. Eine flüchtige Berührung, trotzdem viel zu intim. Ich war über meine Reaktion überrascht, hatte ich mir doch schon mehrmals ausgemalt, wie es wäre, Max zu küssen.

Er entschuldigte sich sofort. »Ich habe die Zeichen wohl falsch interpretiert, es tut mir leid.«

»Alles gut«, versicherte ich hastig. »Ich weiß nicht, was gerade mit mir passiert ist.«

Ich wusste es wirklich nicht. Max war mir so vertraut, schon von der ersten Begegnung an. Ich fühlte mich zu ihm hingezogen, gleichzeitig war da eine Mauer zwischen uns. Ich hatte weder Herzklopfen noch wurde mir warm, wenn er mir nahekam. Aber musste der Funke denn sofort überspringen? Meine Liebe zu Frank war langsam gewachsen und immer intensiver geworden. Dann dachte ich an Niklas. An unseren Tanz durch den Wald und wie es mir die Sprache verschlagen hatte, als er mich berührte. Hätte er mich geküsst, hätte ich keine Sekunde gezögert, den Kuss zu erwidern.

»Ich weiß, der Zeitpunkt ist nicht gerade günstig«, sagte Max leise. »Du brauchst Zeit, um die Trennung zu verarbeiten. Ich will dich nicht bedrängen, aber du sollst wissen, dass ich dich mag, Alice. Sehr.«

»Danke, das bedeutet mir viel.«

Er deutete auf den Föhn. »Gibt es noch Hoffnung?«

Er sah die Teile auf dem Tisch an, aber ich wusste, dass er über unsere Beziehung sprach.

»An der Hardware möchte ich nichts machen, ohne Ersatzteile ist das ohnehin zwecklos. Aber ich kann mir noch das interne Netzkabel anschauen.«

»Ist das nicht gefährlich?«

Ich zuckte mit den Schultern. »Kann sein, dass du beim nächsten Gebrauch einen Stromschlag spürst, aber du bist ja kräftig, du steckst das schon weg.«

Er riss die Augen auf, merkte, dass ich scherzte, und hob drohend den Zeigefinger.

Lachend entfernte ich die isolierende Ummantelung am Heizteil. Sofort sah ich, dass sich das Kabel von dem Anschluss gelöst hatte. Ich steckte den Draht in die Klemme, setzte das Gehäuse wieder zusammen und schaltete den Föhn ein. Er funktionierte. Ich gab ihn Max zurück.

Er nickte anerkennend. »Ich sage es ja, du vergeudest dein Talent.«

»Dafür ist kein Talent nötig.« Ich deutete auf den Föhn. »Du hättest das Kabel genauso reparieren können.«

»Ich hätte es nie gewagt, das Gehäuse auseinanderzunehmen.«

Ich stand auf. »Das ist keine Hexerei.«

Aber ein bisschen stolz war ich trotzdem.

Ich sehnte das Wochenende herbei. Seit Pauline zur Welt gekommen war, hatte ich nicht mehr Vollzeit gearbeitet. Ich fragte mich, wie Berufstätige es schafften, Arbeit,

Haushalt und Freizeit unter einen Hut zu bringen. Am Samstagmorgen erstellte ich eine Liste aller Aufgaben, die ich erledigen musste. Als der Kuckuck achtmal rief, dachte ich an mein Versprechen, Jakob im Schwarzwald zu besuchen. Es sah nicht danach aus, als würde ich es demnächst einlösen.

Ich bereitete mir ein Müsli zu, dann ging ich in den Garten, um ein paar Erdbeeren zu pflücken. Sie waren früh dieses Jahr, sie hatten schon heranzureifen begonnen, als die Pfingstrosen noch blühten. Wie sich Pauline immer auf die ersten Beeren gefreut hatte! Besonders auf die Walderdbeeren. Ob ich ihr ein Körbchen vorbeibringen sollte? Um elf hatte ich einen Termin beim Friseur, der Salon lag ganz in der Nähe ihrer WG. Ich beschloss, einen Überraschungsbesuch zu wagen. Viel zu verlieren hatte ich nicht.

Nach dem Frühstück machte ich mich auf den Weg. Ich genoss es, nicht zur Arbeit fahren zu müssen. Der größte Vorteil meiner neuen Stelle war, dass mir jede Stunde außerhalb des Büros kostbar erschien.

Die WG lag in einem Altbau, der bald renoviert würde. Der Putz blätterte stellenweise von der Fassade, die Holzfenster waren verwittert. Ich bahnte mir einen Weg an zahlreichen klapprigen Fahrrädern vorbei und klingelte. Niemand kam zur Tür. Ich versuchte es nochmals. Ich hatte mich bereits abgewendet, als ich hörte, wie über mir ein Fenster aufging.

»Ja?«, rief eine verschlafene Stimme.

Ich legte den Kopf in den Nacken und schirmte die Augen mit der Hand ab. Ein Mann mit Piercings an Nase und Lippen lehnte sich aus dem Fenster.

»Ich möchte zu Pauline«, sagte ich.

»Wer?«

»Pauline!«

Der Mann verschwand, ließ das Fenster aber offen stehen. Kurz darauf erschien Paulines Mitbewohnerin.

»Pauline ist nicht da«, sagte sie.

»Wann kommt sie wieder?«

»Gar nicht. Sie wohnt nicht mehr hier.« Sie richtete sich auf und trat zurück, um das Fenster zu schließen.

»Wohin ist sie gezogen?«, rief ich schnell.

»Zu ihrem Freund.«

»Und wo wohnt dieser Freund?«

»Keine Ahnung.« Sie zuckte entschuldigend die Schultern und schloss das Fenster.

Ich stand da wie angewurzelt. Pauline war umgezogen, ohne mir etwas zu sagen? Wer war dieser Freund? Der Fahrer des BMW? Warum machte sie ein Geheimnis um ihn? All diese Fragen schossen mir nur so durch den Kopf. Ich wollte Antworten, und zwar jetzt. Solange Frank und ich für ihren Lebensunterhalt aufkamen, schuldete sie uns eine Erklärung.

Ich kramte mein Handy aus der Tasche und rief sie an. Der Anrufbeantworter schaltete sich ein. Ich sah auf die Uhr. Früher hatte Frank den Samstagvormittag häufig im Büro verbracht, weil er dann ungestört arbeiten konnte.

In der Regel ging er nicht einmal ans Telefon. Wenn ich mich beeilte, würde ich es schaffen, ihm vor meinem Termin einen kurzen Besuch abzustatten.

Der vertraute Weg hätte Wehmut in mir wachrufen können, wäre ich nicht mit Paulines Verhalten beschäftigt gewesen. Ich ging unsere Gespräche der letzten Wochen durch und überlegte, ob ich womöglich etwas falsch verstanden hatte, oder ob sie eine Andeutung gemacht hatte, der ich zu wenig Bedeutung beimaß. Als ich beim Ingenieurbüro ankam, realisierte ich, dass ich immer noch einen Schlüssel besaß. Ich kramte ihn hervor, schloss auf und trat ein.

Vor mir stand eine Frau mit einer Yogamatte unter dem Arm. Sie war in meinem Alter, vielleicht etwas älter. Ihr langes braunes Haar war von grauen Strähnen durchzogen, an ihrem Dekolleté sah ich feine Falten. Sie wirkte genauso überrascht wie ich.

»Olivia, kannst du kurz …« Frank kam aus seinem Büro und hielt inne. »Alice? Was machst du denn hier?«

Olivia fasste sich als Erste. Sie trat einen Schritt auf mich zu und gab mir die Hand. »Schön, dich kennenzulernen, Alice.«

Ich brachte kein Wort über die Lippen.

Olivia blickte auf das Körbchen Erdbeeren, das ich immer noch in der anderen Hand hielt. Vermutlich glaubte sie, ich sei gekommen, um sie Frank zu schenken.

»Sie sind für Pauline«, murmelte ich. »Ich … sie wohnt nicht mehr in der WG.«

Frank räusperte sich. »Soll ich uns einen Kaffee kochen?«

»Ich muss leider los.« Olivia drehte sich zu mir. »Es hat mich gefreut.«

Ich versuchte immer noch, sie mit dem Bild, das ich mir von ihr gemacht hatte, in Einklang zu bringen. Ich hatte mir eine dreißigjährige Hostess vorgestellt, elegant und stark geschminkt. Die Frau, die jetzt an mir vorbeiging, trug eine weite Pluderhose und machte sich nicht die Mühe, ihr Alter mit Make-up zu verbergen.

Nachdem Olivia gegangen war, rieb sich Frank über das Gesicht. »Entschuldige, ich hatte keine Ahnung …«

»Du brauchst dich nicht zu entschuldigen«, versicherte ich. »Ich bin es, die einfach hereingeplatzt ist.«

Er nickte.

»Wusstest du, dass Pauline aus der WG gezogen ist?«

Er sah mich erstaunt an. »Ich weiß nur, dass sie häufig bei ihrem Freund übernachtet. Bist du dir sicher?«

»Ich war eben an ihrer Wohnung, dort ist sie nicht mehr. Und wer ist dieser Freund?«

»Sie redet nicht über ihn.«

Die Tatsache, dass sich Pauline auch ihm nicht anvertraut hatte, ließ meine Wut abebben.

»Ich verstehe ja, dass sie uns nicht alles sagt«, fuhr ich fort. »Aber das geht eindeutig zu weit.«

»Das finde ich auch.«

Ich war erleichtert. Als Eltern zogen wir immer noch am gleichen Strang, egal, was sich zwischen uns verändert hatte. Wir vereinbarten, dass er Pauline anrufen und ein Abendessen zu dritt vorschlagen würde.

Ich hielt das Körbchen hoch. »Lust auf Erdbeeren?«

»Gerne!« Jetzt strahlte er. »Es gibt in ganz München keine besseren.«

Froh darüber, dass wir gemeinsam mit Pauline reden würden, machte ich mich wieder auf den Weg.

Als ich den Termin beim Friseur vereinbart hatte, trieb mich die Lust auf eine äußerliche Veränderung an. Ich hatte sogar erwogen, mir die Haare färben zu lassen. Aber eine neue Frisur würde keinen neuen Menschen aus mir machen. Außerdem war ich mir inzwischen nicht mehr sicher, ob ich das überhaupt wollte. Die letzten Wochen hatten gezeigt, dass meine Fähigkeiten gefragt waren. Dass ich gefragt war. Ich fühlte mich wohl in meiner Haut.

»Soll ich das Haar mit einigen weichen Babylights aufhellen?«, fragte die Friseurin, nachdem sie mir die Spitzen geschnitten hatte. »Darauf stehen Männer.«

Ich hatte keine Ahnung, was Babylights waren und ob Männer darauf standen, aber es war mir egal.

»Nein«, antwortete ich. »Meine Haare gefallen mir, wie sie sind.«

Es dauerte über eine Woche, bis wir es schafften, Pauline zu treffen. Sie hatte sich mit einem vollen Terminkalender herausgeredet, aber konnte eine Studentin so viel zu tun haben, dass sie es nicht schaffte, mit ihren Eltern essen zu gehen? Erst als Frank drohte, ihr den Geldhahn zuzudrehen, willigte sie ein. Ihr Verhalten brachte ihn sichtlich aus der Fassung. Sein kleines Mädchen wies ihn zurück, das war er nicht gewohnt.

Wir hatten uns eine Pizzeria in der Innenstadt ausgesucht. Ich hätte Frank und Pauline gerne nach Hause eingeladen, aber ich hielt es für besser, wenn wir uns auf neutralem Boden trafen. An einem Ort, mit dem wir keine Erinnerungen verbanden, liefen wir weniger Gefahr, in alte Muster zu verfallen. Ich kam direkt von der Arbeit, Frank saß bereits an einem Tisch im Freien. Er trug eine khakigrüne Hemdjacke und klobige Sneaker, beides hatte ich an ihm noch nie gesehen.

Er stand auf und umarmte mich zur Begrüßung. »Wie geht es dir?«

»Gut«, sagte ich, und es stimmte, auch wenn mein Leben nicht ganz so aussah, wie ich es mir wünschte.

»Das freut mich, wirklich.« Seine Erleichterung darüber war deutlich zu spüren.

Ich erzählte von meiner Arbeit bei Schultz Security, er von einem neuen Auftrag, den er an Land gezogen hatte. Olivia erwähnte er mit keinem Wort, worüber ich insgeheim froh war. Irgendwann würde ich mehr über sie wissen wollen, aber ich war noch nicht so weit. Immer wieder blickten wir auf die Uhr.

»Weißt du etwas über diesen Freund, zu dem Pauline gezogen ist?«, fragte ich.

»Eben nicht.« Das bereitete Frank offensichtlich Sorgen. »Sie hat mir auch früher nie viel über ihre Beziehungen anvertraut, aber diesmal ist sie noch verschlossener. Fast, als gäbe es etwas zu verheimlichen.«

Ich dachte an den BMW. »Vielleicht ist er älter als sie. Oder gar verheiratet.«

»Daran habe ich auch schon gedacht.«

Endlich sah ich Pauline auf uns zusteuern. Sie schien es nicht besonders eilig zu haben, obwohl sie zwanzig Minuten zu spät war. Als Frank seinen Unmut bekundete, verdrehte sie die Augen.

Mir reichte es. Seit Jahren fasste ich Pauline mit Samthandschuhen an, um bloß keinen neuen Konflikt zu provozieren. Damit war heute Schluss. Noch hielt ich mich aber mit Kritik zurück. Wenn wir sie beide gleichzeitig angriffen, konnten wir die Hoffnung auf ein klärendes Gespräch begraben.

Ich schlug die Karte auf. »Ich habe einen Bärenhunger.«

Ich wählte einen Tomatensalat mit Büffelmozzarella und Bruschetta, Frank Spaghetti ai frutti di mare, Pauline Rucola mit Kirschtomaten.

»Ohne Parmesan«, betonte sie.

Ich verkniff mir die Bemerkung, dass sie davon nicht satt würde. Sie war so dünn, dass ihre Schlüsselbeine unter dem Seidentop, das sie anhatte, hervortraten. Aber darüber würden wir ein anderes Mal reden müssen. Sobald der Kellner unsere Bestellungen aufgenommen hatte, kam ich zur Sache.

»Ich wollte dir Erdbeeren vorbeibringen, doch deine Mitbewohnerin hat mir gesagt, dass du ausgezogen bist.«

»Ja, und?«

»Ich hätte es gerne von dir erfahren.«

»Ich bin kein Kind mehr!«

Frank beugte sich vor. »Aber immer noch unsere Tochter! Und solange wir dich finanziell unterstützen, haben wir ein Recht darauf zu wissen, wo du wohnst und wie hoch deine Lebenskosten sind.«

»Darum geht es also? Kannst du dir neben deiner Freundin keine Familie mehr leisten?«

»Pauline!«, sagte ich geschockt.

Sie sah mich an. »Jetzt tu doch nicht so! Du machst irgendeinen Scheißjob, nur weil Papa beschlossen hat, dass er eine Veränderung braucht. Und jetzt verteidigst du ihn auch noch?«

»Unsere Beziehung hat nichts mit der Tatsache zu tun, dass du dich unfair verhalten hast, also lenk bitte nicht ab.«

Stimmte das? Oder unterschätzte ich die Auswirkungen der Trennung? Pauline war zwar kein Kind mehr, aber auch noch nicht so erwachsen, wie sie uns glauben machen wollte. Frank und ich hatten ihr Sicherheit geboten, nun bröckelte, was sie für unzerstörbar gehalten hatte. Hinzu kam, dass ihr fürsorglicher, lieber Papa sich von einer neuen, egoistischen Seite zeigte und ich, die pedantische, nörgelnde Mutter, in Paulines Augen plötzlich ein Opfer war.

»Das sehe ich genauso«, sagte Frank, sichtlich bemüht, seinen Ärger herunterzuschlucken.

»Wie schön, dass ihr endlich einer Meinung seid.« Paulines Stimme triefte vor Sarkasmus.

»Wir können gerne über die Trennung reden, wenn du das möchtest«, sagte ich. »Mir war nicht klar, dass sie dich so stark belastet.«

»Tut sie auch nicht.« Pauline zuckte wieder mit den Schultern, aber in ihrem Blick sah ich Trauer.

Ich schlug einen sanfteren Ton an. »Ich glaube doch, und das tut mir sehr leid.«

Der Themenwechsel schien Frank zu verwirren.

»Unsere Familie ist von einem Tag auf den anderen auseinandergebrochen«, erklärte ich ihm. »Das betrifft auch Pauline.«

»Jetzt bin ich also schuld daran, dass Pauline uns angelogen hat?«

»Lassen wir die Schuldfrage beiseite und konzentrieren wir uns auf das, was wichtig ist«, schlug ich vor.

In diesem Moment brachte der Kellner das Essen. Das gab uns Zeit, uns neu zu sortieren. Frank widmete sich seinen Spaghetti, ich nahm einen Bissen Mozzarella. Pauline stocherte in ihrem Salat herum, aß aber nichts. Als sie aufsah, schimmerten Tränen in ihren Augen.

»Warum?«, fragte sie Frank.

Frank legte die Gabel zurück und versuchte die Spaghetti im Mund zu schlucken, was ihm nicht auf Anhieb gelang. Ich widerstand dem Impuls, die eintretende Stille zu füllen oder ihn gar zu verteidigen, und wartete gespannt auf seine Antwort.

»Ich … weiß es nicht«, gestand er schließlich. »Es ist einfach passiert.«

»Du bist einfach eines Morgens aufgewacht und hast beschlossen, dass du Mama nicht mehr liebst?«

»Das ist nichts, was man beschließt«, verteidigte sich Frank. »Es passiert eben! Nicht von einem Tag auf den anderen, sondern langsam. Dass ich Alice nicht …« Er schielte kurz zu mir und holte tief Luft. »Nicht mehr auf die Art und Weise liebe, wie ich es früher tat, habe ich erst gemerkt, als ich Olivia kennenlernte.«

»Aber du hast Mama gar keine Chance gegeben!«, beharrte Pauline. »Ihr hättet eine Paartherapie machen können. Oder von mir aus einen Tantrakurs!«

Ich musste ein Lachen unterdrücken, als ich Franks Gesichtsausdruck sah.

»Das stimmt«, meldete ich mich zu Wort. »Aber manchmal muss man auch loslassen können. Menschen verändern sich. Ich glaube nicht, dass uns eine Paartherapie oder« – ich konnte es mir nicht verkneifen – »ein Tantrakurs geholfen hätten.«

»Liebst du Papa noch?«

Wie verloren sie klang! Am liebsten hätte ich sie in die Arme genommen und sanft hin und her geschaukelt, wie ich es früher getan hatte. Doch ich wagte nicht einmal, meine Hand auf ihre zu legen. Das Einzige, was ich ihr jetzt geben konnte, war Aufrichtigkeit.

»Ich werde ihn immer lieben«, antwortete ich. »Dein Papa und ich haben unser halbes Leben miteinander verbracht und waren die meiste Zeit über sehr glücklich. In den letzten Monaten ist mir jedoch klar geworden, dass wir nur noch ein gut eingespieltes Team waren. Dagegen ist nichts einzuwenden, aber das Leben hat mehr zu bieten.«

»Ein langweiliger Bürojob?«

Wie sollte sie verstehen, dass es für mich wichtig war, mich auf dem Arbeitsmarkt zu behaupten? Dass mir dieser Job Selbstvertrauen gab, so eintönig er sein mochte? Frank, der unserem Austausch schweigend folgte, sah mich dankbar an.

Ich überlegte, wie ich das Gespräch auf ihre Wohnsituation zurücklenken könnte, ohne einen neuen Konflikt heraufzubeschwören. Pauline kam mir jedoch zuvor.

»Ich bin zu meinem Freund gezogen«, sagte sie, den Blick auf ihren Teller gerichtet.

»Wie heißt er?«, fragte ich.

»Theo.«

Ich versuchte, meine Neugier zu drosseln. Als Pauline aber nicht weitersprach, fragte ich, wo Theo wohnte.

»Bogenhausen.«

»Nobel«, bemerkte Frank.

Ich sah ihn warnend an, und er verstummte.

Endlich blickte Pauline auf. Sie hatte ihr Kinn vorgeschoben, bereit für einen Kampf. Auf einmal sah ich sie vor mir, als sie für ein Pfadfinderlager hätte packen sollen. Mit verschränkten Armen stand sie im Zimmer und verkündete, dass sie nicht hinfahren würde. Nichts, was ich sagte, brachte sie von ihrem Entschluss ab.

»Ich habe ein Zimmer in seiner Wohnung gemietet«, sagte sie. »Ich bezahle gleich viel wie in der WG. Ich dürfte umsonst bei ihm wohnen, aber das will ich nicht.«

Seine Wohnung, nicht die seiner Eltern. Wie alt er wohl war?

»Was macht er?«, fragte Frank, der sich nicht mehr zurückhalten konnte.

»Verschiedenes.«

In meiner Fantasie sah ich einen alten Mann mit Seidentuch und feinziseliertem Gehstock. Dann einen koksenden Mittvierziger. Ich rieb mir die Augen. Wer dachte jetzt in Klischees?

Frank, der sein kleines Mädchen in Gefahr sah, richtete sich auf. »Dürfen wir diesen Theo mal kennenlernen?«

Pauline nickte ohne Begeisterung. Mir war klar, dass es lange dauern würde, bis sie ihn uns vorstellte. Mein Unbehagen wuchs. Als sie Frank dann fragte, wie es im Ingenieurbüro lief, wusste ich mit Sicherheit, dass sie uns etwas verheimlichte. Sie interessierte sich weder für Solarenergie noch Wirtschaft, trotzdem wollte sie alles über den neuen Auftrag wissen, den Frank ergattert hatte. Auch er merkte, dass sie ihn von Theo abzulenken versuchte, konnte aber der Verlockung, über sein Lieblingsthema zu reden, nicht widerstehen. Er erzählte von einer Schule, die umgebaut werden sollte, von PV-Paneelen, die sowohl auf dem Dach als auch an der Fassade angebracht würden.

Pauline stellte Fragen zu der Leistung der geplanten Anlage. Während Frank ihr die Strombilanz vorrechnete, widmete sie sich ihrem Salat. Ich war einfach nur froh, dass sie etwas aß.

12

»Kommen Sie zurecht?«, fragte Horst Schultz hinter mir.

Ich fuhr herum, dabei fiel mir eine Montageanleitung aus der Hand.

»Entschuldigen Sie, ich wollte Sie nicht erschrecken«, sagte er und bückte sich, um das Blatt aufzuheben.

Ich nahm es entgegen. »Ich habe Sie nicht kommen hören.«

»Wie läuft es?«

»Gut, danke.«

»Schön.« Horst Schultz sah auf die Uhr. »Machen Sie ruhig Feierabend, die Montageanleitungen eilen nicht.«

Ich war dabei, Unterlagen aus den Neunzigerjahren einzuscannen. Monotone Arbeit, die viel Geduld erforderte. Immer wieder drifteten meine Gedanken ab, einmal hatte ich dieselbe Seite mehrmals eingescannt. Jetzt sah ich, dass es schon kurz nach fünf war. Ich fuhr meinen Computer herunter und griff nach meiner Tasche. Lizzy wartete bestimmt schon. Ihr Arzt hatte ihr geraten, ins Krafttraining zu gehen, damit ihre Gelenke der Belastung, der sie im Altenheim ausgesetzt waren, besser standhielten.

Weil Lizzy jeglichen Sport mied, der keinen Spaß machte, hatte ich vorgeschlagen, gemeinsam schwimmen zu gehen. Nicht ganz uneigennützig. Nach einem langen Tag umgeben von Papier, Pappschachteln und dem Geruch von Industriereiniger sehnte ich mich nach einer Erfrischung.

Horst Schultz hielt mir die Tür auf. »Nach Ihnen.«

Gemeinsam gingen wir nach unten.

Lizzy stand vor dem Eingang und musterte die Fassade. »Ich bin schon so häufig hier vorbeigefahren, aber das Gebäude ist mir noch nie aufgefallen. Seltsam, was wir wahrnehmen und was nicht«, sagte sie und umarmte mich. »Hallo, ich bin Lizzy.«

Es dauerte einen Moment, bis mir klar wurde, dass sie mit Horst Schultz sprach, der hinter mir stehen geblieben war. Ich war es gewohnt, dass Lizzy Aufmerksamkeit erregte, doch Horst Schultz schien es regelrecht die Sprache verschlagen zu haben. Ich sah Lizzy durch seine Augen. Die gelbe Brille, die sich von ihrer braunen Haut abhob. Den mit künstlichen Blumen verzierten Strohhut, der ihr leicht schief auf dem Kopf saß. Enge Leggings, bunte Armreife und ein breites Lachen.

»Horst«, stammelte mein Chef.

Mit einem koketten Augenaufschlag fragte sie ihn, ob er mit uns baden gehen wolle.

Zum Glück lehnte er ab. Nachdem er gegangen war, stemmte ich die Hände in die Hüften.

»Bist du nicht ganz bei Verstand?«, herrschte ich Lizzy an. »Ich gehe doch nicht mit meinem Chef baden!«

Sie sah mich zerknirscht an. »Ich wollte nur höflich sein. Er sah aus, als täte ihm eine Abkühlung gut.«

»Außerdem gehen wir nicht baden, sondern schwimmen.«

Was nicht ganz stimmte, wie sich bald herausstellte. Ich hatte Lizzy die Wahl des Freibads überlassen. Als wir eine halbe Stunde später am Baldeplatz ausstiegen und in Richtung Wittelsbacherbrücke spazierten, wurde mir klar, was sie vorhatte.

Ich blieb stehen. »Ich gehe nicht in die Isar! Das ist mir viel zu gefährlich.«

»Es ist überhaupt nicht gefährlich!«, protestierte sie. »Das ist eine der beliebtesten Badestellen in der Stadt.«

»Ja, bei waghalsigen Jugendlichen!«

Wir diskutierten noch eine Weile, schließlich gab ich nach. Es war ohnehin zu spät, um woanders hinzufahren. Und ich musste ja nicht in die Mitte des Flusses hinausschwimmen, ich könnte in Ufernähe bleiben.

Wir waren nicht die Einzigen, die den Feierabend in den Frühlingsanlagen verbrachten. Eltern saßen im Schatten der Bäume und schauten ihren Kindern beim Spielen zu, Jogger rannten an uns vorbei, Studenten picknickten im Gras.

Lizzy streifte ihre Kleider ab und ließ sie dort liegen, wo sie gerade hinfielen. »Worauf wartest du?«, fragte sie, als ich mich nicht regte.

»Wir können nicht beide gleichzeitig ins Wasser«, antwortete ich. »Wer passt auf unsere Wertsachen auf?«

Sie nahm einen wasserdichten Beutel aus ihrer Tasche und hielt ihn mir hin, damit ich Portemonnaie, Schlüssel und Handy hineinlegen konnte.

»Die Strömung wird uns flussabwärts treiben«, gab ich zu bedenken. »Wie kommen wir zurück?«

Lizzy verdrehte die Augen. »Zu Fuß, natürlich.«

Mir war nicht wohl bei der Vorstellung, im Badeanzug am Ufer entlang zu spazieren, aber Lizzy ging bereits auf den Fluss zu. Ich schob alle Bedenken beiseite und folgte ihr ins eiskalte Wasser. Nach Luft japsend versuchte ich, an Ort und Stelle zu schwimmen. Lizzy drehte sich auf den Rücken, breitete die Arme aus und ließ sich davontreiben. Ich sah ihr nach, schließlich gab ich meinen Widerstand auf und drehte mich ebenfalls auf den Rücken. Erst richtete ich mich alle paar Meter auf, um sicherzugehen, dass ich nicht auf ein Hindernis zusteuerte, dann vertiefte ich mich in den Anblick des blauen Himmels über mir und begann mich allmählich zu entspannen. Die Sonne wärmte mein Gesicht, um mich herum gurgelte das Wasser. Nur ein leises Hintergrundrauschen erinnerte mich daran, dass ich mitten in der Stadt war. Ein Glücksgefühl ergriff mich.

»Ist es nicht herrlich?«, rief Lizzy irgendwo vor mir.

Ich tauchte unter, um mich ganz von dem Bürostaub und der Monotonie des Arbeitstages zu reinigen. Meine Kopfhaut prickelte, die Kälte schärfte meine Sinne und ließ mich klarer sehen. Während der letzten Wochen hatte ich mir immer wieder überlegt, ob ich mich nur von meinen Ängsten statt von meinen Bedürfnissen leiten ließ. Ich hatte die erstbeste Stelle angenommen und damit dem Schicksal keine Chance gelassen. Mir eingeredet, dass ich mich in Max verlieben könnte, nur weil er mir sympathisch war.

Lizzys schriller Ruf riss mich aus meinen Gedanken. Ich fuhr auf und merkte, dass ich mich zu weit hatte treiben lassen. Mit kräftigen Zügen schwamm ich Richtung Ufer, wo Lizzy den Weg entlanglief. Die Isar führte viel Wasser, und ich fürchtete schon, es nicht rechtzeitig vor der Reichenbachbrücke an Land zu schaffen, als ich festen Boden unter den Füßen spürte.

»Du musst schauen, wo du hinschwimmst!«, schalt Lizzy. »Das ist ein Fluss! Es gibt Brückenpfeiler, Wehre, Treibgut ...«

Auf wackeligen Beinen stakste ich über die Steine. »Wirfst du mir etwa Leichtsinnigkeit vor?«

Sie schnappte nach Luft. »Siehst du das Warnschild dort?«

Ich begann zu lachen. Lizzy schaute mich an, als hätte ich den Verstand verloren.

»Entschuldige«, keuchte ich. »Es ist einfach ... so verrückt. Du hast mir noch nie gesagt, dass ich vorsichtiger sein soll.«

Sie starrte mich an, die Augenbrauen zusammengezogen, die Lippen nur noch ein dünner Strich. Dann brach sie in schallendes Lachen aus. Wir standen da und hielten uns die Bäuche, bis wir gar nicht mehr wussten, worüber wir eigentlich lachten. Spaziergänger blieben stehen, ein Hund bellte uns an.

»Lass uns zurückgehen.« Lizzy hakte sich schwer atmend bei mir unter. »Bevor wir auf YouTube oder TikTok landen.«

»Du hast doch gesagt, dass du gesehen werden möchtest.«

Sie kniff mir in die Hüfte, und ich musste mich beherrschen, um nicht wieder loszuprusten. Langsam spazierten wir flussaufwärts. Ich genoss die Abendbrise auf der Haut und den sonnengewärmten Boden unter meinen nackten Fußsohlen. Es war mir egal, dass man mir meine neunundvierzig Jahre ansah, ich fühlte mich wohl wie schon lange nicht mehr.

Zurück an unserem Platz ließ sich Lizzy auf ihr Badetuch fallen. »Was ist bloß in dich gefahren?«

Ich erzählte ihr, was mir im Wasser klar geworden war. »Ich habe mich nach Franks Auszug wie eine Ertrinkende verhalten und nach dem erstbesten Rettungsring gegriffen.«

Lizzy zupfte an einem Grashalm und schwieg.

»Was ist?«, fragte ich.

Endlich sah sie auf. »Weißt du, was ich darum gäbe, auf einem bequemen Bürostuhl zu sitzen, statt den ganzen Tag auf den Beinen zu stehen? Von meinem Vorgesetzten zu hören, ich solle Feierabend machen, obwohl ich noch nicht alles erledigt habe? Und dann mit einem attraktiven, intelligenten Mann, der noch dazu gut zuhören kann, auf der Terrasse meines eigenen Hauses ein Glas Wein zu trinken?«

»Ach, Lizzy«, sagte ich leise.

»Ich will mich nicht über mein Leben beklagen«, fuhr sie fort. »Aber manchmal fällt es mir schwer, dich zu verstehen.«

Eine Welle der Scham überrollte mich. Aus Lizzys Sicht war mein Leben wirklich perfekt.

»Das stimmt alles«, gab ich zu. »Ich führe ein Traumleben. Aber es ist nicht mein Traum, sondern deiner.«

»Wir können gerne tauschen«, scherzte sie.

Es war ein Versuch, etwas von der Leichtigkeit zurückzuholen, die wir eben noch verspürt hatten. Sie meinte es nicht ernst, doch in mir lösten ihre Worte einen Gedanken aus, der mich nicht mehr losließ.

Horst Schultz lehnte sich in seinem Sessel zurück und versuchte zu begreifen, was ich ihm eben verkündet hatte.

»Sie wollen uns schon wieder verlassen?«, wiederholte er.

»Ja.«

»Ich dachte, es gefällt Ihnen bei uns?«

»Ich finde das Arbeitsklima toll, aber ich fühle mich unterfordert. Es tut mir sehr leid, ich hätte mich gar nicht erst auf die Stelle bewerben sollen.«

»Ich könnte Ihnen weitere Aufgaben zuteilen«, schlug er vor. »Buchhaltung vielleicht?«

Ich schüttelte den Kopf. »Das ist sehr freundlich, aber nein.«

»Wir haben Sie in der kurzen Zeit sehr zu schätzen gelernt, Frau Kern.« Seine Enttäuschung war greifbar. »Wie lange können Sie noch bleiben?«

Da ich noch in der Probezeit war, betrug die Kündigungsfrist nur zwei Wochen. Ich wusste aber, dass es schwierig sein würde, so schnell einen guten Ersatz zu finden.

Ich beugte mich auf dem Besucherstuhl vor. »Ich hätte da eine Idee.«

Eine knappe Stunde später rannte ich auf das Altenheim zu. Ich war so aufgeregt, dass ich nicht warten konnte, bis Lizzy Pause machte. Ich fand sie im Zimmer einer Bewohnerin, wo sie das Bett frisch bezog. Am Fenster saß eine Frau im Rollstuhl.

Lizzy ließ das Laken fallen. »Ist etwas passiert?«

Ich sah zu der Frau, die vor sich hindöste, und senkte die Stimme. »Möchtest du meinen Job?«

»Deinen Job?«

»Möchtest du bei Schultz Security arbeiten?«

»Als was?«

»Büroassistentin.«

Ich sah Hoffnung in ihren Augen, doch sie erlosch gleich wieder.

»Horst Schultz ist bereit, es zu versuchen«, sagte ich. »Auch wenn du noch keine Erfahrung hast.«

»Du hast mit ihm gesprochen?« Lizzy setzte sich auf den Bettrand.

Ich erzählte ihr von meiner Kündigung. Ich war mir nicht sicher gewesen, ob Horst Schultz auf meinen Vorschlag eingehen würde. Lizzy brachte tatsächlich zu wenig Erfahrung mit. Ich hatte ihm jedoch versichert, dass sie zuverlässig war und eine schnelle Auffassungsgabe besaß. Ausschlaggebend war schließlich, dass er die Stelle möglichst rasch und ohne großen Aufwand besetzen wollte.

»Ich müsste noch vier Wochen hierbleiben«, sagte Lizzy.

»Du hast dieses Jahr noch keine Urlaubstage genommen.«

»Meinst du wirklich …« Lizzy wirkte leicht überfordert.

Ich umarmte sie. »Du wirst den ganzen Tag auf einem bequemen Bürostuhl sitzen.«

13

Einige Wochen später verließ ich München. Noch immer konnte ich nicht fassen, wie schnell alles gegangen war. Meine bunte, exaltierte Lizzy hatte sich inmitten von Alarmanlagen, Sicherheitskonzepten und Reinigungsmitteln eingerichtet. Um ein wenig Leben in ihre Umgebung zu bringen, hatte sie auf ihrem Schreibtisch eine Reihe von Pendelfiguren aufgestellt. Ein schmollender Pinguin, ein Surfer mit nacktem Oberkörper, ein giftgrüner, grinsender Hoptimist. Horst Schultz hatte große Augen gemacht, aber da Lizzy ihre Arbeit korrekt und zuverlässig ausübte und keine Kunden ihr Büro betraten, sagte er nichts dazu. Lizzy rief jeden Abend an, um mir zu erzählen, wie glücklich sie war. Einzig die Bewohner des Altenheims vermisste sie. An ihrem ersten freien Wochenende hatte sie ihnen einen Besuch abgestattet.

»Erinnerst du dich an den Mann, den du im Aufenthaltsraum getroffen hast? Damals, als du gekommen bist, um mir von Frank und Olivia zu erzählen?« Sie hatte meine Antwort nicht abgewartet, sondern sprudelnd weitererzählt. »So ein liebenswürdiger Mensch! Er hat keine

Angehörigen, meistens schaut er den ganzen Tag fern. Ich bin mit ihm spazieren gegangen. Die Bewegung tat mir richtig gut, jetzt, wo ich so viel sitze. Vielleicht werde ich das öfters machen.«

Ihre neue Stelle hatte sie ein wenig über meine bevorstehende Abreise hinweggetröstet. Auch ich war zu beschäftigt, um mir viele Gedanken über den Abschied zu machen. Doch jetzt, wo ich im Auto saß, holte mich die Wirklichkeit ein. Ich sah Max vor mir, als ich ihm erzählte, dass ich den Sommer im Schwarzwald verbringen wollte. Seine hängenden Schultern, der enttäuschte Blick. Obwohl ich mir nur eine Auszeit gönnte, wussten wir, dass nichts mehr werden würde, wie es war. Frank und ich hatten das Haus an eine Familie zwischenvermietet, die aus beruflichen Gründen den Sommer in München verbrachte. Die Vorstellung, dass jemand anders in meinem Bett schlafen, beim Kochen aus meinem Küchenfenster schauen und die blühenden Dahlien, Löwenmäulchen und Lilien in meinem Garten schneiden würde, schmerzte mich. Doch die Mieteinnahmen, die Frank großzügig mir überließ, erlaubten es mir, meinem inneren Kompass zu folgen. Und dieser zeigte nach Westen. Nach Bärental.

Ich hatte niemandem erzählt, was mir vorschwebte. Zuerst musste ich mir sicher sein, dass ich es wirklich wollte. Schon mehr als einmal war ich an einen Ort zurückgekehrt, den ich in meinen Erinnerungen idealisiert hatte, und musste enttäuscht feststellen, dass der Zauber verschwunden war. Ich wollte mich nicht unter Druck setzen und mich auch nicht rechtfertigen müssen, sollte sich meine Entscheidung als Fehler erweisen. Nur Jakob und Max hatte ich eingeweiht, schließlich spielten sie eine wichtige Rolle in meinem Vorhaben. Ich hätte lieber persönlich mit Jakob gesprochen statt am Telefon, doch ich wollte ihm genügend Zeit geben, über meinen Vorschlag nachzudenken. Zu meiner Überraschung hatte er ohne zu zögern zugesagt. Ich würde ihm in der Werkstatt helfen, im Gegenzug bot er mir Kost und Logis an. Seine Offenheit verblüffte mich.

Voller Vorfreude bog ich auf die A8 ein. So viel war geschehen, seit ich im April diese Strecke gefahren war! Ich hatte mein Leben nie als einengend empfunden, jetzt aber fragte ich mich, wie ich mich all die Jahre damit hatte zufriedengeben können, an Ort und Stelle zu treten. Aus Angst, die Kontrolle zu verlieren, hatte ich jede Veränderung gemieden. Im Nachhinein erstaunte es mich nicht, dass Frank ausgebrochen war. Wäre unsere Ehe noch intakt, wenn ich meinen Kokon ab und zu verlassen hätte? Er wusste es genauso wenig wie ich. Wir hatten lange darüber gesprochen, rückblickend konnte er nicht mehr sagen, wann wir begonnen hatten, uns auseinanderzuleben. Gemerkt hatte er es erst, als er Olivia kennenlernte. Natürlich hatte ich Frank auch den Rücken freigehalten, indem ich mich um den Haushalt und um Pauline kümmerte. Das blendete ich nicht aus, aber ich sah unsere Rollen aus einem anderen Blickwinkel, genau wie mein

Verhalten gegenüber Pauline. Ich hatte ihr die Stabilität geben wollen, die ich von meiner Mutter nie bekam. Hatte ich sie erstickt?

Nach dem gemeinsamen Essen hatte ich gehofft, dass wir als Familie ein neues Kapitel aufschlagen würden, doch Pauline hatte uns Theo immer noch nicht vorgestellt. Ich versuchte, mich damit zufriedenzugeben, dass sie sich regelmäßig meldete. Trotzdem nagte die Unsicherheit an mir. Sie verheimlichte uns etwas, davon war ich überzeugt.

Der Verkehr wurde dichter, als ich mich Titisee-Neustadt näherte. Ich hatte mich zwar darauf eingestellt, dass es in der Hochsaison von Touristen wimmeln würde, dennoch überwältigte mich die Blechlawine. Zum Glück lebte Jakob etwas abgelegen. Ich fuhr am See entlang, der an diesem Julinachmittag spiegelglatt und still da lag. Vor mir kroch ein Wohnwagen dahin, hinter mir stauten sich die Fahrzeuge. Ich hatte irgendwo anhalten und mich langsam an den Gedanken gewöhnen wollen, dass ich die nächsten Monate hier leben würde, jetzt aber drängte es mich weg von dem Rummel. Als ich in die Straße einbog, die zu Jakobs Haus führte, atmete ich auf. Alle Parkplätze vor Inge Falks Gasthof waren besetzt, ansonsten hatte sich nicht viel verändert, außer, dass die Landschaft saftig grün war. Ich betrachtete den Wald und stellte mir Niklas vor, der sich leichtfüßig zwischen den Bäumen bewegte. Und der mit Rebekka liiert war, schalt ich mich in Gedanken.

Jakob döste in einem Gartenstuhl vor dem Haus. Wie

zerbrechlich er aussah! Ich wollte ihn nicht wecken, doch er hatte den Wagen schon gehört. Mit einem breiten Lachen stemmte er sich hoch und kam mir entgegen. Wir umarmten uns wie alte Freunde.

»Alice! Ich konnte es kaum erwarten, Sie wiederzusehen!«

»Gleichfalls! Und duzen Sie mich doch bitte«, schlug ich vor. »Wenn das in Ordnung ist.«

»Natürlich.« Er ergriff meine Hände. »Solange du mich auch duzt.«

»Sehr gerne.«

»Dein Zimmer ist bereit, komm, ich zeig es dir.«

Ich folgte ihm ins Haus, wo uns ein Chor von Kuckucken begrüßte. Ich war noch nie im ersten Stock gewesen und war gespannt, was mich dort erwartete. Die Stufen knarrten unter meinen Füßen, der Handlauf fühlte sich glatt an vom jahrelangen Gebrauch. Ein bunter Läufer schmückte den Flur, von dem mehrere Türen abgingen. Jakob führte mich zu der ersten.

»Dein Schlafzimmer«, sagte er.

An der Längswand stand ein breites Bett, direkt gegenüber befand sich ein Fenster mit Blick auf den Wald. Die malvenfarbene Bettwäsche passte perfekt zu den Vorhängen, die neu aussahen. Es gab einen antiken Schrank, eine Kommode, auf die Jakob eine Vase mit Blumen gestellt hatte, eine Stehlampe und einen Spiegel, der so hing, dass er mehr Licht in den Raum lenkte. Die Einrichtung war schlicht, aber gemütlich. Es roch nach Zitronen und sonnengewärmtem Holz. Ich fühlte mich sofort zu Hause.

»Gefällt es dir?«, fragte Jakob hoffnungsvoll. »Inge hat mir geholfen, es herzurichten.«

Ich war gerührt, dass er sich so viel Mühe gemacht hatte. »Es ist traumhaft!«

Strahlend führte er mich zu dem Raum unmittelbar nebenan. »Dein Arbeitszimmer.«

Unter der Dachschräge waren zwei Regalbretter montiert, die sich über die ganze Wandbreite erstreckten. Am Fenster stand ein rustikaler Schreibtisch mit modernem Bürostuhl, von dem aus man auf die Zufahrtsstraße und, ganz knapp, den Giebel des Bahnhofs sah, der ein Stück unterhalb der Straße lag.

Jakob deutete auf eine Steckleiste mit USB. »Inge hat gemeint, du hättest sicher Laptop, Handy und andere Geräte, die du regelmäßig laden musst. Passen die Anschlüsse?«

»Bestimmt«, versicherte ich ihm.

»Sehr gut.« Er rieb die Hände gegeneinander.

Auch im Badezimmer hatte Inge ihre Spuren hinterlassen. Die Fliesen glänzten, die Duschbrause wirkte neu, eine Schale mit getrockneten Blüten verströmte einen frischen Duft.

Vor der Tür gegenüber blieb Jakob stehen. »Wenn du mehr Platz brauchst, kannst du auch dieses Zimmer benutzen. Ich müsste allerdings noch ein paar Sachen wegräumen.« Er zögerte. »Max schläft hier, wenn er mich besucht.«

Sein Tonfall ließ mich aufhorchen. Er wirkte beinahe ängstlich.

»Keine Sorge«, versicherte ich rasch. »Zwei Zimmer sind mehr als genug.«

Jakob öffnete die Tür. »Max kommt höchstens drei- oder viermal im Jahr her.«

Er klang fast, als hoffte er, dass Max ihn nicht so bald besuchen würde. Hatten sie sich gestritten? Hoffentlich nicht meinetwegen. Ich blickte mich um, neugierig, wie Max aufgewachsen war. An einem Haken hing eine Regenjacke, auf dem Nachttisch lagen zwei Thriller. Unter dem Bett sah ich einen platten Fußball, der mich traurig stimmte.

Es gab noch einen Raum, der früher als Elternschlafzimmer gedient hatte. Jetzt stapelten sich dort Kisten.

»Wo schläfst du?«

»Neben der Küche. Das spart im Winter Heizkosten, und außerdem verbringe ich ohnehin die meiste Zeit in der Werkstatt.«

Wir gingen nach unten, wo er mir die kleine Kammer zeigte, in der einzig ein schmales Bett und ein alter Schrank standen. Dann führte er mich ins Wohnzimmer, das unberührt aussah und in dem es abgestanden roch.

»Soll ich die Stube auch herrichten?«, fragte er unsicher.

»Das ist nicht nötig. In der Küche ist es doch viel gemütlicher.«

Er nickte erleichtert. »Finde ich auch.«

»Danke, dass du dir solche Mühe gemacht hast.«

»Für dich gerne.«

Ich holte meine Sachen aus dem Auto. Viel war es nicht. Kleider, Schuhe, ein paar Bücher, eine Kiste mit Bürounterlagen und Elektronik, einige Fotos und natürlich meine Kuckucksuhr. Als ich sie in meinem neuen Zimmer aufhängte, wurde der Raum zu meinem.

»Du hast sie mitgebracht«, sagte Jakob leise.

»Natürlich.«

Er sah aus, als wolle er noch etwas sagen, überlegte es sich dann aber offenbar anders. In Gedanken versunken wischte er ein Staubkorn weg, das an dem krummen Baum unterhalb des Zifferblatts klebte. Eine Fichte, wie ich jetzt wusste. Sein Blick fiel auf ein Foto von Pauline, das ich mitgebracht hatte. Darauf trug sie Jeans und ein T-Shirt, das Haar hatte sie zu einem unordentlichen Knoten zusammengebunden. Wie natürlich sie aussah!

»Das ist Pauline«, sagte ich.

»Sie hat deinen Mund. Diese vollen Lippen, die klaren Konturen.« Es sprach der Künstler in ihm. »Und das schmale Kinn.«

»Ihr Kinn ist ein bisschen weniger spitz, das hat sie von Frank.«

Jakob drehte sich zu mir um. Einen Moment glaubte ich, dass er mein Gesicht berühren wollte, doch er fragte nur, ob ich Hunger hätte. Wir gingen in die Küche, und er tischte Brot und Wurst auf. Ein Blick in den Kühlschrank verriet mir, dass er kein großer Koch war. Nach dem Essen schlug ich vor, einkaufen zu gehen.

Verlegen räusperte er sich. »Das musst du nicht.«

»Ich möchte aber etwas beitragen.«

Wir spülten das Geschirr, anschließend legte er sich hin, und ich machte mich auf den Weg. Ich fuhr zur Bäckerei, deren Dach wie ein Bollenhut aussah, und gönnte mir dort einen Kaffee, während ich eine Einkaufsliste zusammenstellte. Immer wieder schaute ich aus dem Fenster. Ertappte mich bei dem Gedanken, ob ich vielleicht Niklas begegnen würde. Mir fiel eine Gruppe Touristen mit Wanderschuhen auf, und ich dachte daran, dass das Waldbaden während der Hochsaison mehrmals pro Woche stattfand. Tatsächlich entdeckte ich Rebekka neben zwei jungen Frauen. Sie hielt ein Blatt in der Hand und notierte sich etwas. Wie schön sie aussah, wie jung! Mein Magen krampfte sich zusammen. Ich musste aufhören, ständig an Niklas zu denken.

Ich verließ die Bäckerei und ging auf sie zu.

»Alice!«, rief sie. »Ich habe gehört, dass du bei Jakob eingezogen bist.«

Wir umarmten uns zur Begrüßung.

»Nur für ein paar Monate«, erklärte ich. »Ich werde ihm in der Werkstatt helfen.«

»Jakob spricht von nichts anderem.« Sie drückte meine Hand. »So glücklich habe ich ihn seit Margarethas Tod nicht mehr erlebt.«

»Wann ist sie eigentlich gestorben?«

»Vor vier Jahren. Sie hatte Krebs. Seither machen wir uns große Sorgen um Jakob, so alleine im Haus. Aber er weigert sich, in eine Seniorenwohnung zu ziehen. Ich kann ihn verstehen. Er braucht die Arbeit, die Werkstatt. Kuckucksuhren sind sein Leben.«

»Manchmal ist der einfachste Weg nicht der richtige.«

»Wie wahr.« Rebekka nickte. »Schade, dass sein Sohn kein Interesse hat, die Familientradition weiterzuführen. Ich kann es ihm allerdings nicht verdenken. Vom Kunsthandwerk kann man heute kaum mehr leben, obwohl Kuckucksuhren offenbar wieder im Trend sind.«

Ich erzählte ihr, dass ich Max kannte.

»Wirklich? Dann weißt du vermutlich auch, dass er zwei linke Hände hat«, grinste sie.

»Das ist mir nicht entgangen«, schmunzelte ich.

Rebekka blickte zu der wartenden Gruppe. »Ich muss los. Kommst du auch wieder einmal mit in den Wald?«

Ich versprach, mich zu melden, sobald ich mich eingelebt hatte, und setzte meine Einkaufstour fort.

Jakob war in der Werkstatt, als ich eine Stunde später mit mehreren Taschen zurückkehrte. Ich räumte die Lebensmittel ein, dann nahm ich voller Vorfreude auf einem Hocker neben ihm Platz.

»Womit soll ich beginnen?«, fragte ich.

Er reichte mir das Holzstück, an dem ich während meines letzten Besuchs gearbeitet hatte. In meiner Erinnerung war es unregelmäßiger, ich vermutete, dass er einige Stellen ausgebessert hatte.

»Möchtest du es verzieren?« Jakob zeigte mir ein Ahornblatt, das er für ein Jagdmotiv machte.

»Ein paar Blätter wären schön«, sagte ich. »Oder vielleicht ein Zweig?«

»Du kannst meine Vorlagen benutzen oder eigene Motive suchen, was immer dir lieber ist.«

»Wo finde ich eigene?«, fragte ich.

Er kicherte. »Im Wald.«

Ich errötete. »Natürlich.«

Ich hatte noch keine genaue Vorstellung davon, wie meine Uhr aussehen sollte, deshalb beschloss ich, heute nicht daran zu arbeiten. Morgen würde ich einen ausgedehnten Waldspaziergang machen und mich inspirieren lassen. Jakob schlug vor, dass ich die Lindendielen vorbereitete, die der Schreiner am Vortag geliefert hatte.

»Früher habe ich die Bretter selbst zersägt und zusammengeleimt, aber heute lasse ich die Platten liefern«, erklärte er. »Wir müssen sie nur noch zuschneiden.«

»Warum verwendest du nicht Holz am Stück?«

»Weil es beim Nachtrocknen reißen würde.«

Wir verbrachten die nächsten Stunden damit, das Lindenholz für eine Bahnhäusle-Uhr zuzuschneiden, ein klassisches Modell, das den alten Bahnwärterhäuschen entlang der badischen Bahn nachempfunden war. Der Kunde, ein Deutscher, der in Kanada lebte, wünschte sich eine traditionelle Uhr mit Schnitzereien in Form von Weinranken und Blättern. Auch das Zifferblatt und die Zeiger sollten aus Holz sein. Ich lernte die Standardmaße und die Grundformen kennen, durfte die Schablonen auf dem Holz befestigen und die Negative beizen.

Ich genoss jeden Handgriff und merkte kaum, wie die Zeit verging. Als Jakob vorschlug, für heute Schluss zu machen, blickte ich überrascht auf. Seine Augen leuchteten vor Freude, trotzdem sah ich ihm an, dass er müde war. Wie als Bestätigung riefen die Kuckucke siebenmal. Während Jakob aufräumte, machte ich mich in der Küche zu schaffen. Ich kannte seine Vorlieben nicht, deshalb kochte ich üppig. Suppe, Kartoffeln, Schinken, zwei verschiedene Salate.

Jakob kostete von der Suppe und seufzte glücklich. »Margaretha hat jeden Abend Suppe gekocht.«

»Sie fehlt dir bestimmt sehr.«

Waren das Tränen in seinen Augen? Wieder hatte ich das Gefühl, dass er mir etwas sagen wollte, doch er beugte sich über die Suppe und aß schweigend weiter.

14

Ich erwachte vom Ruf eines Kuckucks. Erst dachte ich, meine Uhr habe ein Problem mit der Nachtschaltung, denn es war erst sechs. Dann erkannte ich, dass es ein echter Vogel war, der draußen im Wald rief. Glücklich ließ ich mich aufs Kissen zurückfallen. Mit geschlossenen Augen lag ich da und lauschte dem Morgenkonzert. Da und dort knackte es im Holz, durch das geöffnete Fenster strömte frische Waldluft.

Ich wusste nicht, wann Jakob normalerweise aufstand, deshalb döste ich vor mich hin, bis ich das Klappern von Geschirr aus der Küche hörte. Nach einer kurzen Dusche ging ich nach unten.

»Guten Morgen, Alice. Möchten Sie … du«, korrigierte er sich. »Kaffee?«

»Gerne.« Ich setzte mich an den gedeckten Küchentisch.

Jakob sprühte vor Energie. Er schenkte mir Kaffee ein, schnitt Brot, das er bei Inge Falk geholt hatte, die direkt vom Bäcker beliefert wurde, und briet zwei Spiegeleier.

»Hast du gut geschlafen?«, fragte er, nachdem er ebenfalls Platz genommen hatte.

»Wunderbar!«

»Ist es nicht zu heiß unter dem Dach?«

Ich schüttelte den Kopf. »Anders als in der Stadt staut sich die Hitze hier nicht. Aus dem Wald fließt angenehm kühle Luft. Wohin führt eigentlich der Weg, der hinter dem Haus beginnt?«

Jakob holte eine Landkarte, breitete sie auf dem Tisch aus und deutete auf ein Gebiet nördlich von Bärental. »Hier ist alles Wald. Das«, er fuhr mit dem Finger über eine grün markierte Fläche, »ist das Eschengrundmoos, ein Naturschutzgebiet. Es gibt dort viele seltene Pflanzen, unter anderem wilde Orchideen.«

Ich beugte mich über die Karte und zeigte auf eine blaue Fläche. »Ist das ein See?«

»Der Mathisleweiher. Früher hat sich die Jugend zum Eisschwimmen dort getroffen.« Jakobs Miene wurde ernst. »Max wäre dort einmal fast ertrunken, weil er an der falschen Stelle aufgetaucht ist. Niklas hat ihn glücklicherweise rausgezogen.«

»Der Förster?«

Jakob blinzelte. »Richtig, du hast ihn im April kennengelernt, das hätte ich fast vergessen. Max und Niklas waren dicke Freunde.«

Ich hoffte, dass er mehr über Niklas erzählen würde, doch er stand auf, um einen Zettel und einen Stift zu holen.

»Wenn du zum Weiher spazieren möchtest, folgst du der Talstraße, bis du das Hotel Schwarzwaldnest siehst.

Dort biegst du zuerst links ab, kurz darauf rechts und dann wieder links. Es ist nicht so kompliziert, wie es klingt.«

Ich war mir da nicht so sicher, aber ich hatte ja immer noch die Karte auf meinem Handy, sollte ich mich verirren.

»Nach einem halben Kilometer gehst du wieder rechts und dann links«, fuhr er fort und zeigte mir die Stelle. »Wenn ich mich richtig erinnere, ist der Weg ausgeschildert.«

Er notierte die Wegbeschreibung und gab mir den Zettel. »Der Mathislehof liegt ganz in der Nähe, auf der Oberzartener Höhe. In der alten Dreschtenne gibt es einen Biohofladen.«

Jakob wischte seinen Teller mit einem Stück Brot sauber, dann stellte er das Geschirr in die Spüle. Als ich mich um den Abwasch kümmern wollte, winkte er ab.

»Lass uns keine Zeit damit vergeuden.« Er tippte sich gegen die Stirn. »Morgens ist mein altes Gehirn noch fit. Der Haushalt kann warten.«

Wir verbrachten den Vormittag in der Uhrenwerkstatt, wo sich die Aufträge stapelten. Überall lagen zerlegte Uhrwerke, Tonfedern, Messingräder und Walzen. Wir tauschten Blasebälge aus, verbanden sie mit kleinen Hebeln, die Lupfer hießen, montierten neue Gewichte und Flügel. Jakob brachte mir bei, wie sich ein gesundes Ticken anhörte und wie ich mit Hilfe eines Stethoskops einen Defekt erkannte. Ich war fasziniert von der ausgeklügelten Mechanik und Jakobs riesigem Wissen. Inzwischen merkte ich frühzeitig, wann er müde wurde. Noch bevor seine Hände zu zittern begannen, schlug ich eine Pause vor. Er setzte sich in seinen Gartenstuhl, und ich spülte heimlich das Geschirr. Als ich fertig war, goss ich mir eine Tasse Kaffee ein und ging ebenfalls nach draußen.

»Hast du immer so viel Arbeit?«, fragte ich.

»Im Moment ist die Nachfrage aus dem Ausland groß«, sagte er mit geschlossenen Augen, das Gesicht der Sonne zugewandt.

»Lehnst du auch Aufträge ab?«

»Manchmal«, sagte er. »Kürzlich wollte ein chinesischer Geschäftsmann eine Uhr in Form einer Pagode. Die Herausforderung hätte mich gereizt, ich müsste aber jede Form und jede Verzierung von Grund auf neu entwerfen.«

»Glaubst du, ich könnte dir irgendwann eine echte Hilfe sein?«

»Das bist du bereits«, sagte er.

»Nicht wirklich. Es kostet dich viel Zeit, mir alles zu erklären und jeden meiner Handgriffe zu kontrollieren.«

Er öffnete die Augen. »Wie viel möchtest du denn lernen?«

War das Hoffnung in seinem Blick? Bevor ich antworten konnte, bog ein Lieferwagen um die Ecke. Auf der Seite prangte der Schriftzug einer Schreinerei.

»Das sind die Schindeln, die ich bestellt habe.« Jakob stand auf.

Eine junge Frau mit blonder Stoppelfrisur sprang vom

Fahrersitz und kam auf uns zu. Sie trug einen Overall und Schweißerstiefel.

Jakob stellte mich als seine neue Gehilfin vor. »Das ist Gertrud.«

»Gerd«, korrigierte die Frau und schüttelte energisch meine Hand. »Gertrud klingt so altmodisch.«

»Du wirst sie häufig sehen. Wir arbeiten eng zusammen. Sie ist Schreinerin. Oder Schreiner?« Jakob kratzte sich am Kopf.

»Du hast mir gar nicht gesagt, dass du eine Gehilfin eingestellt hast.« Gerd wirkte sichtlich verwundert.

»Als Gehilfin würde ich mich nicht gerade bezeichnen. Ich bin eher ein Feriengast.«

»Alice stellt ihr Licht gerne unter den Scheffel«, tadelte Jakob. »Sie ist eine begabte Handwerkerin. Nicht mehr lange, und die Holzspäne fliegen mir nur so um die Ohren.«

Ich konnte mir ein Augenrollen nicht verkneifen.

Gerd lachte. »Du hast schon immer gewusst, wie man einer Frau ein Kompliment macht.«

Ich half Gerd, die Dachschindeln auszuladen. Wir trugen sie in den hinteren Teil des Hauses, wo es neben den Werkstätten einen Lagerraum gab.

»Warum schnitzt du die Schindeln nicht selbst?«, fragte ich Jakob, als die Kisten ordentlich aufeinandergestapelt waren.

»Schindeln werden nicht geschnitzt«, korrigierte er. »Sondern gestochen und anschließend in einem Putzfass geschliffen. Ich habe die nötigen Maschinen nicht.«

»Schau doch mal bei mir vorbei«, schlug Gerd vor. »Dann zeige ich dir, wie es geht.«

Ich sagte begeistert zu.

Der Weg zum Mathisleweiher war, wie Jakob vermutet hatte, gut ausgeschildert. Die ersten paar hundert Meter führten steil bergauf, dann ging er in eine Hochebene über. Ich ließ meinen Blick über die Hügel schweifen, die sich wie flaschengrüne Wellen bis zum Horizont ausbreiteten. Am Himmel kreiste ein Vogel, langsam und majestätisch. Ich breitete die Arme aus und drehte mich um die eigene Achse, den Kopf in den Nacken gelegt.

Ich war nach Bärental gekommen, um mir darüber klar zu werden, was mir wichtig war. Dafür hatte ich mir ein paar Monate Zeit geben wollen. Ich hatte befürchtet, dass ich die Woche, die ich im Frühling hier verbracht hatte, im Nachhinein schönfärbte, wie ein Urlauber, der für ein Ferienparadies schwärmt, dort im Grunde aber nur glücklich war, weil er dem Alltag mit all seinen Problemen entflohen war. Schon nach einer Nacht war ich mir jedoch sicher, dass ich im Schwarzwald bleiben wollte. Es fühlte sich an, als gehörte ich hierher. Ich dachte an meine Mutter, die die schönsten Tage ihres Lebens am Titisee verbracht hatte. An die Kuckucksuhr, die sie wie einen Schatz gehortet hatte. Hatten mich ihre Erzählungen derart geprägt, dass ich deshalb den Schwarzwald zu meinem gemacht hatte? Ich wusste nur, dass ich jeden Morgen vom Gesang der Vögel geweckt werden wollte. Dass ich den

Duft von Holz riechen, die frische Waldluft auf der Haut spüren und den weiten Himmel über mir sehen musste. Sicher, ich würde München vermissen. Aber ich wusste, wenn ich den Schritt nicht wagte, würde ich es für immer bereuen.

Ich schwitzte in der Julisonne und war froh, als ich am Waldrand ankam. Die Blätter bildeten ein grünes Dach über mir, hinter einer Gruppe Tannen gurgelte ein Bach. Ich wollte mich gerade hinsetzen, um meine Wasserflasche aus der Tasche zu holen, als ich das Geräusch von schweren Reifen auf Kies hörte. Es ärgerte mich, dass jemand das Fahrverbot missachtete, auch wenn es sich offenbar um ein Elektrofahrzeug handelte. Ein Geländewagen kam um die Ecke, auf der Tür erkannte ich das Logo des Forstbezirks. Augenblicklich begann mein Herz zu rasen. Mitten auf dem Weg blieb ich stehen, unfähig, mich zu bewegen. Nahm kaum wahr, dass der Fahrer abbremste, sondern starrte wie hypnotisiert auf den Wagen. Weil sich das Licht in der Windschutzscheibe spiegelte, erkannte ich nicht, wer am Steuer saß.

Der Fahrer hielt an und stieg aus. »Alles in Ordnung?«

Es war seine Stimme. Tief und melodiös. Leicht verwundert. Sein sandfarbenes Haar war etwas heller, als ich es in Erinnerung hatte, von der Sonne gebleicht.

»Alice?«, sagte er überrascht.

Er hatte mich nicht vergessen. Wusste sogar noch meinen Namen.

»Niklas?«

Ein Lächeln breitete sich auf seinem Gesicht aus. »Was machst du hier?«

»Ach, das ist eine lange Geschichte«, brachte ich mit Müh und Not heraus. »Und du?«

In Gedanken gab ich mir einen Tritt. Was tat ein Förster schon im Wald?

»Ich war gerade mit einer Schulklasse im Bannwald«, erklärte er.

»Tatsächlich?«

Wir standen da und sahen einander an. Im Haselnussbraun seiner Augen entdeckte ich kleine, goldene Einsprengsel.

»Kann ich dich irgendwohin mitnehmen?«, bot er an.

»Ich bin auf dem Weg zum Mathisleweiher.«

»Um diese Jahreszeit sind dort ziemlich viele Leute. Was hältst du von einem Spaziergang abseits der ausgetretenen Pfade? Ich wollte gerade zum Schonwald, um zu sehen, wie es den Fichten geht. Der Borkenkäfer macht ihnen zu schaffen.«

Ich nickte begeistert, was ihm ein Grinsen entlockte. Wer freute sich schon darauf, Bekanntschaft mit Borkenkäfern zu machen?

Niklas hielt mir die Beifahrertür auf. Beim Einsteigen streifte ich seinen Arm, und ein wohliger Schauer lief mir über den Rücken.

Wie sich herausstellte, war der Borkenkäfer spannender, als ich erwartet hatte. Ich erfuhr nicht nur, dass er hier Buchdrucker genannt wurde, weil die Larvengänge arabischen Schriftzeichen ähnelten, sondern auch, dass man sich unter Förstern keineswegs einig war, ob und wie man ihn bekämpfen sollte. Anscheinend gab es so etwas wie unterschiedliche Überzeugungen unter Experten.

»Einige möchten, dass man den Wald ganz sich selbst überlässt«, erklärte Niklas, der jetzt eine abgestorbene Fichte untersuchte.

»Breiten sich die Schädlinge dann nicht noch stärker aus?«

»Zu Beginn, ja.« Er überlegte, wie er mir die Zusammenhänge in wenigen Sätzen erklären konnte. »Nicht der Buchdrucker ist das eigentliche Problem, sondern der Klimawandel. Fichten und Kiefern haben Mühe mit den steigenden Temperaturen und der Trockenheit. Sie sterben ab, und das wiederum zieht Schädlinge an. Der Buchdrucker macht also nur seine Arbeit. Irgendwann wachsen Bäume nach, die mit den veränderten Bedingungen klarkommen.«

»Warum pflanzt man nicht einfach andere Baumarten?«, fragte ich. »Statt zu warten, bis sich der Wald von selbst erholt? Laubbäume vielleicht. Die gehören doch hierher?«

»Viele Experten würden dir zustimmen. Doch überzeugten Befürwortern eines naturnahen Umgangs mit dem Wald geht das zu wenig weit. Sie sind der Ansicht, dass sich das System als Ganzes erholen muss, und dazu gehört viel mehr.« Er ging in die Hocke und hob einen morschen Ast auf. »Ich habe in der Ausbildung zum Beispiel noch gelernt, dass man Platz für neue Bäume schaffen muss. Heute weiß man, dass Totholz wichtig ist für die Feuchtigkeit im Wald. Langsam findet ein Umdenken statt, aber es sind natürlich viele unterschiedliche Interessen im Spiel.«

»Wirtschaftliche?«

»Auch.« Er machte eine Bewegung, die die umliegenden Hügel umfasste. »Im Grunde sind das ja nichts anderes als Nadelwaldplantagen. Viele Menschen hier leben von der Holzindustrie.«

»Darfst du selbst entscheiden, wie du den Wald pflegst?«

»Nein, aber meine Meinung ist wichtig.«

»Reicht dir das?«

Er strich über den Stamm der toten Fichte. »Ich versuche, den Menschen klarzumachen, was der Wald für uns bedeutet. Damit wir irgendwann alle am selben Strang ziehen.«

Eine diplomatische Antwort, dachte ich, aber vielleicht gehörte Politik auch zu den Aufgaben eines Försters.

»Der Wald ist unsere Heimat.« Niklas atmete tief ein. »Wir brauchen ihn, um gesund zu bleiben. Immer mehr Menschen verstehen das. Das beste Beispiel dafür ist das Waldbaden. Noch vor wenigen Jahren war Rebekka froh, wenn sie einmal pro Woche eine Gruppe zusammenbrachte. Heute führt sie in der Hochsaison täglich Kurse durch.«

Ihr Name war wie eine kalte Dusche. Ich wandte den Blick ab, damit Niklas meine Reaktion nicht sah. Was tat ich hier eigentlich? Ich wusste genau, dass Niklas Gefühle in mir wachrief, die nicht sein durften. Warum ließ ich es zu? Wollte ich mich unglücklich machen, jetzt, wo ich endlich wieder festen Boden unter den Füßen hatte?

»Alles in Ordnung?«, fragte Niklas.

»Natürlich«, versicherte ich rasch. »Aber ich sollte wohl langsam zurück. Jakob wird sich fragen, wo ich stecke.«

»Ich fahre dich«, bot er an. »Ich habe ohnehin noch ein paar Motive, die ich ihm vorbeibringen möchte.«

»Für seine Uhren?«, fragte ich, während wir uns einen Weg durch den feuchte Farn bahnten.

»Ja.« Niklas hielt kurz an, um ein Farnblatt zu pflücken. »Früher ist Jakob stundenlang durch den Wald gezogen, um Material zu sammeln. Seit Margarethas Tod hat er Mühe, alles unter einen Hut zu bringen. Sie hat sich nicht nur um den Haushalt und das Kochen gekümmert, sondern auch um das Geschäft. Buchhaltung, Kundenbetreuung und so weiter. Deshalb halte ich immer die Augen nach Blättern, Blüten, Tannenzapfen oder Zweigen offen, die ihm gefallen könnten.«

Plötzlich fiel mir ein, dass ich zu einem Spaziergang aufgebrochen war, um Motive für meine eigene Uhr zu sammeln. Niklas hatte mich alles vergessen lassen.

»Alice …« Er drehte sich abrupt um.

Er stand jetzt so nah, dass ich den Geruch von Eukalyptus, Schweiß und Harz wahrnahm, der an ihm haftete. An seinem Hals pochte eine Ader im Takt meines eigenen

Herzschlags. Wie gerne hätte ich die Stelle berührt! Stattdessen schob ich meine Hände tief in die Taschen.

»Ja?«, fragte ich.

Er blinzelte, als wüsste er nicht mehr, was er hatte sagen wollen. Im Gebüsch raschelte es, dann huschte ein Eichhörnchen einen Baumstamm hinauf.

Er räusperte sich. »Wir mögen Jakob sehr. Tu ihm bitte nicht weh, ja?«

Ich wich zurück. »Wie meinst du das?«

»Es gibt immer wieder Städter, die hier ein neues Leben beginnen möchten. Aussteiger, sogenannte Naturliebhaber ...« Er zeichnete mit den Fingern Gänsefüßchen in die Luft. »Kaum wird es im Herbst kühler, realisieren sie, worauf sie alles verzichten müssen. Das kulturelle Angebot ist ziemlich begrenzt, es gibt weder Sushi noch Multiplexkinos, und zum Shoppen müssen sie nach Neustadt fahren, was bei schlechtem Wetter oft mühsam ist. Noch bevor der Winter richtig begonnen hat, bereuen sie ihre Entscheidung und ziehen Leine.«

Ich starrte ihn an.

»Deine Anwesenheit bedeutet Jakob viel«, fuhr er fort. »Bitte versprich ihm nichts, das du nicht halten kannst.«

»Wofür hältst du mich?«, pflaumte ich ihn an.

Er hob beschwichtigend die Hände. »Es ist nichts Persönliches.«

Ich wandte mich ab und stapfte davon, erstaunt über die Wut, die mich gepackt hatte. Niklas' Bitte war durchaus nachvollziehbar. Mich störte jedoch, dass er mir zutraute, so gedankenlos zu sein. Oder war da noch mehr? Meine Stimmung hatte umgeschlagen, als er Rebekka erwähnte.

Schweigend kehrten wir zu seinem Wagen zurück. Niklas sagte nichts mehr, doch ich merkte ihm an, dass ihn meine Reaktion beschäftigte. Als er vor Jakobs Haus hielt, stieg er nicht aus, sondern zeigte auf eine Kiste, die auf dem Rücksitz lag, und bat mich, sie Jakob zu geben. Der Abschied fiel kurz aus.

15

Ich hatte Jakob von meinem Gefühl, hierher zu gehören, erzählen wollen, doch Niklas hatte mich verunsichert. Nutzte ich Jakob aus, um einer Fantasie nachzujagen? Projizierte ich zu viel in diese Gegend? Würde ich bald feststellen, dass ich mein Leben in München vermisste? Ich dachte an Jakobs hoffnungsvollen Blick, als er mich gefragt hatte, wie viel ich denn lernen wolle.

Ich wartete darauf, dass er das Thema erneut ansprach, aber er tat es nicht. Im Gegenteil, es kam mir vor, als zöge er sich von mir zurück. Hatte er die gleichen Bedenken wie Niklas? Trotz der wachsenden Distanz funktionierten wir bei der Arbeit wie ein gut geöltes Getriebe. Ich gewöhnte mich an die Abläufe, lernte, welche Handgriffe Jakob schwerfielen und packte immer häufiger an, ohne dass er mir erklären musste, was als Nächstes zu tun war. Außerhalb der Werkstatt aber stockte das Gespräch.

Als ich Lizzy am Telefon davon erzählte, versuchte sie, mich zu beruhigen. »Er ist alt, vermutlich strengt es ihn an, ständig einen Menschen um sich zu haben. Immerhin war er vier Jahre alleine.«

»Das glaube ich nicht«, widersprach ich. »Er ist … bedrückt. Nicht müde.«

»Warum fragst du nicht einfach, was los ist?«

Weil ich Angst vor der Antwort hatte. Das sagte ich Lizzy jedoch nicht, denn sie würde mich nicht verstehen. Ich konnte mir selbst nicht erklären, warum ich es nicht tat.

Ich lenkte das Gespräch auf Schultz Security. Begeistert erzählte Lizzy von ihrem Arbeitsalltag. Kaum zu glauben, dass sie von derselben Stelle sprach, die mich so gelangweilt hatte.

»Am besten gefällt es mir am Empfang«, schwärmte sie. »Horst sagt, er bekomme viele positive Rückmeldungen von Kunden. Silke möchte schon lange einen Monat unbezahlten Urlaub nehmen, nun habe ich angeboten, während dieser Zeit für sie einzuspringen. Das geht allerdings nur, wenn ich im Büro Unterstützung erhalte. Horst gefällt die Idee nicht, aber wir kriegen ihn schon noch rum.«

Horst? Silke? Lizzy klang, als arbeite sie schon ihr halbes Leben bei Schultz Security.

»Hast du eigentlich etwas von Max gehört?«, erkundigte sie sich.

Ein schlechtes Gewissen packte mich. »Nein, ich wollte ihn anrufen, aber hier ist so viel los.«

»Ich glaube, ich muss mir diesen Jakob doch mal ansehen. Wenn du seinetwegen einen tollen Hecht wie Max vergisst, verheimlichst du mir etwas.«

»Jakob ist alt genug, um mein Vater zu sein!«, protestierte ich. »Aber über einen Besuch von dir hätte ich mich wirklich gefreut. Schade, dass du während der Probezeit keine Urlaubstage nehmen kannst.«

»Vielleicht im August.«

Wir tauschten noch eine Weile Neuigkeiten aus, dann verabschiedete ich mich. Ich war mit Gerd in der Schreinerei verabredet, sie wollte mir zeigen, wie man Schindeln herstellte.

Unterwegs kaufte ich in der Bäckerei Nussecken und Mandelhörnchen. Gerd erwartete mich bereits. Sie legte die Tüte, die ich ihr überreichte, in die Küche, und kehrte mit einem Mandelhörnchen in der Hand zurück. Bevor wir mit den Schindeln begannen, führte sie mich durch die Schreinerei. Wie bei Jakob roch es nach Holz und Sägemehl, doch von der gemütlichen Stimmung, die in seiner Werkstatt herrschte, war hier nichts zu spüren. Der Lärm der Maschinen machte ein Gespräch fast unmöglich, und ich war froh, als wir in einen Nebenraum traten und Gerd die Tür hinter uns schloss.

»Hiermit schneide ich die Schindeln.« Sie zeigte mir eine handbetriebene Maschine, die auf einem Tisch stand.

Die Maschine bestand aus einer hölzernen Grundplatte, über der ein Stechbeutel in einer Halterung eingespannt war. Bedient wurde sie mit einem Hebel. Sie erinnerte mich an einen Papierschneider, nur, dass das Messer senkrecht stand.

»Setz dich«, forderte Gerd mich auf.

Ich nahm Platz, und sie reichte mir eine rechteckige Leiste.

»Die Maschine funktioniert wie eine Guillotine«, grinste sie. »Du kannst nichts falsch machen.«

Sie half mir, das Holz im richtigen Abstand nach vorne zu schieben, und schon bald hatte ich den Dreh raus. Zwar schaffte ich es nicht, die einzelnen Schindeln genau gleich dünn zu schneiden, aber Gerd versicherte mir, dass Jakob das mochte.

»Es ist Handarbeit, und so soll es auch aussehen.«

Als ich fertig war, gaben wir die Schindeln in eine Holztrommel, in der Schleifpapier lag. Zwei Riemen verbanden die Trommel mit einem Antrieb.

»Das ist ein Putzfass«, erklärte Gerd. »Durch die rotierende Bewegung reiben die Schindeln am Schleifpapier. Das gibt ihnen Patina.«

»Das Gerät sieht aus wie ein Museumsstück«, staunte ich.

»Wir haben das hier im Schwarzwald schon immer so gemacht.« Gerd zuckte mit den Schultern und betätigte den Schalter. »Das dauert jetzt ein paar Stunden. Viel zu sehen gibt es dabei nicht. Willst du später wiederkommen?«

Ich hatte noch immer keine Motive für meine Uhr und beschloss, einen weiteren Anlauf zu nehmen. Insgeheim hoffte ich, auf Niklas zu treffen. Ich wollte mich bei ihm entschuldigen.

Als ich diesmal in den Wald aufbrach, fiel mir der

Unterschied zum Schutzwald auf. Hier sah es tatsächlich aus wie in einer Nadelwaldplantage. Die Bäume standen in ordentlichen Reihen, es gab kaum Unterholz. Entlang der Forstwege lag geschlagenes Holz, bereit zum Abtransport. Dank Niklas erkannte ich Kiefern und Fichten, viel mehr aber nicht. Ich fühlte mich wie in einem fremden Land. Plötzlich hatte ich Lust, meiner einzigen Bekannten im Wald einen Besuch abzustatten, der alten Dame. Ob ich sie finden würde?

Ich marschierte zum Ausgangspunkt des Waldbadens. Im April hatte ein grüner Schimmer den Boden überzogen, jetzt waren viele Gräser am Wegrand braun von der Trockenheit, und es roch nach sonnengewärmter Erde. Eingangs des Waldes fand ich reife Himbeeren. Sie waren winzig klein, schmeckten aber eindeutig besser als die gezüchteten. Ich folgte dem Weg bis zu der Stelle, an der wir die erste Übung gemacht hatten. Wo waren wir querfeldein gegangen? Nichts sah aus, wie ich es in Erinnerung hatte. Eine Stunde später kam ich verschwitzt und außer Atem auf einer Lichtung an. Hatten wir hier unsere Rast eingelegt? Ich wusste es nicht. Ich wollte schon umkehren, als ich Stimmen hörte. Wenig später entdeckte ich Rebekka mit einer Gruppe Touristen.

»Alice!« Sie wandte sich kurz an die Gruppe, sagte etwas und kam mir dann winkend entgegen. »Hast du uns am Treffpunkt verpasst? Wolltest du dich uns anschließen?«

Sie trug eine eng anliegende Sporthose, die ihre schlanken Beine betonte, dazu ein türkisfarbenes Outdoorshirt. Trotz der Hitze waren keine Schweißflecke zu sehen. In meiner ausgeblichenen Jeans und dem weiten T-Shirt fühlte ich mich wie eine alte Stoffpuppe, die zu lange in einer Mottenkiste gelegen hatte.

»Nein, ich bin auf der Suche nach Motiven für eine Kuckucksuhr«, erklärte ich. »Jakob bringt mir das Schnitzen bei.«

»Du sollst begabt sein, habe ich gehört.«

Sprach sich hier alles herum?

»Das kann ich nicht beurteilen, aber es macht mir auf jeden Fall Spaß. Ich lasse mich gerne von der Natur inspirieren.«

»Der Wald berührt die Seele, nicht wahr?« Sie faltete die Hände. »Komm doch wieder mal Waldbaden, es gibt noch viel zu entdecken. Niklas und ich bieten im Sommer auch Survivaltrainings an, falls dich das mehr interessiert. Wir gehen mit nichts als einem Schlafsack und einem Messer in den Wald und verbringen das Wochenende in der freien Natur.«

Ich stellte mir vor, wie sie nebeneinander lagen und die Sterne betrachteten, die zwischen den Baumkronen leuchteten.

»Nein danke, das ist nichts für mich.« Ich versuchte, locker zu wirken, aber meine Stimme klang gepresst.

Rebekka lachte. »Klingt schlimmer, als es ist. Niklas findet immer etwas Essbares.«

Es schwang Besitzerstolz mit, als wäre Niklas eine

Trophäe. Ob das gut gehen würde mit den beiden? Ich hatte den Eindruck, dass sie nicht am gleichen Punkt im Leben standen. Trotz ihres Alters sprach aus Rebekka immer noch das Schulmädchen, das für den sieben Jahre älteren Niklas schwärmte.

Dieser Gedanke beschäftigte mich, als ich weiterging. Warum hatte ich eigentlich angenommen, dass Niklas Rebekkas Gefühle erwiderte? Nur weil seine Mutter sie zu ihrer Schwiegertochter erkoren hatte, bedeutete es noch lange nicht, dass Niklas das auch so sah. Die Liebe folgte keiner Logik. Oder war das jetzt nur Wunschdenken? Auf dem Weg zurück nach Bärental nahm ich die Natur kaum wahr. Immer wieder ging ich meine erste Begegnung mit Niklas durch. Ich versuchte, mich daran zu erinnern, wie er auf Rebekka reagiert und was er über sie gesagt hatte.

Gerd hatte sich bereits umgezogen, als ich zurück in die Schreinerei kam. In Leggings und Turnschuhen sah sie viel jünger aus als in Arbeitskleidung. Sie reichte mir eine Kiste, die mit fertigen Schindeln gefüllt war.

»Das sollte für die anstehenden Aufträge reichen«, sagte sie.

Ich nahm ein paar Schindeln in die Hand. Sie sahen nun genauso aus, wie ich sie von Jakobs Uhren in Erinnerung hatte.

»Wenn du magst, kann ich dir das nächste Mal zeigen, wie wir das Holz beizen«, bot Gerd an.

»Gerne! Sag mal, wo liegt das Forsthaus?«

»In Hinterzarten, warum?«

»Ich muss noch bei Niklas vorbei, habe aber vergessen, ihn nach seiner Adresse zu fragen.«

»Er wohnt nicht im Forsthaus.« Gerd holte ihr Handy hervor und rief eine Karte auf. »Im Sommer findest du ihn hier oben.«

Sie zeigte auf eine Stelle unterhalb eines Aussichtspunkts, rund vier Kilometer von Bärental entfernt. Als sie hereinzoomte, kam eine Hütte zum Vorschein. Ich speicherte den Ort auf meinem Telefon und startete den Routenplaner. Eine Stunde zu Fuß oder zehn Minuten mit dem Auto bis zu einem Parkplatz und von dort aus eine knappe Viertelstunde den Berg hoch. Nachdem ich Jakob die Schindeln gebracht hatte, machte ich mich mit dem Auto auf den Weg. Schon von Weitem sah ich Niklas' Geländewagen auf dem Parkplatz. Daran, dass er nicht zu Hause sein könnte, hatte ich keine Sekunde gedacht, dabei war es erst kurz nach sechs.

Ein schmaler Pfad führte in den Wald hinein. Das Licht der tief stehenden Sonne fiel schräg auf die Bäume und zeichnete lange Schatten auf den Boden. Bis auf das Surren einiger Insekten war es ungewöhnlich still, vermutlich, weil die Hauptstraße auf der anderen Bergseite lag. Eine Idylle, wie man sie nur selten fand. Ich verstand, warum Niklas den Sommer hier verbrachte. Auf einmal war ich nervös. Wie würde er darauf reagieren, dass ich einfach so bei ihm auftauchte?

Der Pfad bog um einen kleinen Felsvorsprung und plötzlich tat sich eine weite Landschaft vor mir auf. In der Ferne erkannte ich den Schluchsee, ein schmales, blaues Band, auf dem winzige Boote zu sehen waren. Ich schirmte die Augen mit der Hand ab und ließ meinen Blick über die Hügel schweifen, die in der Abendsonne golden leuchteten. Die Aussicht war atemberaubend.

»Wunderschön, nicht wahr?«

Ich wirbelte herum. Erst jetzt sah ich die kleine Hütte, die sich an den Waldrand schmiegte. Niklas saß an einem Tisch, das Gesicht der Sonne zugewandt, die nackten Füße im Gras vergraben. Vor ihm stand ein leerer Teller.

»Entschuldige, ich wollte dich nicht erschrecken«, sagte er.

»Gerd hat mir gesagt, wo ich dich finde.«

»Ich freue mich immer über Besuch.«

Was vermutlich nicht ganz stimmte, dachte ich, denn wer Besuch mag, wohnt nicht unbedingt in einer einsamen Hütte.

»Was für ein idyllischer Ort«, sagte ich.

Er stand auf und bedeutete mir, ihm zu folgen. Wortlos überquerten wir die Wiese und stiegen weiter den Hügel hinauf, bis wir einen Aussichtsturm erreichten. Oben angekommen, erblickte ich nicht nur den Schluchsee, sondern auch noch den Titisee. Ich fühlte mich wie ein Vogel in einer Baumkrone.

Niklas stützte sich mit den Unterarmen auf das Geländer. »Ich komme oft hierher, wenn ich meine Gedanken sortieren oder Entscheidungen treffen muss, die mir schwerfallen.«

Ich verstand genau, was er meinte. »Es rückt die eigenen Probleme in die richtige Perspektive.«

Ein Vogel schrie, und Niklas blickte zum Himmel. »Hier oben wohnt ein Falkenpaar, manchmal hört man die Jungen rufen.«

Ein leichter Wind war aufgekommen, die kühle Luft tat gut auf der verschwitzten Haut.

»Musst du denn jetzt eine Entscheidung treffen, die dir schwerfällt?«, fragte ich.

Er zögerte, bevor er antwortete. »Getroffen habe ich sie schon lange. Ich muss sie nur noch umsetzen.«

Ich wartete, doch er sagte nichts mehr dazu. Mir fiel wieder ein, weshalb ich gekommen war, und ich entschuldigte mich für meine barsche Reaktion tags zuvor. »Ich weiß, dass du dir Sorgen um Jakob machst. Ich werde ihn nicht ausnutzen.«

»Ich hätte mich nicht einmischen sollen.«

»Doch, ich finde es schön, dass du dich um Jakob sorgst.«

Niklas sah mich mit seinen warmen Augen an. Ich fühlte mich wie in einer Kapsel. Hier oben zwischen Himmel und Erde gab es nichts außer uns. Wie gerne hätte ich die Lachfalten an seinen Augen berührt, seine Hand genommen.

»Jakobs Sohn Max und ich waren früher eng befreundet«, sagte er. »Jakob ist für mich fast wie ein zweiter Vater.«

»Ich kenne Max.« Ich erzählte ihm die Geschichte.

Niklas schüttelte den Kopf. »Welch eine Ironie! Max

hat sich immer darüber beschwert, dass es ihm hier zu eng ist. Dass jeder jeden kennt. Er hat Anonymität gesucht und geglaubt, dass er sie in der Stadt findet.«

»Die Welt ist klein«, stimmte ich zu.

»Warum bist du nach Bärental gekommen?«, fragte er.

Normalerweise fiel es mir leicht, Gedanken und Ereignisse in Worte zu fassen. Doch als ich einen Anlauf nahm, unterbrach ich mich sogleich wieder. Wie sollte ich erklären, dass Frank mich verlassen und damit mein Leben grundlegend auf den Kopf gestellt hatte, ohne in Niklas das klischeehafte Bild einer verlassenen Endvierzigerin auf Sinnsuche zu wecken?

»Ich war nicht wütend, weil du mich gebeten hast, behutsam mit Jakob umzugehen«, sagte ich. »Sondern, weil du damit suggeriert hast, dass du mich für unreflektiert und oberflächlich hältst.«

Niklas öffnete dem Mund, schloss ihn dann aber wieder und nickte nachdenklich.

»Und weil du einen wunden Punkt getroffen hast«, fuhr ich fort. »Mir ist im Moment nicht klar, ob ich vor etwas davonlaufe oder auf ein Ziel zusteuere. Aber wie soll ich das herausfinden, wenn ich es nicht ausprobiere?«

Schließlich erzählte ich ihm von Frank und Olivia. Von der Stellensuche und meinem Wunsch, handwerklich tätig zu sein. Von dem Glück, das ich in Jakobs Werkstatt empfand, und meinem Gefühl, hierher zu gehören.

»Du findest das vermutlich lächerlich«, schloss ich. »Ich kann es dir nicht verdenken.«

»Nein, ich finde es mutig. Du stehst zu dem, was dir wichtig ist.« Er richtete den Blick in die Ferne und dachte eine Weile nach, bevor er selbst zu erzählen begann. »Die Entscheidung, die ich getroffen habe, betrifft eine Frau. Meine Gefühle ihr gegenüber sind nicht stark genug, um eine Beziehung mit ihr einzugehen. Nun muss ich es ihr aber noch sagen. Seit Tagen versuche ich, die richtigen Worte zu finden, doch mir fehlt schlicht der Mut.«

Mein Herz machte einen Hüpfer, für den ich mich schämte. Ich mochte Rebekka und wünschte ihr, dass sie glücklich war.

»Es ist nie einfach, jemanden zu verletzen«, sagte ich.

»Nein.«

»Rebekka schwärmt schon seit der Schulzeit für dich.«

Niklas drehte sich überrascht um.

»Entschuldige«, sagte ich rasch. »Ich …«

Er brach in Gelächter aus. »Du bist also bereits ans Buschtelefon angeschlossen.«

Mir schoss die Röte ins Gesicht. »Ich wollte nicht … deine Mutter hat mir von ihr erzählt, als ich noch im Gasthaus wohnte.«

»Meine Mutter, ja …« Niklas fuhr sich mit der Hand über den Kopf. »Sie glaubt immer noch zu wissen, was für mich gut ist. Manchmal vergisst sie leider, dass ich kein kleiner Junge mehr bin.«

Ich dachte daran, wie zugänglich Inge Falk nach Rebekkas Besuch gewirkt hatte, wie weich ihr strenger Gesichtsausdruck plötzlich gewesen war.

»Ich kann sie ja verstehen«, seufzte Niklas. »Sie wünscht sich schon so lange Enkelkinder. In Gedanken hat sie Rebekka und mich bereits im Forsthaus einquartiert.«

»Wolltest du denn nie welche? Kinder, meine ich?«

»Früher hätte ich es mir vorstellen können. Doch für meine Frau – ich bin geschieden – waren Kinder nie ein Thema. Ich habe Birte während meines Anwärterjahrs am Oberrhein kennengelernt. Sie hatte gerade das Medizinstudium abgeschlossen und klar und deutlich gesagt, dass sie keine Kinder wolle. Wir haben geheiratet, und lange Zeit lief es gut. Wir gingen in unseren Berufen auf, bis wir irgendwann feststellen mussten, dass wir keinen gemeinsamen Nenner mehr hatten. Sie war praktisch rund um die Uhr im Krankenhaus, ich tagelang im Wald. Wir trennten uns als Freunde. Nach der Scheidung kehrte ich hierher zurück, seither lebe ich allein. Inzwischen fühle ich mich zu alt, um eine Familie zu gründen.« Er zuckte mit den Schultern. »Ich bin zufrieden mit meinem Leben, wie es ist. Es macht mir Spaß, Schulklassen zu betreuen, eigenen Kindern trauere ich nicht nach.« Er lehnte sich mit dem Rücken gegen das Geländer, sodass er mir in die Augen sehen konnte. »Und du? Hast du Kinder?«

»Ja, eine Tochter.«

»Wie ist sie?«

Ich erzählte ihm von meiner schwierigen Beziehung mit Pauline. Obwohl Niklas keine Erfahrung als Vater hatte, schien er meine widersprüchlichen Gefühle nachvollziehen zu können.

»Es hat mich überrascht, dass ihr die Trennung zu schaffen macht, immerhin ist sie erwachsen«, schloss ich.

»Sie hat ihr Nest verloren«, sagte Niklas schlicht und sah einem vorbeifliegenden Vogel nach.

Ich fühlte mich von ihm verstanden und ernstgenommen. Einem Impuls folgend nahm ich seine Hand und drückte sie. Als ich wieder loslassen wollte, hielt er sie fest und schaute mir in die Augen.

»Ich hoffe, du findest hier, was du suchst, Alice.«

Auf einmal war meine Welt winzig klein, sie bestand nur noch aus Niklas' Berührung und dem Geräusch seiner Atemzüge. Ein Glücksgefühl durchströmte mich. Egal, wie es mit uns weiterging, dieser Moment würde mir immer in Erinnerung bleiben. Alles stimmte. Die untergehende Sonne, das Flüstern des Windes, der Geruch von Holz und Harz. Niklas, so nahe.

Behutsam zog er seine Hand zurück, berührte kurz meine Wange und trat einen Schritt von mir weg.

Wir machten uns an den Abstieg. Wieder auf festem Boden suchte ich nach einem unverfänglichen Thema.

»Warum wohnst du eigentlich nicht im Forsthaus?«

»Es ist zu groß für mich allein.«

»Und wo wohnst du im Winter? Gerd hat gesagt, du verbringst nur den Sommer in der Hütte.«

»Ich habe eine kleine Wohnung, die ich in der Hochsaison an Feriengäste vermiete.«

Wir kamen zu seiner Hütte, doch er ging mit mir daran vorbei. Inzwischen lag der Weg im Dunkeln, nur die

Baumkronen hoben sich leicht vom mondlosen Himmel ab.

»Ich begleite dich zum Parkplatz«, sagte Niklas. »Nicht, dass du dich noch verirrst.«

Ich wollte schon protestieren, schließlich war ich ganz gut in der Lage, den Parkplatz selbst zu finden. Notfalls konnte ich die Taschenlampe meines Handys einschalten. Aber dann bot mir Niklas seinen Arm an, und ich verstummte.

16

Ich hatte mich für Tannenzweige entschieden. Jakob warnte mich zwar, dass sie schwieriger zu schnitzen waren als Laubblätter, doch meine Uhr sollte ein Tribut an die alte Dame werden. Ich hatte die Weißtanne doch noch gefunden und eingesammelt, was sie mir schenkte. Zweige, Nadeln, ein Stück Schuppenborke. Einzig ein paar Zapfen nahm ich direkt von einem Ast, denn sie fielen nicht herunter, sondern zerbröselten am Baum. Ich hatte auch Skizzen angefertigt. Natürlich hätte ich die Tanne einfach fotografieren können, aber beim Zeichnen studierte ich jedes Detail und bekam so ein Gefühl für das Objekt. Ich ließ keine Harzblase aus, keinen Riss in der Rinde, keinen Schatten.

Jakob betrachtete meine Skizzen erstaunt. »Das ist Niklas' alte Dame.«

»Du erkennst sie?«

»Selbstverständlich!« Er beugte sich über das Blatt. »Jeder Baum ist einzigartig. Du hast ihre besonderen Merkmale perfekt eingefangen.«

Er zeigte mir Beispiele von Tannenzweigen, die er

geschnitzt hatte, dann machte ich mich ans Werk. Mit der Dekupiersäge war ich inzwischen vertraut, schon bald hatte ich meine Rohlinge. Das Schnitzen gestaltete sich schwieriger. Die Zweige waren schmal, die Nadeln filigraner als alles, was ich bisher geschnitzt hatte. Ich musste mich so stark konzentrieren, dass ich an nichts anderes denken konnte. Worüber ich froh war, denn meine Gedanken kreisten unentwegt um Niklas.

Seit unserem Gespräch auf dem Aussichtsturm hatte ich nichts mehr von ihm gehört. Immer wieder sah ich auf mein Handy. Inzwischen waren drei Tage vergangen, und ich wurde mit jeder Stunde unruhiger. Hatte ich mir bloß eingebildet, dass zwischen uns etwas in der Luft lag? War er doch nur froh um Gesellschaft gewesen, weil er häufig allein unterwegs war?

Ich legte meinen Beitel hin und verkündete, dass ich eine Pause brauchte. »Ich hole das Brot bei Inge.«

Jakob, der mit einer schwierigen Reparatur beschäftigt war, nickte, ohne aufzusehen.

Bei Falks herrschte an diesem Samstagmorgen Hochbetrieb. Manche Gäste checkten aus, neue trafen ein. Inge deutete auf das Brot, das für Jakob in einer Tüte bereitstand. Ich hatte gehofft, dass ich sie in ein Gespräch verwickeln könnte, doch sie war zu beschäftigt. Ich griff nach der Tüte und wollte wieder gehen, als mein Blick auf den Halter fiel, in dem Rebekkas Prospekte steckten. Ein Flyer, den ich noch nie gesehen hatte, stach mir ins Auge. »Survivaltraining« stand in dicken schwarzen Buchstaben auf grünem Hintergrund. Darunter das Datum: 26. und 27. Juli. Dieses Wochenende.

Niklas war jetzt mit Rebekka im Wald. Diese Information musste ich erst mal verdauen. Ich setzte mich draußen hin und atmete tief durch. Vielleicht hatte er vor diesem Wochenende nicht mit ihr reden wollen, weil sie sonst zwei Tage lang in seiner Gegenwart gelitten hätte. Ich hätte es jedenfalls nicht getan. Dennoch nagte die Unsicherheit an mir. Was, wenn er merkte, dass sie doch die Richtige war? Resolut stand ich auf. Dann war es halt so. Besser, ich erfuhr es jetzt als später. Eines hatte ich durch die Trennung gelernt: Das Leben ging weiter, egal, wie düster es gerade erschien.

Bevor ich mich auf den Rückweg machen konnte, klingelte mein Handy. Es war Frank. Ich merkte sofort, dass etwas nicht stimmte.

»Es geht um diesen Theo«, sagte er in düsterem Ton. »Ich habe ein paar Nachforschungen über ihn angestellt.«

»Du hast was?«, entfuhr es mir.

»Jaja, ich weiß. Ich musste einfach wissen, ob Pauline bei ihm gut aufgehoben ist.«

»Und?«

»Theo Gebhardt, einziger Sohn von Axel Gebhardt, alleiniger Inhaber der Gebhardt-Gruppe, eines der größten Handelskonzerne Europas.«

»Das erklärt den BMW«, sagte ich trocken.

»Liebling der Klatschpresse«, fuhr er fort. »Theo fehlt auf keiner Party, er gilt als Playboy und Lebemann.

Auf Fotos war er meistens umringt von halb nackten Frauen.«

Auf so jemanden stand Pauline?

»Dann verschwand er von einem Tag auf den anderen von der Bildfläche«, erzählte Frank. »Keine Schlagzeilen, keine Fotos mehr. Ich nehme nicht an, dass er geläutert ist, also habe ich weiter gegraben. Dreimal darfst du raten, wo er steckte.«

»Wo?«, fragte ich ungeduldig.

»In einer Entzugsklinik.«

Mir wurde eiskalt. Frank und ich hatten uns um vieles Sorgen gemacht, unsere größte Sorge war jedoch immer, dass Pauline mit Drogen in Kontakt käme. Frank hatte mitbekommen, was es bedeutete, nicht mehr zu seinem Kind durchzudringen, als sein Neffe heroinabhängig wurde.

»Wie lange ist das her?«, fragte ich.

»Eineinhalb Jahre.«

Mich packte die nackte Angst. Nur wenige Süchtige schafften es, nach einem Entzug clean zu bleiben. Ich dachte daran, dass junge Menschen häufig zu Drogen griffen, wenn sie unter psychischen Problemen litten oder ihr Leben als unerträglich empfanden. Ich sah Pauline vor mir, die Augen mit Tränen gefüllt, als sie Frank fragte, warum er mich verlassen hatte.

Sie hat ihr Nest verloren.

»Wir müssen etwas unternehmen!« Meine Stimme zitterte.

»Ich komme nicht an sie heran«, klagte Frank. »In ihren Augen habe ich unsere Familie zerstört, dafür soll ich wohl büßen.«

Wenn Frank schon nichts bei Pauline erreichen konnte, welche Chance hatte dann ich?

»Vielleicht könntest du sie für ein Wochenende in den Schwarzwald einladen?«, schlug er vor.

Ich versprach, es zu versuchen, wusste aber genau, dass sie nicht kommen würde. Schuldgefühle quälten mich. Ich hätte in München bleiben sollen. Pauline hatte ihr Zuhause verloren, mich in ihrer Nähe zu wissen, hätte ihr Sicherheit gegeben. Ob ich zurückkehren sollte?

Statt in die Werkstatt trugen mich meine Beine wie von alleine in den Wald. Ich achtete nicht darauf, wohin ich lief, sondern bog vom Pfad ab und tauchte immer tiefer ins Gestrüpp ein. Hoher Farn strich mir um die Beine, als versuchte die Natur, mich mit einer sanften Berührung zu beruhigen. Ich stieg über Wurzelstöcke und Steine, bis ich zu einem Bach kam, der leise gurgelnd den Hang hinunterfloss. Ich setzte mich hin, zog meine Schuhe aus und vergrub die Zehen im feuchten Moos. Mit geschlossenen Augen lauschte ich dem Wasser. Allmählich begann ich mich zu entspannen. Als ich wieder aufstand, wusste ich, was ich zu tun hatte.

Zum zweiten Mal innerhalb weniger Monate stand Jakob in der Tür und winkte mir nach. Als ich ihm vom Telefonat mit Frank erzählt hatte, hatten sich tiefe Sorgenfalten in seine Stirn gegraben. Er riet mir, sofort zu Pauline zu fahren und persönlich mit ihr zu reden.

»Es gibt nichts Schlimmeres als Reue«, sagte er mit belegter Stimme.

»Danke.«

»Sie ist deine Tochter.«

»Alice …«

»Ja?«

Er öffnete den Mund, schloss ihn aber gleich wieder. Unbeholfen tätschelte er meinen Rücken, dann drückte er mir eine Tüte mit Proviant in die Hand und wünschte mir eine gute Fahrt.

Unterwegs rief ich Lizzy an und fragte, ob ich bei ihr übernachten dürfe. Schließlich gab es kein Haus mehr, in das ich zurückkehren konnte. Sie war begeistert von meinem Überraschungsbesuch, und wir vereinbarten, dass ich mich melden würde, wenn ich Pauline getroffen hatte. Falls ich sie überhaupt traf. Vermutlich würde sie vorgeben, zu beschäftigt zu sein. Aber sie sollte wissen, dass ich nach München gefahren war, um sie zu sehen. Das Zeichen, das ich damit setzte, war womöglich wirkungsvoller als es ein Gespräch je sein konnte.

Ich spürte einen regelrechten Widerwillen, in die Stadt zu fahren. Eben saß ich noch im Wald, nun tauchten die ersten Wohnblöcke vor mir auf. Sie schlummerten leblos vor sich hin, der Asphalt flimmerte in der Hitze. Die wenigen grünen Oasen vermochten den Stress, der mich beim Anblick befiel, nicht zu lindern. Ich fühlte mich gefangen und fragte mich, wie ich je so hatte leben können.

Kurz nachdem ich auf den Föhringer Ring einbog, wählte ich Paulines Nummer. Sie ging nicht ran. Ich hinterließ eine Nachricht, anschließend suchte ich Theo Gebhardts Adresse im Internet, fand aber nichts. Ich setzte mich in ein Bistro, in dem ein kleiner Salat mehr kostete als eine komplette Mahlzeit in Bärental, und wartete. Eine Stunde später rief Pauline an.

»Warum hast du mir nicht gesagt, dass du nach München kommst?«, pampte sie mich an.

»Es war eine spontane Entscheidung«, sagte ich. »Ich habe dich vermisst und dachte, ich schaue mal vorbei.«

Am anderen Ende war es still. Ich konnte mir vorstellen, was Pauline durch den Kopf ging. Die Mutter, die sie kannte, plante alles. Sie traf keine spontanen Entscheidungen.

»Wo bist du jetzt?«, fragte sie.

»In Bogenhausen.« Ich sprach rasch weiter, bevor sie Zeit hatte, sich zu fassen. »Leider weiß ich nicht, wo Theo wohnt. Kannst du mir die Adresse geben?«

»An der Bernhei… ich komme zum … wo genau bist du?« Sie klang gehetzt.

Die Bernheimer Straße lag ganz in der Nähe der Isar. An Geld mangelte es Theo also wirklich nicht. Ich schlug einen Spaziergang vor, und wir verabredeten uns am Spielplatz an der St.-Emmeram-Brücke.

Ich erkannte Pauline fast nicht wieder. Sie war stark

geschminkt, und obwohl sie Jeans und Turnschuhe trug, wirkte sie noch gestylter als bei ihrem Besuch im Frühling. Schon als wir uns begrüßten, merkte ich, dass ich nicht zu ihr durchdringen würde. Sie war höflich, aber distanziert. Sie fragte, wie es mir im Schwarzwald gefiel, und ob ich vorhätte, dort zu bleiben. Dabei sah sie mir kaum in die Augen. Meine Fragen beantwortete sie ausweichend, sodass ich schließlich stehen blieb, bis ich ihre volle Aufmerksamkeit hatte.

»Was ist los, Pauline?«

Ein kurzes Auflachen. »Ich weiß nicht, was du meinst.«

Ich begab mich aufs Glatteis. »Dir geht es nicht gut.«

»Mir geht es bestens!«

»Diesen Eindruck habe ich nicht.«

Ich wartete auf einen Sturm der Entrüstung, doch er blieb aus.

»Mir fehlt nichts.« Sie verschränkte die Arme vor der Brust. »Ich habe mich verändert, das ist alles. Genau wie du«, fügte sie mit vielsagendem Blick hinzu.

Ich schluckte den Köder nicht. »Warum darf ich dann nicht wissen, wo du wohnst? Oder deinen Freund mal kennenlernen?«

Sie zuckte mit den Schultern. »Ich hätte dich gerne zu uns eingeladen, heute passt es einfach schlecht. Theo hat Besuch.«

»Ich bin morgen auch noch da.«

»Der Besuch bleibt das ganze Wochenende.« Trotzig schob sie ihr Kinn vor.

Ich vermutete, dass es nicht die Wohnung war, die sie vor mir verheimlichte, sondern Theo. Ihr musste klar sein, dass ich seinen Lebensstil nicht billigte. Ich gab auf, bevor das Eis einbrach.

»Magst du mich im Schwarzwald besuchen kommen? Du hast doch jetzt Semesterferien. Ich würde mich sehr freuen.«

Sie zögerte. »Theo und ich haben vor, ein paar Wochen wegzufahren. Vielleicht danach.«

Ich umarmte sie. »In Ordnung. Du bist jederzeit willkommen. Ihr seid jederzeit willkommen«, korrigierte ich mich.

Sie lehnte sich gegen mich, und ich konnte spüren, wie ihre Anspannung ein wenig nachließ. In mir keimte die leise Hoffnung auf, dass sie mir sagen würde, was in ihr vorging, doch sie richtete sich auf und trat einen Schritt zurück. Immerhin schenkte sie mir zum Abschied ein Lächeln.

Im Gegensatz zu Pauline überfiel mich Lizzy förmlich. Mit ausgebreiteten Armen stürmte sie auf mich zu, drückte mich, so fest sie konnte, und betrachtete mich dann von allen Seiten.

»Ich habe mich nicht verändert«, lachte ich.

»Doch, hast du!« Sie kniff die Augen zusammen. »Du siehst jünger aus.«

»Kaum«, sagte ich. »Entspannter vielleicht.«

Lizzy hingegen wirkte tatsächlich anders. Es dauerte einen Moment, bis ich begriff, woran es lag. Sie trug ein buntes Blusenkleid, dazu jedoch schlichte weiße Leggings. Ich dachte an ihre Angst, nicht gesehen zu werden, und schloss aus dem harmonischen Outfit, dass sie es im Moment nicht nötig hatte, um Aufmerksamkeit zu buhlen.

»Wie heißt er?«, fragte ich mit vielsagendem Blick.

Sie errötete leicht. »Wer?«

»Ich fasse es nicht! Warum hast du mir nichts erzählt? Es ist ernst, nicht wahr?«

»Vielleicht … ich weiß es nicht.«

Sie machte sich in der Küche zu schaffen, putzte Tomaten, schnitt sie in Scheiben, gab Oliven und Feta hinzu. Ich bot ihr meine Hilfe an, doch sie lehnte ab.

»Nimm dir ein Glas Eistee und setz dich auf den Balkon«, schlug sie vor. »Ich komme gleich.«

Ich begriff, dass sie einen Moment für sich brauchte, und ging hinaus. Die Wohnung war winzig, sie bestand aus einem kombinierten Koch- und Wohnbereich und einem Schlafzimmer, gerade groß genug für ein Bett. Der Balkon hingegen machte alle Nachteile wett. Er zog sich über die ganze Länge der Wohnung, war mit Sichtschutz und wetterfestem Teppich versehen. Lizzy hatte die Brüstung mit solarbetriebenen Sonnengläsern und bunten Windrädern dekoriert.

Sie kam mit zwei Tellern heraus, die sie auf den Tisch stellte, und setzte sich.

»Ich möchte mich nicht zu früh darüber freuen«, gestand sie. »Das bringt Unglück. Deshalb habe ich nichts gesagt.«

»Du hast Angst davor, enttäuscht zu werden.«

Sie betrachtete ein Windrad, das sich träge drehte. »Weißt du, ich habe mich schon so oft auf eine Beziehung eingestellt, und dann wurde doch nichts daraus, dass ich mir jegliche Tagträume verbiete. Ich warte einfach ab und schaue, was sich ergibt.«

»Das verstehe ich gut.«

Sie schnellte herum. »Du hast auch jemanden kennengelernt!«

Auch wenn man es Lizzy aufgrund ihres Verhaltens nicht unbedingt zutraute, nahm sie feinste Zwischentöne wahr. Es war schwierig, etwas vor ihr zu verbergen.

»Ja«, gestand ich. »Doch es geht mir wie dir. Ich traue dem Glück nicht ganz. Außerdem verstehe ich nicht, was er in mir sieht. Falls er überhaupt an mir interessiert ist.«

»Jetzt hör aber auf!«, empörte sich Lizzy. »Schaust du nie in den Spiegel? Du bist attraktiv, intelligent, kompetent, vielseitig interessiert, du kannst gut zuhören, nimmst dein Gegenüber ernst, bist ...«

Ich hob lachend die Hand. »Stopp! Fehlt nur noch, dass du sportlich hinzufügst.«

»Sportlich bist du nicht.« Lizzy legte den Kopf schräg. »Aber du siehst eindeutig fitter aus als früher.«

»Das sind die vielen Waldspaziergänge.«

Ich erzählte ihr von der alten Dame, dem Moosteppich am Bach und dem Buchdrucker, der die schwachen Bäume befiel. Ich beschrieb das Vogelgezwitscher, das mich morgens weckte, und das Falkenpaar, das oberhalb von Bärental wohnte. Lizzy gab sich Mühe, meine Begeisterung zu verstehen, doch sie teilte sie nicht. Genauso wenig, wie ich ihre Freude an einem Bürojob nachempfinden konnte. Aber das machte nichts. Wir freuten uns füreinander. Wir waren dem Glück beide einen Schritt nähergekommen, und darauf stießen wir mit einem Glas Chardonnay an.

»Wirst du Max besuchen?«, fragte sie.

»Ich habe es mir überlegt, aber ich möchte kein falsches Signal senden.«

»Ich finde, ihr passt gut zusammen.«

Ich drehte das Weinglas in den Händen, dachte darüber nach, was Max und mich verband. Wir hatten uns sofort verstanden, obwohl wir uns in völlig unterschiedlichen Welten bewegten. Zwischen uns war etwas, das ich nicht in Worte fassen konnte, doch mit Liebe hatte das nichts zu tun. Er war wie der Bruder, den ich mir immer gewünscht hatte. Ich hätte ihn gerne getroffen, doch ich wollte in ihm keine Hoffnungen wecken, die sich nicht erfüllen würden.

»Niklas ist Förster.« Plötzlich hatte ich das Bedürfnis, über ihn zu reden. »Er ist ein paar Jahre jünger als ich und geschieden. Im Sommer lebt er in einer einsamen Hütte ohne Strom und fließend Wasser, im Winter in Bärental.«

Lizzy starrte mich entsetzt an.

»Ich weiß, was du denkst. Ich stelle mir dieselben Fragen. Laufe ich vor etwas davon? Suche ich das genaue Gegenteil von dem, was ich bisher gelebt habe? Reizt mich das Abenteuer? Idealisiere ich die Natur? Projiziere ich etwas in Niklas hinein?«

Lizzy wirkte erleichtert, als hätte sie befürchtet, ich könnte meinen Verstand ganz verloren haben.

»Aber wenn ich meinen Kopf ausschalte und die Fragen verstummen«, sprach ich weiter, »sehe ich seine warmen Augen, die Spuren, die das Leben auf seinem Körper hinterlassen hat. Lachfalten, kleine Narben, wettergegerbte Haut. Ich rieche seinen unverkennbaren Duft, eine Mischung aus Wald, gesundem Schweiß und Eukalyptus. Ich möchte ihn berühren, spüren. Bei seinem Anblick beginnt mein Herz zu rasen, und ich weiß nicht, wohin mit meiner Energie. Es fühlt sich an, als wäre ein Kuckuck in mir eingesperrt, aber die Klappe geht nicht auf.«

Lizzy gluckste. »Und was hindert dich daran, sie zu öffnen?«

Rebekka? Oder traute ich meinem Herz weniger als meinem Verstand? Vielleicht brauchte ich einfach nur Zeit. Noch war alles neu und besonders. Die Arbeit in der Werkstatt, das Leben an einem fremden Ort, als alleinstehende Frau. Außerdem hatte ich noch nicht mit Jakob gesprochen. Auf Dauer reichten Kost und Logis nicht. Ich brauchte ein Einkommen. Ich hatte das Gespräch hinausgeschoben, weil ich mich vor Jakobs Antwort fürchtete, wurde mir jetzt klar. Er hatte sich seit unserer ersten Begegnung verändert, etwas beschäftigte ihn.

Ich spürte Lizzys Blick und sah auf. »Vielleicht die Angst, dass ich die Klappe nicht mehr zukriege?«

»Warum solltest du sie denn wieder schließen wollen?«

»Was, wenn mich Jakob nicht mehr in seiner Werkstatt möchte? Dann muss ich mir woanders eine Stelle suchen. Oder wenn mich Pauline in München braucht? Niklas kann nicht weg …«

»Es gibt auch bei uns Wald.«

Ich ignorierte ihren Einwand. »Vielleicht empfindet er nicht dasselbe für mich, wie ich für ihn. Und dann? Wenn ich im Schwarzwald bleibe, kann ich ihm nicht aus dem Weg gehen. Ich möchte die Freundschaft, die zwischen uns entstanden ist, nicht gefährden.«

Von einem Balkon über uns ertönte laute Musik. Ein wummernder Bass, eine immer wiederkehrende Melodie. Ein Motorrad fuhr vorbei, und ich zuckte zusammen, als der Fahrer den Auspuff knallen ließ. Lizzy schien den Lärm nicht zu bemerken, er war für sie nichts weiter als eine Kulisse, wie Jakobs Kuckucksuhren für mich. Auf einmal konnte ich es kaum erwarten zurückzufahren.

17

Jakob hatte für mich gekocht. Leicht beschämt zeigte er auf den Topf und erklärte, dass es eine Kartoffelsuppe sei.

»Sie schmeckt nicht so, wie sie sollte.« Er kratzte sich am Kopf. »Irgendetwas fehlt.«

Ich nahm einen Löffel voll. »Vielleicht der Schnittlauch?«

»Petersilie! Den hat Margaretha immer noch reingeschnippelt.« Er holte einen Bund aus dem Kühlschrank.

»Seit wann hast du Kräuter auf Vorrat?«, fragte ich überrascht.

»Ich habe die Wurst und den Käse damit garniert«, verkündete er stolz und zeigte mir die Platte, die er vorbereitet hatte.

Auch den Tisch hatte er liebevoll gedeckt. Die Stoffservietten hatte ich noch nie zuvor gesehen, die Tassen stammten aus der Vitrine im Wohnzimmer. Gab es etwas zu feiern?

»Wie geht es Pauline?«, fragte er.

»Ich komme einfach nicht an sie heran.« Ich beschrieb die Begegnung. »Wir stehen uns näher als früher, aber nicht so nahe, dass sie sich mir anvertrauen würde. Das Problem ist, dass sie sich seit der Trennung von Frank distanziert hat. Früher hätte sie sich an ihn gewandt, wenn sie in Schwierigkeiten steckte.«

»Und die Drogen?«

Nachdenklich rührte ich in der Suppe. »Mein Bauchgefühl sagt nein, aber vielleicht will ich die Wahrheit einfach nicht sehen. Sie hat ziemlich abgenommen. Irgendetwas belastet sie, da bin ich mir sicher.«

Frank teilte meine Meinung. Wir hatten uns zum Mittagessen getroffen, bevor ich mich auf den Heimweg gemacht hatte. Dass wir als Eltern noch funktionierten, stimmte mich zuversichtlich. Wir wollten abwechselnd den Kontakt mit Pauline suchen, hauptsächlich, um den Kanal offen zu halten. Sollte sie das Bedürfnis haben, mit uns zu reden, wäre die Hürde kleiner. Mehr als die Hand ausstrecken konnten wir leider nicht.

»Ich habe sie nach Bärental eingeladen«, sagte ich. »Ich hoffe, das ist für dich in Ordnung. Ich glaube aber nicht, dass sie kommen wird.«

»Ich würde mich sehr freuen, sie kennenzulernen.« Jakob räusperte sich. »Alice, ich …«

Er suchte nach Worten, fand sie aber nicht. Wieder lag der bekümmerte Ausdruck auf seinem Gesicht. Jetzt kommt es, dachte ich. Er wird mir sagen, dass er lieber alleine arbeitet. Dass ihm ein Dauergast zu anstrengend ist. Deshalb die feierliche Mahlzeit. Es ist ein Abschied. In meinem Magen knotete sich etwas zusammen.

Er stand auf und holte eine Schale Waldbeeren aus dem Kühlschrank, die er auf den Tisch stellte.

»Niklas hat sie gebracht, ich soll dich grüßen.«

Ein Stromstoß ging durch meinen Körper. »Niklas war hier?«

»Er isst ab und zu bei Inge«, erklärte Jakob.

»Ist er noch dort?«

Jakob blinzelte verwirrt. »Ich denke schon.«

Ich sprang auf und umarmte ihn kurz. »Du siehst müde aus. Ich kümmere mich später um den Abwasch.«

In meinem Kopf hatte nur ein einziger Gedanke Platz: Niklas hatte mich gesucht. Ohne weitere Erklärungen eilte ich aus dem Haus. Ich fühlte mich wie ein Teenager, dessen Hormone verrückt spielten. Völlig außer Atem kam ich beim Gasthaus an. Jetzt sah ich auch den Geländewagen. Niklas hatte hinter dem Haus geparkt, nicht auf einem der Felder, die für die Gäste reserviert waren, deshalb war er mir nicht aufgefallen.

Die Rezeption war unbesetzt. Aus einem Zimmer dahinter hörte ich Inge Falk.

»Wie kannst du sie nur derart verletzen? Was ist bloß in dich gefahren?«

»Ich schulde dir keine Erklärung.« Niklas' Stimme, eiskalt. »Ich bin sechsundvierzig, Herrgott noch mal!«

»Warum verhältst du dich dann wie ein unvernünftiges Kind? Eine Frau wie Rebekka findest du so schnell nicht wieder!«

»Vielleicht möchte ich ja keine Frau wie Rebekka.«

»Was gibt es denn an ihr auszusetzen?«

»Nichts.« Niklas klang plötzlich müde. »Ich liebe sie einfach nicht, kannst du das nicht verstehen?«

»Die Liebe!« Inge Falk schnaubte hörbar. »Ich hatte dich für klüger gehalten. Rebekka passt zu dir. Sie möchte Kinder! Viel Zeit, um eine Familie zu gründen, bleibt dir nicht mehr.«

Niklas seufzte. Dann sprach er so leise, dass ich mich anstrengen musste, um ihn zu verstehen.

»Ich weiß, wie sehr du dich nach Enkelkindern sehnst. Aber dieser Zug ist für mich längst abgefahren. Es tut mir leid, aber ich kann dir den Wunsch nicht erfüllen.«

Ich hörte einen leisen Schluchzer. Betroffen schlich ich nach draußen. Hinter dem Gasthaus entdeckte ich eine Bank unter einem Baum und setzte mich. Von hier aus konnte ich Niklas' Geländewagen im Auge behalten, ohne dass man mich von einem der Fenster aus sah. Die Dämmerung hatte eingesetzt, um mich herum zirpten die Grillen. Gedankenverloren strich ich über die dünnen Schuppen der Rinde. Eine Fichte, stellte ich fest, und in mir regte sich etwas. Die Bank. Die Fichte. Ich stand auf, um sie genauer in Augenschein zu nehmen. Ging um sie herum, staunte. Alles passte! Die Fichte war zwar wesentlich größer als vor fünfzig Jahren, doch sie besaß dieselbe Krümmung. Ich kniff die Augen zusammen und stellte mir zwei Menschen auf der Bank vor. Ein Mann mit Filzhut und eine Frau, die ihren Kopf gegen seine Schulter lehnte. Das Paar, das Jakob auf meiner Kuckucksuhr verewigt hatte.

»Alice?« Niklas kam auf mich zu. »Bist du das?«

Es war dunkel geworden, der Mond nur eine schmale Sichel, die wenig Licht spendete.

»Ja«, antwortete ich. »Ich habe deinen Wagen gesehen.«

Er setzte sich neben mich und atmete tief ein. In mir brodelte es. Ein schwindelerregender Cocktail aus Gefühlen, die ich kaum auseinanderhalten konnte. Glück, weil Niklas mit Rebekka gesprochen hatte. Hoffnung, dass er genauso für mich empfand wie ich für ihn. Angst, dass ich Jakobs Erwartungen nicht erfüllte. Unsicherheit, weil ich nicht wusste, was Pauline beschäftigte. Alle Säulen, auf denen mein neues Leben ruhten, wackelten. Ich wollte lachen und weinen, schaffte aber weder das eine noch das andere.

Dann legte Niklas den Arm um mich, und ich kuschelte mich an ihn. In mir wurde es still.

Der Duft von Kaffee weckte mich. Für den Bruchteil einer Sekunde wusste ich nicht, wo ich war. Ich sah einen Tisch aus Holz, darauf ein Becken mit Wasser und einen Gaskocher. Auf einem Regal standen Geschirr und Kochutensilien. Über einem Stuhl hing ein dunkelgrüner Fleece, eingestickt das Landeswappen Baden-Württembergs. Eine Glückswelle überrollte mich. Niklas Lippen auf meinen, weich und warm. Sein Körper, durchtrainiert und hart. Seine Hände, erst sanft, dann fordernd. Und meine Reaktion darauf. Als sei ich von einer Klippe gefallen, ohne dass ich aufschlug.

Von draußen erklang ein Klappern. Ich schälte mich aus dem Schlafsack und streckte mich. Ich trug ein Hemd von Niklas, das mir bis zu den Oberschenkeln reichte. Meine eigenen Kleider lagen fein säuberlich zusammengefaltet auf dem Stuhl. Bei dem Gedanken, dass Niklas mich nackt gesehen hatte, stieg mir die Röte ins Gesicht. Ich konnte nicht anders als an Rebekkas makellosen Körper zu denken. Barfuß ging ich nach draußen, wo Niklas gerade den Deckel auf eine Thermoskanne schraubte.

»Guten Morgen«, begrüßte er mich.

Unschlüssig blieb ich stehen. Ich wollte ihn umarmen, wusste aber nicht, was die vergangene Nacht zu bedeuten hatte. Der Anfang von etwas Ernstem? Ein One-Night-Stand? Was Männer betraf, war ich ziemlich aus der Übung. Niklas nahm mir die Entscheidung ab, indem er mich sanft küsste.

»Zähne nicht geputzt«, murmelte ich verlegen.

Er lachte und presste seine Lippen auf meine. Sein Haar war feucht, und er roch frisch. Hatte er sich im Bach gewaschen?

»Kaffee oder Dusche?«, fragte er.

»Dusche?«

Er führte mich hinter die Hütte und zeigte auf einen Duschsack, der an einem Haken hing. »Morgens ist es vielleicht ein bisschen kalt. Wenn du möchtest, kann ich einen Topf Wasser auf dem Gaskocher wärmen.«

»Das geht schon«, sagte ich.

Als mich der erste kalte Strahl traf, bereute ich meine

Entscheidung. Ich japste auf, sprang beiseite und trat auf einen spitzen Stein, den ich im Gras nicht gesehen hatte. Fluchend massierte ich meine Fußsohle. Dann biss ich die Zähne zusammen, griff nach der Kernseife, die auf einem Halter lag, und stellte mich unter den Wasserstrahl.

Niklas unterdrückte ein Grinsen, als er mir nach der Dusche eine Tasse heißen Kaffee reichte.

Ich kratzte meine verbliebene Würde zusammen. »Schön, dass du dich amüsierst!«

»Entschuldige, ich liebe dein Mienenspiel.«

Ich gab ein undefinierbares Schnauben von mir, grinste hinter der Kaffeetasse aber ebenfalls.

»Eine kalte Dusche am Morgen tut gut, das musst du zugeben«, sagte er.

Ich hob einen Zeigefinger. »Übertreibe es nicht!«

Aber es stimmte. Ich fühlte mich wunderbar. Meine Haut prickelte, ich spürte die Energie, die durch meinen Körper floss. Während ich Kaffee nachschenkte, bereitete Niklas zwei Schalen Müsli mit frischen Himbeeren zu. Wir setzten uns nebeneinander und genossen das Panorama.

»Was isst du eigentlich auf einem Survivaltraining?«, fragte ich und hätte mir im selben Augenblick die Zunge abbeißen können, weil ich ihn damit an Rebekka erinnerte.

»Kommt auf die Jahreszeit an«, antwortete er ungerührt und streckte die Beine von sich. »Im Frühjahr hauptsächlich frische Triebe. Fichtentriebe kommen besonders gut an. Sie schmecken leicht nach Zitrone. Aber auch junge Buchenblätter sind beliebt. Manchmal machen wir damit einen Waldsalat.«

»Schadet es den Bäumen nicht, wenn man die Blätter pflückt?«

»Nicht, wenn man sie von den unteren Zweigen erntet. Man kann fast alle jungen Triebe essen, nur die Eibe ist giftig. Leider sind ihre Nadeln fast nicht von Tannennadeln zu unterscheiden, also sei bitte vorsichtig, falls du sie probieren möchtest.«

»Das überlasse ich lieber dir.« Ich schmiegte mich an ihn.

Er legte den Arm um meine Schultern. »Im Sommer stürzen sich natürlich alle auf die Beeren«, fuhr er fort. »Aber davon wird man nicht satt. Deshalb ernten wir auch immer Kambium von toten Bäumen. Das ist die Wachstumsschicht direkt unter der Borke. Anfang Sommer geht die Außenhaut ziemlich leicht ab, weil die Bäume noch Wasser speichern. Du brauchst dann nur mit einem Messer über das Kambium zu schaben und schon hast du milchige Streifen, die nach harzigen Mohrrüben schmecken.«

»Ich werde auch von Mohrrüben nicht satt«, sagte ich.

»Das ist ja nur die Vorspeise. Die eigentlichen Energiespender sind die Maden.«

Ich sah ihn ungläubig an. »Das ist nicht dein Ernst, oder?«

Seine Augen blitzten vergnügt. »Wenn du dich vor rohen Maden ekelst, kannst du sie natürlich auch braten.

Allerdings hat man bei einem Survivaltraining in der Regel keine Pfanne dabei.«

»Du isst sie roh?«, stieß ich aus.

»Bist du beeindruckt?«

»Ich bin mir nicht sicher«, sagte ich zögerlich.

»Ich verrate dir ein Geheimnis.« Er sah sich um, als wolle er sichergehen, dass niemand zuhörte. »Aber du musst es für dich behalten.«

Ich wartete gebannt.

»Ich packe immer eine Handvoll Energieriegel ein«, flüsterte er mir ins Ohr. »Und esse sie heimlich.«

Ich prustete los. »Wirklich?«

»Wirklich.«

»Musst du nicht vorführen, wie man die Maden verspeist?«

»Das macht Rebekka. Sie hat keine Berührungsängste.«

Er erwähnte sie so beiläufig, dass ich Hoffnung schöpfte. Vielleicht hatte sie seine Zurückweisung besser weggesteckt, als ich befürchtet hatte. Als ich Niklas danach fragte, seufzte er tief.

»Sie war nicht überrascht, sie hat natürlich längst gemerkt, dass ich ihre Gefühle nicht erwidere. Sie wollte es einfach nicht wahrhaben. Dennoch hat es sie verletzt. Sie ist sofort gegangen, sie meinte, sie brauche Zeit, um damit klarzukommen.«

»Weiß sie … von mir?«, fragte ich etwas unbeholfen.

»Nein.«

Ich wollte ihn fragen, was er denn für mich empfand,

aber es kam mir falsch vor. Was immer aus uns würde, wir standen ganz am Anfang. Die Antworten ergäben sich mit der Zeit von selbst.

»Du warst in München«, sagte er.

»Ja, ich habe Pauline getroffen.«

Ich erzählte ihm von der Begegnung und von dem Gespräch mit Frank. Auch, dass ich mich danach gesehnt hatte, in den Schwarzwald zurückzukehren, was ihn sichtlich freute.

»Was fasziniert dich eigentlich an Kuckucksuhren?«, fragte er.

»Ich verbinde sie mit Glück. Meine Mutter hat nichts so sehr geliebt wie ihre Kuckucksuhr. Ich glaube, sie war das Einzige, worüber sie sich im Leben wirklich gefreut hat.«

»Das tut mir leid.«

»Es ist lange her.« Ich küsste ihn. »Und ihre Liebe zu der Uhr hat mich immerhin hierhergeführt.«

»Könntest du dir wirklich vorstellen, auf Dauer für Jakob zu arbeiten?«

»Ich täte nichts lieber, aber ich bin mir nicht sicher, ob er das will«, gestand ich. »In letzter Zeit verhält er sich seltsam. Als wolle er mir etwas sagen, bringe es aber nicht übers Herz.«

»Nimm das jetzt bitte nicht persönlich, aber es hat mich erstaunt, dass er dich bei sich zu Hause einquartiert hat. Er ist gerne allein.«

»Es war seine Idee. Vielleicht hat er inzwischen gemerkt, dass es ein Fehler war. Für mich wäre es kein

Problem, woanders unterzukommen. Allerdings müsste er mir dann einen Lohn bezahlen, sonst kann ich mir keine Unterkunft leisten.«

Ich erzählte, dass jetzt eine Familie in unserem Hausteil wohnte, und dass ich von den Mieteinnahmen lebte. Niklas wollte alles über mein vorheriges Leben wissen. Ich beschrieb den Garten, den krummen Maulbeerbaum und wie ich versucht hatte, ihn zu richten. Jetzt war er es, der losprustete.

»Und Max wohnt gleich nebenan?«

»Ja, seit ein paar Monaten.«

»Unglaublich. Er hat immer von der Innenstadt geschwärmt.«

»Menschen ändern sich.«

Niklas drückte meine Hand. Ich hätte den ganzen Tag mit ihm vor der Hütte sitzen und reden können, doch er musste zur Arbeit, und Jakob fragte sich bestimmt längst, wo ich blieb. Widerwillig packte ich meine Sachen zusammen, während Niklas das Geschirr spülte. Ich musste ihn immer wieder anschauen, um sicherzugehen, dass ich nicht träumte.

Jakob war natürlich aufgefallen, dass ich nicht in meinem Zimmer übernachtet hatte. Als ich die Werkstatt betrat, wurden seine Gesichtszüge weich. Ich entschuldigte mich, weil ich am Vorabend einfach davongeeilt war.

»Wolltest du eigentlich etwas mit mir besprechen?«, setzte ich vorsichtig an.

Er zögerte kurz, dann verneinte er. Zu meiner Beschämung hakte ich nicht nach.

Wir schliffen die Werkzeuge und machten uns an die Arbeit. Mein Tannenzweig war fast fertig. Was mir an Erfahrung fehlte, kompensierte ich mit räumlichem Vorstellungsvermögen, laut Jakob eine der wichtigsten Eigenschaften eines Schnitzers. In den letzten Wochen hatte ich ein weiteres Talent entdeckt: Ich konnte sowohl mit der rechten als auch mit der linken Hand schnitzen. Dadurch wurde meine Arbeit schön gleichmäßig. Jakob inspizierte den Zweig und griff nach einem kleinen, dreieckig geformten Messer.

»Das ist ein Geißfuß.« Er reichte mir das Messer. »Damit machst du die Gravur.«

Ich versank in die Welt der Tannennadeln. Schnitzte, pustete, schnitzte weiter. Während der Arbeit sprachen wir nie, sondern konzentrierten uns ganz auf das Holz, damit wir hörten, was es uns sagte. Es gelang mir sogar, Niklas für einige Stunden zu vergessen. Kaum legten wir jedoch eine Pause ein, holte ich mein Handy hervor.

Ich wünsche dir einen schönen Tag. N.

Ich muss über das ganze Gesicht gestrahlt haben, denn als ich aufsah, stellte ich fest, dass Jakob mich verzückt beobachtete.

»Niklas?«, fragte er beiläufig.

»Ja.«

Er nickte. »Einen besseren Mann wirst du nirgends finden.«

»So weit sind wir noch lange nicht«, wehrte ich ab. »Ich kenne ihn kaum.«

Jakob lächelte nur.

Wieder erfasste mich eine Glückswelle. Wenn das so weiterging, würde ich noch platzen. Wie viel davon ertrug ein Mensch eigentlich?

Mir fiel das Liebespaar auf der Bank ein, und ich fragte Jakob, ob ihm die Fichte hinter Inge Falks Haus als Vorbild gedient hatte. Ich konnte förmlich sehen, wie er sich zurückzog. Er kam mir vor wie eine Schildkröte, die Kopf und Glieder einzog, wenn man ihr zu nahekam.

Er tat, als sei die Frage unwichtig, doch als er sprach, zitterte seine Stimme. »Du hast sie erkannt? Sie ist viel größer als damals.«

»Es gibt nicht viele krumme Fichten.«

»Apropos Holz, ich wollte zum Sägewerk, um mir eine Weymouthskiefer anzuschauen. Willst du mitkommen? Anschließend muss ich noch die fertigen Uhren im Souvenirgeschäft abliefern.«

Ich dachte an das Gespräch mit Niklas zurück. Brauchte Jakob Zeit für sich? Da ich mich ohnehin darauf gefreut hatte, den ganzen Tag in der Schnitzstube zu verbringen, lehnte ich ab.

Ich war noch nie alleine in der Werkstatt gewesen. Das Ticken der Uhren kam mir ungewöhnlich laut vor, fast hypnotisierend. So hatte sich Jakobs Arbeitsplatz angefühlt, bevor ich gekommen war. Ich tauchte wieder ab, und als ich gefühlte Minuten später seine Schritte hörte, war mein Tannenzweig fertig.

»Hast du dir schon eine Signatur ausgedacht?«, fragte er. »Jeder Schnitzer hat seine eigene.«

»Ich glaube, meine Uhr erkennt man auch ohne Signatur«, gab ich zu bedenken. »Oder gibt es viele Kuckucksuhren, die aussehen, als habe sie ein Kind gemacht?«

»Du unterschätzt dein Talent«, sagte Jakob.

»Talent allein genügt nicht.«

»Hast du dir je überlegt, das Holzbildhauerhandwerk von Grund auf zu erlernen? Ich bin mir sicher, du würdest die Aufnahmeprüfung an einer Berufsfachschule bestehen.«

»Willst du mich loswerden?« Ich tat, als scherzte ich, doch ich hielt den Atem an, während ich auf seine Antwort wartete.

»Natürlich nicht! Ganz im Gegenteil. Aber wenn du wirklich in den Beruf einsteigen möchtest, wirst du bei mir nicht genug lernen.«

Ich atmete langsam aus. »Für eine Ausbildung bin ich viel zu alt.«

»Wie kommst du darauf?«

Als ich mir meine Zukunft in Bärental ausgemalt hatte, war ich davon ausgegangen, dass ich Jakobs Gehilfin bleiben würde. Ich sah mich als Stütze, die es ihm erlaubte, so lange wie möglich zu arbeiten. Kein einziges Mal hatte ich mir vorgestellt, weiterzumachen, wenn er aufhörte. Schon gar nicht als Bildhauerin. Jakob hatte über fünfzig Jahre

Erfahrung, nur deshalb war er so gut. Nie würde ich es schaffen, ihn einzuholen. Aber musste ich das? Mir würde es auch gefallen, mich um Reparaturen zu kümmern und einfachere Aufträge zu erledigen. Mein Alter wäre nur ein Problem, wenn ich eine Anstellung suchte. Machte ich mich hingegen selbstständig, würde niemand danach fragen. Auch in Rente gehen konnte ich dann, wann ich es bestimmte. Jakob war über siebzig und dachte nicht daran, sich zur Ruhe zu setzen.

Was mir eben noch absurd vorgekommen war, erschien plötzlich möglich. Alles erschien mir auf einmal möglich.

18

Ein weiteres, warmes Augustwochenende stand bevor. Die Touristen strömten in Scharen in den Schwarzwald. Der Schluchsee sah aus, als habe jemand Streusel über ihn verteilt. Boote, überall. Am Ufer spiegelte sich die Sonne in den zahlreichen Autos, Stoßstangen blitzten auf, Motoren lärmten.

»Noch einen halben Kilometer«, sagte Niklas. »Dann sind wir auf der anderen Bergseite, und es wird ruhiger.«

Die letzten zwei Wochen hatten wir fast jede freie Minute zusammen verbracht. Häufig unternahmen wir lange Waldspaziergänge, was mir anfangs seltsam erschienen war. Wer verbrachte die Freizeit schon gern an seinem Arbeitsplatz? Doch allmählich verstand ich, dass ein Förster wenig Gelegenheit hatte, die Schönheit des Waldes in Ruhe zu genießen. Er war eher eine Art Ökomanager, der die Bedürfnisse der Forstwirtschaft, der Touristen und des Naturschutzes unter einen Hut bringen musste. Er saß öfter am Computer, als ihm lieb war, und wenn er doch im Wald unterwegs war, dann meistens mit einem konkreten Ziel.

Meine Füße verhedderten sich in einem Wurzelgeflecht, und ich fiel beinahe hin. Niklas blieb stehen. Er trug einen Rucksack mit Proviant, um seinen Hals baumelte ein Fernglas.

»Gehe ich zu schnell?«, fragte er.

»Ein bisschen.«

Meine Kondition verbesserte sich zwar mit jedem Ausflug, aber Hindernisse sah ich oft zu spät. Während sich Niklas im Wald bewegte, als ginge er auf einem asphaltierten Weg, trat ich in verborgene Löcher, stolperte über Wurzeln und rutschte auf morschen Ästen aus.

»Wir sind gleich da«, sagte er erneut.

Ich hätte laut gelacht, wenn ich physisch noch in der Lage dazu gewesen wäre. Als er mir das erste Mal versichert hatte, dass wir »gleich da« seien, marschierten wir noch über eine Stunde durchs Dickicht.

»Möchtest du eine Pause einlegen?«, fragte er.

»Erst in deinem Wald.«

Neben seiner Tätigkeit für den Staat arbeitete Niklas noch für einen privaten Waldbesitzer, dem der Naturschutz wichtig war. Er ließ Niklas freie Hand bei der Pflege. In den letzten Jahren war ein kleines Paradies entstanden, das Niklas »seinen Wald« nannte.

In der Ferne hörte ich ein Rascheln. Niklas war nirgends zu sehen, der Wald hatte ihn wieder verschluckt. Ich marschierte stoisch weiter, bis ich ihn vor einer Brombeerhecke entdeckte. Er reichte mir eine Handvoll Beeren.

»Jetzt wird es ein bisschen eng«, sagte er und deutete auf einen Weg, den ich ohne seine Hilfe nie entdeckt hätte.

»Zuerst die Beeren.« Mit einem erschöpften Seufzer setzte ich mich auf einen bemoosten Baumstamm, um die Brombeeren zu genießen.

»Entschuldige.« Er nahm neben mir Platz. »Manchmal vergesse ich, dass du eine Städterin bist.«

»Sehr witzig«, sagte ich säuerlich.

»Das war ein Kompliment.«

Den Mund voller Beeren küsste ich ihn mitten auf den Mund und hinterließ einen blauen Abdruck. »Lippenstift steht dir.«

Schmunzelnd wischte er sich mit dem Handrücken über den Mund. »Das habe ich wohl verdient.«

»Allerdings.«

Er wurde ernst. »Du sagst es mir, wenn es dir zu anstrengend ist, ja?«

»Mache ich«, versicherte ich ihm.

Ich liebte diese Spaziergänge, anstrengend hin oder her. Nicht nur, weil ich Niklas so gerne beobachtete, wenn er in seinem Element war. Die geschmeidigen Bewegungen, sein Atem, der sich dem Rhythmus des Waldes anzupassen schien, seine Sicherheit, seine Kraft. Ich mochte auch diese neue Welt, die er mir erschloss. Ich betrachtete Birken, die mit ihren Zweigen um sich schlugen, um sich Licht zu verschaffen, mit ganz anderen Augen. Ich trauerte um die einheimische Lärche, die unweigerlich aussterben würde, weil sich die japanische Lärche mit ihr kreuzte. Ich lernte, Spuren von Tieren zu lesen und Insekten zu schätzen. Sogar Zecken hatten ihren Zweck, brachte mir Niklas bei, da bestimmte Schlupfwespen ihre Eier in ihnen legten.

Ich wischte meine Hände am Moos ab, und wir gingen weiter. Niklas sprang über einen Steinbrocken, duckte sich unter einen Ast weg. Der Untergrund wurde zunehmend feuchter, ein falscher Tritt, und mein Fuß versank im Matsch. Trotz Wanderschuhen spürte ich, wie sich meine Socke mit Wasser vollsog. Ich stemmte die Hände in die Seiten und beugte mich vor, um zu Atem zu kommen. Eine Mücke surrte an meinem Ohr. Ich schlug nach ihr, spürte im selben Moment einen Stich. Ich stand kurz davor aufzugeben, als mir Niklas die Hand entgegenstreckte und mich an der feuchten Stelle vorbeilotste. Meine Schuhe gaben mit jedem Schritt ein schmatzendes Geräusch von sich.

»Wir sind da«, sagte er.

Ich hatte eine klare Grenze erwartet, irgendetwas, das mir sagte, dass wir uns auf einem fremden Grundstück befanden. Aber es gab keine Markierung, keinen Zaun. Dennoch erkannte ich sofort, dass der Wald anders war. Die meisten Bäume wuchsen in kleinen Gruppen beisammen, manche sahen aus wie große Sträucher, drei Stämme, eine einzige Wurzel. Viele waren krumm, was mich an Jakobs Fichte erinnerte.

Ich berührte die Rinde einer besonders stark verformten Fichte. »Warum wachsen die Bäume hier anders?«

»Man nennt das Drehwuchs«, erklärte Niklas. »In der Natur kommt diese spiralförmige Verdrehung häufig vor. Der Baum ist dadurch stabiler, er federt leicht, wenn es stürmt. Für die Holzgewinnung ist er aber ungeeignet, weil sich die Bretter werfen. Deshalb werden Bäume mit Drehwuchs in einem Nutzwald früh aussortiert. Hier lasse ich alles wachsen.« Er blickte sich mit beinahe väterlichem Stolz um.

Sein Wald war ein grünes Paradies. Die verschiedenen Formen der Bäume regten meine Fantasie an, ich sah in ihnen Gestalten und Gesichter. Am Boden lagen umgefallene Baumstämme, aus denen neues Leben spross.

Niklas ging vor einem Baumstumpf in die Hocke. »Er wird von diesen Buchen«, er zeigte auf die umliegenden Bäume, »am Leben erhalten.«

Fasziniert betrachtete ich die Buchen. »Dann ist es also wahr, dass Bäume fühlen können?«

»So weit würde ich nicht gehen.« Niklas stand wieder auf. »Wir wissen, dass es zwischen Bäumen unterirdische Verbindungen gibt. Unbestritten ist auch, dass Nährstoffe fließen. Meiner Meinung nach ist das aber ganz normal. Nährstoffe wandern meistens von Stellen, an denen sie hoch konzentriert sind, zu Stellen, an denen ein Mangel herrscht. Solche Stoffflüsse finden auch in unserem Körper statt. Für mich hat das nichts mit Fühlen zu tun, aber jeder sieht das ein wenig anders.« Er hielt inne und legte einen Finger auf die Lippen.

Ich wartete gespannt.

»Hier lebt ein neugieriges Wiesel«, sprach er nach einer Weile leise weiter. »Es kommt oft gucken, wenn ich da bin, zeigt sich aber selten.«

»Gibt es viele Tiere?«, flüsterte ich.

»Rehe und Hirsche natürlich, und wir haben vier Wölfe, die sieht man jedoch nie, sie sind Einzelgänger. Was man hingegen sehen kann …« Er führte mich zu einem riesigen Hügel. »… sind Ameisen. Dieser Ameisenhügel ist über zwanzig Jahre alt. Als ich ihn entdeckte, war er fast einen Meter achtzig groß und fünf Meter breit, seither ist er ein bisschen kleiner geworden.«

Ungläubig starrte ich auf die Waldameisen, die geschäftig ihrer Arbeit nachgingen, und malte mir die Länge der Gänge aus.

»Stell dir vor, was die Menschheit erreichen könnte, wenn wir wie Ameisen zusammenarbeiten würden«, sagte ich.

»Leider sind wir nicht so selbstlos wie sie.«

»Sind sie das wirklich? Arbeiten sie nicht nur zusammen, um ihr eigenes Überleben zu sichern?«

»Schon, aber im Gegensatz zu uns sind Ameisen bereit zu verzichten. Die Arbeiterinnen zum Beispiel pflanzen sich nicht fort. Sie schuften nur, damit die Königin ihre Gene weitergeben kann.« Ein schelmisches Lächeln schlich sich auf Niklas' Gesicht. »Das ginge mir eindeutig zu weit. Genauer gesagt, auf die Nachkommen könnte ich schon verzichten, nicht aber auf den Versuch, meine Gene weiterzugeben.«

Bevor ich etwas erwidern konnte, presste er seine Lippen auf meine. Alles in mir gab nach, und ich spürte nur noch Verlangen. Der Wald um mich herum verwandelte sich in ein Kaleidoskop aus grünen Pflanzen, blauem Himmel und Sonnenschein. Dann spürte ich, wie mir eine Ameise das Bein hochkroch, und kam zur Besinnung. Sex auf einem Waldboden? Ich mochte es ja, wenn mein ganzer Körper kribbelte, nicht aber, wenn Ameisen der Grund waren.

Ich löste mich aus Niklas' Umarmung und schüttelte reuig den Kopf. »Hier ziehe ich mich nicht aus.«

»Warte«, flüsterte Niklas. »Bin gleich wieder da.«

Er verschwand hinter einer Buche. Kurz darauf kam er mit einer Hängematte zurück, die er triumphierend hochhielt.

»Ich schlafe manchmal hier«, erklärte er.

Gemeinsam befestigten wir die Hängematte zwischen zwei Buchen. Ich unterdrückte ein unangebrachtes Kichern, als ich mich an meinen Schnürsenkeln zu schaffen machte. Bevor ich die Schuhe ausziehen konnte, klingelte mein Handy. Frank. Ich drückte den Anruf weg, doch er rief erneut an. Mit einem entschuldigenden Blick an Niklas nahm ich ab.

»Frank, ich kann gerade nicht …«

»Pauline«, unterbrach er mich.

Ich fuhr zusammen. »Ist etwas passiert?«

»Sie hatte einen Autounfall.« Im Hintergrund hörte ich ein Hupen. »Ich bin auf dem Weg ins Krankenhaus. Ich rufe dich an, sobald ich mehr weiß.«

Meine Knie gaben unter mir nach, und ich lehnte mich gegen einen Baumstamm. Niklas sah mich besorgt an.

»Pauline«, flüsterte ich. »Sie hatte einen Unfall.«

Ich musste nach München. Jetzt. Sofort. Ich setzte mich in Bewegung. Niklas hielt mich zurück. Wütend schlug ich seine Hand weg.

»Ich kann jetzt nicht ...«

»Da entlang«, sagte er und zeigte in die entgegengesetzte Richtung.

Verstand er denn nicht?

»Ich muss zu ihr!«, rief ich.

Er hatte sein Telefon hervorgeholt und wählte eine Nummer. Während er sprach, dirigierte er mich weg von dem Pfad, auf dem wir hergekommen waren, in die andere Richtung. Ich hörte nicht, was er sagte, konnte nur an Pauline denken. Absurde Gedanken gingen mir durch den Kopf. War das die Strafe dafür, dass ich sie alleine gelassen hatte? Würde ich mein kleines Mädchen je wieder in den Arm nehmen, ihr sagen können, dass ich sie liebte? Ich stolperte über die offenen Schnürsenkel, ging rasch weiter.

Wir gelangten zu einem Forstweg. In der Ferne hörte ich das Geräusch eines herannahenden Wagens, kurz darauf kam uns ein Jeep entgegen, hielt an und nahm uns mit. Keine Ahnung, wer fuhr. Ich starrte auf mein Handy, wartete wie in Trance darauf, dass Frank sich meldete. Ob ich im Krankenhaus anrufen sollte? Ich hatte nicht gefragt, wohin man Pauline gebracht hatte. Ich wählte

Franks Nummer, er wusste nicht mehr als vorhin, sagte aber, dass man sie in die Klinik Neuperlach eingeliefert hatte.

Der Jeep bremste. Meine Tür wurde aufgezogen, Niklas bat um meinen Autoschlüssel. Ich kramte ihn aus der Tasche, begriff, dass wir vor meinem Wagen standen. Er setzte sich ans Steuer, ich nahm auf dem Beifahrersitz Platz. Ich stellte keine Fragen, konnte nicht. Mir war übel vor Anspannung, alles ging viel zu langsam. Warum nur war ich so weit weg von München? Ich schluckte Galle herunter, schloss die Augen. Endlich, ein Klingeln.

»Sie ist wieder bei Bewusstsein.« Frank weinte. »Es geht ihr gut.«

Seine Worte öffneten eine Schleuse in mir. Die Tränen flossen über, tropften mir vom Kinn. Niklas warf mir einen bekümmerten Seitenblick zu. Als ich den Daumen in die Höhe reckte, konnte ich seine Erleichterung förmlich spüren.

»Sie hat eine Gehirnerschütterung«, fuhr Frank fort. »Und ein paar blaue Flecken. Nichts gebrochen, keine inneren Verletzungen.«

Ich stieß ein Dankesgebet aus. »Weißt du, was genau geschehen ist?«

»Nur, dass sie mit Theo im Wagen saß.«

Die Anspannung der letzten Stunden entlud sich in heiße Wut. Hatte Theo unter Drogeneinfluss gestanden? Zu viel getrunken? In Gedanken schüttelte ich ihn durch.

Allmählich kam ich wieder zu mir. Wir hatten bereits

die Hälfte der Strecke zurückgelegt. Ich drehte mich zu Niklas, der knapp über der Höchstgeschwindigkeit fuhr.

»Du kommst mit nach München?«, fragte ich sinnloserweise.

»Glaubst du, ich lasse dich allein?« Er drückte kurz meine Hand und konzentrierte sich wieder auf die Straße.

Erneut kamen mir die Tränen, jetzt aus Dankbarkeit. Ich kannte diesen Mann erst seit wenigen Monaten, und doch hatte er keine Sekunde gezögert, mich nach München zu fahren.

Ich schluckte. »So hast du dir unser gemeinsames Wochenende bestimmt nicht vorgestellt.«

»Es wird noch viele gemeinsame Wochenenden geben.«

Der Kloß in meinem Hals ließ keine Antwort zu.

Kurz vor München hielt Niklas an einer Raststätte. Ich wollte protestieren, doch er deutete auf unsere Schuhe.

»Wir sollten sie auf der Toilette ein bisschen säubern, sonst lassen sie uns vielleicht nicht ins Krankenhaus.«

Unter den missbilligenden Blicken zweier Frauen stellte ich meine Wanderschuhe ins Waschbecken und wusch die Erde und den Schlamm von den Sohlen. Auch meine Socken spülte ich. Braune Rinnsale flossen in den Abfluss. Barfuß kehrte ich zum Wagen zurück, wo Niklas bereits wartete. Er drückte mir eine Apfelschorle in die Hand.

»In meinem Rucksack sind Brötchen«, bot er an.

Ich schüttelte den Kopf. Bis ich mich mit eigenen

Augen vergewissert hatte, dass es Pauline gut ging, würde ich keinen Bissen herunterkriegen.

Niklas fuhr direkt zur Notaufnahme. »Ich warte in der Cafeteria auf dich.«

Ich sprang aus dem Wagen, eilte durch die Schiebetür. Am Schalter erfuhr ich, dass man Pauline auf ein Zimmer verlegt hatte. Wegen der Gehirnerschütterung würde sie die Nacht hierbleiben müssen.

Obwohl ich nie ernsthaft krank war, mochte ich Krankenhäuser nicht. Sie führten mir vor Augen, wie verletzbar der Körper war, wie schmal der Grat zwischen Leben und Tod, Glück und Unglück. Vor Paulines Tür blieb ich stehen und klopfte leise. Als ich eintrat, richteten sich drei Augenpaare auf mich, doch ich sah nur meine Tochter. Wie schmal sie unter dem Laken wirkte, wie zerbrechlich! Eine Schramme zog sich über ihre linke Wange, an ihrer Stirn klebte ein Heftpflaster.

»Mama?« Pauline blinzelte, schloss aber die Augen gleich wieder.

Ich beugte mich über sie. »Ich bin da, mein Schatz.«

Sachte strich ich ihr übers Haar, machte beruhigende Geräusche, wie ich es getan hatte, als sie klein war.

»Es geht ihr gut«, sagte Frank.

Er stand mit dem Rücken zum Fenster. So vertraut und dennoch fremd. Ich hatte ihn noch nie in Shorts gesehen, er sah darin jünger aus, fast unbeschwert, wäre da nicht der erschöpfte Ausdruck auf seinem Gesicht. Die Angst um Pauline hatte auch ihm zugesetzt.

Nun nahm ich auch den jungen Mann wahr, der neben ihm stand. Fein geschnittene Gesichtszüge, zurückgekämmtes Haar. Khakihose, ein Poloshirt. Viel zu weiße Zähne. Theo Gebhardt.

»Es freut mich, Sie kennenzulernen«, sagte er und streckte mir die Hand entgegen.

Die Wut kehrte mit einer Heftigkeit zurück, die mich selbst überraschte. Dieser Schnösel glaubte wohl, er käme mit allem durch. Ich ging auf ihn zu und blieb direkt vor ihm stehen.

»Verschwinde! Sofort! Ich will dich nie mehr in der Nähe meiner Tochter sehen!« Nur Pauline zuliebe schrie ich nicht.

»Alice …« Frank berührte mich an der Schulter und schaute zu Pauline, deren Augen immer noch geschlossen waren.

»Raus!«, zischte ich.

Theo stand wie eine Statue vor mir. Endlich wandte er sich ab und verließ den Raum. In mir tobte es, ich zitterte vor Wut.

»Alice!« Frank packte mich fester.

»Was?«, herrschte ich ihn an.

Er zeigte auf die Tür, und wir traten in den Flur. Theo war nirgends zu sehen.

»Pauline ist gefahren«, sagte Frank.

Es dauerte einen Moment, bis die Bedeutung seiner Worte zu mir durchdrangen.

»Pauline?«, wiederholte ich.

»Sie hat die Kontrolle über den Wagen verloren«, erklärte er.

»Pauline … hat den Unfall verursacht?«

»Ja.« Frank blähte die Wangen und ließ langsam die Luft entweichen. »Sie hat Theos BMW zu Schrott gefahren.«

19

Ich hatte jeden Winkel abgesucht, der öffentlich zugänglich war, Theo aber nicht gefunden. Wie hatte ich nur so voreingenommen sein können? Dass Frank ganz ähnlich reagiert hatte, wie er mir zerknirscht gestand, tröstete mich nicht.

Schließlich fand ich Theo draußen. Er lehnte an der Mauer und rauchte mit abwesendem Blick eine Zigarette.

Ich entschuldigte mich bei ihm. »Vor lauter Angst um Pauline konnte ich nicht mehr klar denken.«

Theo sah mich kühl an. »Ich habe nie verstanden, warum sie mich ihren Eltern nicht vorstellt.«

»Du hast allen Grund, wütend zu sein. Ich habe die falschen Schlüsse gezogen. Ich kann nur wiederholen, dass mir die Angst beinahe den Verstand geraubt hat. Es tut mir wirklich sehr leid.«

Theo nahm einen tiefen Zug seiner Zigarette. Einen Moment befürchtete ich, dass er mir den Rücken zukehren würde, doch zu meiner Überraschung reichte er mir die Hand.

»Entschuldigung angenommen, Frau Kern«, sagte er.

»Ich freue mich, dich endlich kennenzulernen. Bitte, nenn mich Alice.«

Er nickte kurz.

»Ich habe Pauline mehrmals gebeten, uns einander vorzustellen.« Ich räusperte mich. »Aber sie ist immer ausgewichen.«

»Weil sie fürchtete, du könntest mich ablehnen.«

Ich errötete, beschloss dann, dass es keinen Zweck hatte, um den heißen Brei zu reden. »Wegen der Drogengeschichten?«

Der Verlauf, den das Gespräch genommen hatte, war ihm sichtlich unangenehm, trotzdem hielt er meinem Blick stand.

»Ja.«

»Pauline ist meine Tochter. Es ist meine Aufgabe, sie zu beschützen. Und wenn es eines gibt, wovor ich mich fürchte, sind es Drogen.«

»Sie braucht keinen Schutz, sondern Verständnis«, entgegnete Theo.

Sein harter Tonfall ließ mich aufhorchen. »Wie meinst du das?«

Er drückt die Zigarette am Boden aus und warf die Kippe in den Abfall. »Ich muss zurück. Pauline fragt sich bestimmt schon, wo ich stecke.«

»Bitte, Theo, gibt es etwas, das ich wissen müsste?«

Kopfschüttelnd ging er davon.

Ich schaute ihm nach, als er durch die Tür verschwand. Verständnis? Wofür? Was verschwieg er? Ich hatte vor fünfundzwanzig Jahren mit dem Rauchen aufgehört, jetzt aber wünschte ich, er hätte mir eine Zigarette angeboten. Meine Nerven lagen blank.

Niklas wartete immer noch in der Cafeteria auf mich. Ein seltsames Bild, dachte ich, als ich ihn da sitzen sah. Ich verband ihn mit dem Schwarzwald, dass er in München war, kam mir vor, als hätte sich ein Baum davongemacht.

»Du lächelst«, sagte er, als ich mich zu ihm setzte. »Geht es Pauline gut?«

»Ja, aber das ist es nicht, was mich zum Lächeln bringt.« Ich erzählte ihm von meinem Bild.

Er schmunzelte. »Du weißt aber schon, dass ich nicht zum ersten Mal in einer Stadt bin?«

»Echt? Und ich dachte schon, jetzt könnte ich *dir* einmal etwas zeigen.«

Er nahm meine Hand. »Ich würde deine Welt gerne kennenlernen.«

Meine Welt. Wie sah diese aus? Ich hatte mein altes Leben hinter mir gelassen, mein neues aber noch nicht aufgebaut. Im Moment bestand meine Welt aus einzelnen Teilen, die ich neu zusammensetzte. Einige hatten keinen Platz mehr, andere eine veränderte Funktion. Nicht alle berührten sich. Wie passte Niklas da rein?

Pauline machte sich mehr Sorgen um den BMW als um sich. Sie konnte nicht fassen, dass sie einen Unfall verursacht hatte. Immer wieder entschuldigte sie sich bei Theo.

»Hauptsache, es geht dir gut«, versicherte er ein ums andere Mal.

Er mochte in privilegierten Umständen aufgewachsen sein, dennoch war er nicht der verwöhnte Schnösel, den ich erwartet hatte. Im Gegenteil, er hatte etwas Liebenswertes an sich, das manchmal an Verlorenheit grenzte. Ich begriff, dass er Pauline genauso brauchte wie sie ihn, und das erfüllte mich mit Zuversicht.

Pauline beobachtete mich verstohlen. Als Theo und Frank das Zimmer verließen, um etwas zu essen, setzte ich mich auf die Bettkante.

»Ich bin froh, dass ich Theo endlich getroffen habe«, sagte ich. »Auch wenn ich mir wünschte, die Umstände wären andere. Er scheint ein liebenswerter Mensch zu sein.«

Pauline sah mich misstrauisch an.

»Du bedeutest ihm viel«, stellte ich fest.

Sie nickte zaghaft.

»Wie lange seid ihr schon zusammen?«

»Ein halbes Jahr.«

»Was macht er?« Als sich Paulines Miene verschloss, fügte ich hinzu: »Entschuldige, es geht mich nichts an. Ich bin nur neugierig. Er ist mir sehr sympathisch.«

Pauline überlegte eine Weile. »Nach den Semesterferien beginnt er mit dem Studium.«

Ich fragte nicht, wie alt er war, schätzte ihn aber auf Ende zwanzig. Er musste einige Irrwege hinter sich haben.

»Architektur«, fügte Pauline stolz hinzu.

»Davon habe ich auch lange geträumt.«

Sie sah mich erstaunt an. »Wirklich? Warum hast du es nicht gemacht?«

Ich dachte an ein Puppenhaus zurück, das ich aus Klorollen, Dosen, Eierkartons und anderem Verpackungsmaterial gebaut hatte. Ich musste etwa neun gewesen sein, und ich hatte mir zu Weihnachten ein richtiges Puppenhaus gewünscht, stattdessen aber ein Kleid bekommen. Stundenlang klebte, heftete und malte ich, bis meine Puppen ein Zuhause hatten, in dem sie sich wohlfühlten.

»Weil ich Geld verdienen musste«, sagte ich. »Oma konnte sich kaum die Medikamente leisten, die sie brauchte.«

Und die rücksichtsvolle, brave Alice hatte ihre Träume begraben, um ihrer Mutter keine Last zu sein. Ich war überrascht über die Bitterkeit, die in mir aufkam, als ich jetzt daran zurückdachte.

»Dann lernte ich deinen Vater kennen, und du wurdest uns geschenkt. Was brauchte ich noch mehr?«

Pauline beobachtete mich genau. Ihre Unterlippe begann zu zittern, und auf einmal brach sie in Tränen aus. Stand sie noch unter Schock? Hatte sie begriffen, wie schlimm der Unfall hätte ausgehen können?

Ich nahm sie in die Arme und schaukelte sanft hin und her. »Alles wird gut, mein Schatz. Dir ist nichts passiert.«

Heftige Schluchzer schüttelten sie durch. »D-das ist es nicht.«

Ich strich ihr übers Haar, murmelte beruhigende Worte.

»Ich schaffe es nicht«, weinte sie.

Was meinte sie?

»Das Studium.« Sie schniefte. »Ich habe es versucht, wirklich, aber ich bin zu dumm!«

Ich kramte ein Taschentuch hervor, das ich ihr reichte. »Wovon sprichst du?«

»Statistik und … alles.« Sie putzte sich die Nase, begann aber gleich wieder zu weinen. »Ich bin durch die Klausur gefallen.«

Ich streichelte sie weiter. »Das macht doch nichts. Dann wiederholst du sie eben. Du bist intelligent, du kannst das.«

Ich hatte sie beruhigen wollen, erreichte aber das Gegenteil. Aufgebracht schüttelte sie den Kopf, zuckte aber vor Schmerz zusammen und ließ sich stöhnend auf das Kissen zurückfallen.

»Du musst dich ausruhen, mein Schatz. Wir reden ein anderes Mal darüber, ja?«

»Ich schaffe es nicht«, wiederholte sie, und Tränen tropften aufs Kissen.

»Sicher schaffst du das. Wenn man einmal die Logik dahinter begreift, sind die Berechnungen ganz einfach.«

»Ich wusste, dass du mich nicht verstehst«, flüsterte sie mit geschlossenen Augen.

Sie braucht keinen Schutz, sondern Verständnis

Da wurde es mir klar. Ihre Vorwürfe an mich, die vielen Geheimnisse. Ihre Wut, weil ich zu organisiert, zu perfekt sei. Die seltenen Besuche. Seit Beginn des Studiums zog sie sich zunehmend zurück – weil sie fürchtete, uns nicht zu genügen. Mir nicht zu genügen. Ich hatte ihr bieten wollen, was mir verwehrt geblieben war, und dabei aufgehört, ihr zuzuhören.

»Ach, Liebes.« Behutsam strich ich ihr eine Haarsträhne aus dem Gesicht. »Mir zuliebe musst du die Klausur nicht wiederholen. Ich möchte nur, dass du glücklich bist.«

Pauline schlug die Augen auf. »Und wenn ich gar nicht studieren möchte?«

»Das ist einzig und allein deine Entscheidung.«

Pauline blinzelte ein paarmal.

»Hast du dir schon Gedanken darüber gemacht, was du stattdessen tun möchtest?«, fragte ich.

»Ich weiß es nicht«, gestand sie.

»Du wirst es schon noch herausfinden«, beschwichtigte ich. »Manchmal dauert es eben ein Weilchen, bis man klar sieht.«

Die Sonne war hinter den Häusern untergegangen, dennoch strahlten der Asphalt und der Beton noch Wärme ab. Ich dachte an die kühle Brise, die abends aus dem Wald wehte, und sehnte mich nach Bärental. Niklas hatte ein Hotelzimmer in der Nähe der Klinik organisiert, es war nicht besonders luxuriös, dafür störte sich niemand an unseren schmutzigen Kleidern. Wir duschten kurz, bevor wir aufbrachen, um etwas zu essen.

»Ich habe Pauline genauso unter Druck gesetzt wie

meine Mutter mich damals«, sagte ich. »Dabei wollte ich doch alles besser machen.«

»Im Gegensatz zu deiner Mutter lernst du aber aus deinen Fehlern.«

Wie schaffte er es nur, immer das Richtige zu sagen? Hätte er meine Fehler heruntergespielt, hätte ich mir noch mehr Vorwürfe gemacht, sein Verständnis aber erleichterte es mir, mir selbst zu verzeihen.

»Bist du eigentlich immer so?«, wollte ich wissen.

»So direkt?«

»So empathisch.«

»Ich glaube nicht, dass ich besonders empathisch bin. In manche Menschen kann ich mich überhaupt nicht hineinfühlen, sie bleiben mir ein Rätsel. Wir hingegen …« Er dachte kurz nach, bevor er weitersprach. »Wir ticken ähnlich. Mir kommt es vor, als gingen wir im Gleichschritt.«

Ich musste daran denken, wie ich hinter ihm durch den Wald gestolpert war und lachte auf. Niklas warf mir einen verunsicherten Blick zu.

»Entschuldige, ich lache nur über deine Wortwahl.«

Er begriff und grinste.

»Ich weiß, was du meinst. Ich fühle es auch.« Ich blieb stehen und sah ihn an. »Das, und noch vieles mehr.«

Ich beugte mich vor, um ihn zu küssen. Er war unrasiert, und seine Bartstoppeln kratzten auf meiner Haut, was in mir einen angenehmen Schauer auslöste. Seit dem Besuch bei Pauline fühlte ich mich, als schwebte ich ein paar Zentimeter über dem Boden. Eine Leichtigkeit hatte mich ergriffen, alles erschien mir möglich. Ob Niklas und ich beenden sollten, was wir im Wald begonnen hatten? Seine Augen leuchteten, sein Atem ging schnell. Dann knurrte mein Magen, laut und deutlich.

Wenig später saßen wir in einem Gartenrestaurant und studierten die Speisekarte. Nachdem wir zwei Pizzen bestellt hatten, legte Niklas den Kopf schräg.

»Darf ich Pauline kennenlernen?«, fragte er.

Ich fürchtete, das feine Band, das heute zwischen Pauline und mir entstanden war, zu stark zu strapazieren, wenn ich sie jetzt mit einem neuen Mann in meinem Leben konfrontierte. Dass ich die Auswirkungen der Trennung unterschätzt hatte, zeigte, wie behutsam ich vorgehen musste.

»Ich glaube, dafür ist es noch etwas zu früh.« Ich betrachtete die bunte Lichterkette, die zwischen den Bäumen gespannt war. »Aber meine Freundin Lizzy brennt darauf, dich zu treffen.«

Niklas kniff die Augen zusammen. »Klingt nach einer Qualitätsprüfung.«

»Klar, was sonst?« Ich tätschelte seinen Arm. »Aber ich bin mir sicher, du wirst bestehen.«

Er bestand mit Bravour. Lizzy hatte uns zu sich nach Hause eingeladen. Wir saßen auf ihrem Balkon, der nachmittags im Schatten lag, tranken Kaffee und aßen Kuchen, während sie Niklas mit Fragen löcherte. Als er sich kurz entschuldigte, um die Toilette aufzusuchen, beugte sich Lizzy zu mir.

»Er ist so sexy!«, quietschte sie. »An deiner Stelle könnte ich keine Sekunde die Hände von ihm lassen!«

Ich erwähnte nicht, dass ich die halbe Nacht genau das getan hatte, beziehungsweise, nicht getan hatte.

»Ach, Alice!« Sie umarmte mich. »Ich freue mich so für dich!«

Die Alice, die ich noch vor einigen Monaten war, hätte jetzt gesagt, dass sich erst noch zeigen müsse, wohin die Beziehung führte. Sie hätte es sich verboten, Lizzys Freude zu teilen, aus Angst vor einer Enttäuschung.

»Ja, nicht wahr?«, sagte ich stattdessen mit einem Gefühl tiefen Glücks.

»Dann bleibst du also für immer im Schwarzwald?« Lizzy schaute mich wehmütig an.

»Das weiß ich nicht, im Moment möchte ich aber nicht von dort weg.«

Ich sollte endlich mit Jakob reden. Der Gedanke an ihn dämpfte meine Freude ein wenig. Ich musste wissen, was sich zwischen uns verändert hatte. Ich hatte es vor mir hergeschoben, weil ich mich vor seiner Antwort fürchtete.

Niklas kehrte zurück, und wir sprachen über Pauline, die ich am Vormittag wieder besucht hatte. Es ging ihr wesentlich besser, sie durfte heute nach Hause. Als ich Lizzy erzählte, wer Theo war, griff sie sich theatralisch ans Herz. Niklas hob eine Augenbraue, was mir ein Kichern entlockte.

»Der Alleinerbe der Gebhardt-Gruppe?«, rief Lizzy.

Ich nickte.

Lizzy fächerte sich Luft zu. »Meine Güte, was für eine Partie!«

Ich dachte daran, wie verloren Theo auf mich gewirkt hatte. »Ist Axel Gebhardt eigentlich verheiratet?«

»Verwitwet«, antwortete Lizzy prompt. »Seine Frau starb an Krebs, als Theo acht war.«

Sie wandte sich an Niklas und erklärte, dass sie, als sie noch im Altenheim gearbeitet hatte, einer sehbehinderten Bewohnerin regelmäßig Klatschhefte vorgelesen hatte.

»Ich weiß alles über Promis«, verkündete sie.

»Dann hast du sicher auch von Theos Drogenproblemen erfahren«, sagte ich.

Sie winkte ab. »Er hat eine Entziehungskur gemacht, das Abi nachgeholt, und jetzt …« Sie dachte nach. »Ich weiß gar nicht, was er jetzt macht. Ich habe schon lange nichts mehr über ihn gelesen. Auch keine Fotos gesehen.«

»Klingt, als habe er sein Leben tatsächlich in den Griff bekommen«, stellte Niklas fest.

»Ich hoffe es«, sagte ich.

Nicht viele schafften es, auf Dauer clean zu bleiben, doch vielleicht war Theo die Ausnahme.

Lizzy konnte vor Aufregung fast nicht still sitzen. »War Pauline schon auf der Jacht?«

»Besitzt er etwa eine Jacht?«, fragte ich.

Sie verdrehte die Augen. »Natürlich! Ein Riesending, mit Personal und allem. Vermutlich gehört sie seinem Vater, nicht ihm, aber auf Fotos war häufig zu sehen, wie er dort Partys feierte. Er kennt eine Menge Promis.«

Mir wurde bewusst, wie radikal sich Paulines Leben verändern würde, wenn sie mit Theo zusammenblieb. Hoffentlich würde sie trotzdem eine Ausbildung machen.

Lizzy schenkte uns Kaffee nach.

»Niklas«, sagte sie und wandte sich ihm zu. »Erzähl mal von dir. Wie viele Wilderer hast du schon verhaftet?«

Niklas hob abwehrend die Hände. »Keine, das ist Sache der Polizei.«

»Aber du hast ein Gewehr?«

»Ich benutze es nie.«

»Muss ein Förster nicht auf die Jagd?«

»Nicht zwingend. Er muss sich um die Tiere im Wald kümmern, und dazu gehört, den Bestand zu kontrollieren, selber jagen muss er aber nicht.«

»Dann streifst du also nur im Lodenmantel im Wald umher?«

Niklas lachte auf. »Den größten Teil des Tages verbringe ich im Büro, rechne Holzpreise aus oder setze irgendwelche Richtlinien der EU, des Staates oder der Kommune um. Wenn ich im Wald unterwegs bin, dann meistens in einem Geländewagen. Und ich trage Funktionskleidung, keinen Lodenmantel.«

Lizzy wirkte enttäuscht. »Klingt nicht sehr romantisch.«

»Romantik lebe ich anders aus«, sagte Niklas und sah mich liebevoll an.

Lizzy faltete die Hände vor der Brust und seufzte. »Ihr seid ein süßes Paar!«

Errötete Niklas tatsächlich? Ich war Lizzy so gewohnt, dass ich manchmal vergaß, wie sie auf andere wirkte.

»Wir sollten uns langsam auf den Weg machen«, rettete ich Niklas. »Wir haben noch eine lange Fahrt vor uns.«

Lizzy packte zwei Stück Kuchen ein, die sie mir mitgab.

Ich umarmte sie. »Kommst du mich bald besuchen?«

»Sobald Silke zurück ist«, versprach sie. »Horst hat ihr den Urlaub bewilligt. Die nächsten vier Wochen muss ich die Stellung halten.« Sie wandte sich an Niklas. »Beschütze sie vor den bösen Wölfen, ja?«

Niklas versprach es.

Lizzy winkte uns vom Balkon aus nach, bis ich sie im Rückspiegel nicht mehr sah. Sie fehlte mir jetzt schon.

»Sie ist eine Naturgewalt«, bemerkte Niklas.

»Allerdings!«

Ich schaltete einen Gang hoch und fuhr durch die vertrauten Straßen. Bilder und Gesprächsfetzen gingen mir durch den Kopf, zogen wie ein Film an meinem geistigen Auge vorbei. Schon lange war ich innerhalb so kurzer Zeit nicht mehr so vielen Menschen begegnet. Ich freute mich darauf, schweigend neben Jakob zu sitzen, dem Ticken der Uhren zu lauschen und mich einzig auf das Holzstück, das ich bearbeitete, zu konzentrieren. Bevor wir München verließen, wollten wir jedoch noch einen letzten Stopp einlegen.

»Es ist nicht weit«, sagte ich.

»Ich habe Zeit«, antwortete Niklas. »Außerdem bin ich gespannt auf den Maulbeerbaum.«

Ich stieß ihn mit dem Ellenbogen in die Rippen, was er mit gespielter Entrüstung quittierte. Ich wollte das Haus sehen, um sicherzugehen, dass dieses Kapitel für mich abgeschlossen war. Ich war zu dem Schluss gekommen, dass ich, egal, wie mein Leben weiterging, nicht dorthin zurückkehren wollte. Es gehörte der Vergangenheit an. Ich hatte mit Frank darüber gesprochen, auch er hatte nicht vor, je wieder einzuziehen.

Mit gemischten Gefühlen bog ich in die Straße ein, die so viele Erinnerungen in mir auslöste. Hier war ich mit Pauline im Kinderwagen entlang spaziert, hatte den Lenker ihres Fahrrads gehalten, als sie sich das erste Mal auf den Sattel schwang, und ihr später auf dem Weg zur Schule nachgewinkt. Mein Blick fiel auf das Haus. Auf das Fenster neben der Tür, an dem ich gestanden hatte, wenn sich Pauline verspätete und ich mir ausmalte, was ihr alles zugestoßen sein könnte. Wie ängstlich ich war! Ich hatte dem Glück nie getraut, witterte überall Gefahren und Schicksalsschläge.

Der Anblick des Briefkastens weckte ganz andere Erinnerungen, und mir wurde warm ums Herz. Als ich Frank gestanden hatte, dass ich die guten, alten Postkarten vermisste, die man vor dem Internetzeitalter aus dem Urlaub verschickte, sandte er mir von jeder Geschäftsreise eine zu. Ich sah sie vor mir, wie sie zwischen Werbung und

Rechnungen lagen. Farbige Botschaften aus einer Welt, die ich nicht mit ihm teilen wollte.

Aus dem Augenwinkel merkte ich, wie Niklas mich beobachtete.

»Erinnerungen?«, fragte er.

»Gute und schlechte«, antwortete ich. »Wie das Leben halt so ist.«

Ich parkte ein paar Schritte vom Eingang entfernt, und wir stiegen aus. Ich sah keine Bewegung hinter den Fenstern, hörte keine Stimmen.

Bevor ich bei Max klingelte, schlich ich in meinen alten Garten, um Niklas den Maulbeerbaum zu zeigen. Ich fühlte mich wie eine Einbrecherin.

Zwischen den Steinplatten wucherte Unkraut, die Hortensie bog sich unter der Last der verwelkten Blüten. Ich wartete auf das bekannte Jucken, diesen Drang, die Unordnung zu beseitigen, doch da war nichts. Stattdessen dachte ich an Niklas' Wald und daran, dass sich die Natur zurückeroberte, was ihr gehörte.

Der Maulbeerbaum war gewachsen. Die neuen Zweige schossen kerzengerade nach oben, trotz des schrägen Stamms. Daneben stand der schiefe Pfahl, an seinem Ende hatte jemand ein farbiges Windrad befestigt.

»Ein Maulbeerbaum kann bis zu zwanzig Meter hoch werden.« Nachdenklich betrachtete Niklas den kleinen Garten.

Ich zuckte mit den Schultern. »Das ist nicht mehr mein Problem.«

Ich vergewisserte mich noch einmal, dass niemand hier war, dann pflückte ich ein paar der weißen Beeren. Sie sahen aus wie Brombeeren, waren aber weicher und süßer.

»Alice?«, erklang es aus dem Nachbargarten.

Max tauchte hinter einem Haselstrauch auf, ein erfreuter Ausdruck lag auf seinem Gesicht. »Bist du schon lange …« Er verstummte und starrte auf Niklas.

Ich hatte Max mitgeteilt, dass ich in München war, jedoch verschwiegen, dass Niklas mich begleitete. Ich wollte nicht, dass er am Telefon von unserer Beziehung erfuhr.

»Nick?« Max blinzelte ungläubig.

Niklas grinste breit und klopfte ihm auf die Schulter. »Ich habe gehört, dass du deine schicke Wohnung gegen ein Haus mit Garten eingetauscht hast. Das musste ich mit eigenen Augen sehen.«

Max betrachtete mich lange, dann nickte er langsam. »Verstehe«, sagte er, bemüht, seine Würde zu bewahren. Dann wandte er sich wieder Niklas zu. »Na dann, machen wir eine Hausführung!«

20

Die Nacht war dunkel, der Himmel wolkenverhangen. Max hatte uns ein Zimmer angeboten, doch Niklas musste am nächsten Tag früh zur Arbeit, deshalb waren wir trotz der späten Stunde aufgebrochen. Niklas saß am Steuer, und ich hing meinen Gedanken nach. Jakob und Max telefonierten zwar regelmäßig, doch wie erwartet hatte Jakob ihm nicht erzählt, dass ich mich verliebt hatte. Dazu war er zu diskret. Nachdem sich Max vom Schock erholt hatte, zog er mich beiseite.

»Ich freue mich für dich«, sagte er.

»Danke.« Ich drückte seine Hand. »Ich hoffe, dass du eine Frau findest, die dich glücklich macht. Du hast es verdient.«

Anschließend hatte Max den Grill angeworfen und ein paar Bier aus dem Kühlschrank geholt. Während wir darauf warteten, dass die Glut bereit war, erzählten Max und Niklas von ihrer Kindheit in Bärental. Max beschrieb die Freiheit, die er empfunden hatte, als er in den Wäldern spielte. Aber auch das Gefühl, ständig überwacht zu werden. Man kannte sich, jeder Schritt wurde beobachtet, jeder Fehltritt registriert. Max war immer klar, dass er wegmusste. In Bärental bliebe er das Kind, das beim Eisschwimmen fast ertrunken war. Das einen Schokoriegel geklaut und später durch das Fenster des Mädchenklos gespäht hatte.

»Du hättest das Gekreische hören sollen, als sie mich entdeckt haben!«, schmunzelte er. »Dabei habe ich gar nichts gesehen. Als Strafe musste ich alle Fenster im Schulhaus putzen.«

»Aber nur, weil du dich vor der Sache mit dem Klo in die Mädchenumkleide geschlichen hast«, erinnerte ihn Niklas.

»Ich habe nach dem Sportunterricht meine Jacke vergessen und die falsche Tür erwischt!«

»Wir haben unsere Jacken nie mitgenommen«, widersprach Niklas. »Wir haben sie an den Haken vor dem Schulzimmer hängen lassen.«

»Du vielleicht«, wehrte sich Max. »Sport war die letzte Stunde der Woche, ich wollte immer so schnell wie möglich nach Hause.«

Niklas drehte sich zu mir um. »Ist dir ab und zu ein Schatten an einem deiner Fenster aufgefallen? Damals, als du noch nebenan gewohnt hast?«

Max packte ihn, und sie balgten sich wie kleine Jungen auf dem Rasen. Ich hielt mir den Bauch vor Lachen. Ich hatte beide noch nie so gesehen und genoss ihre Ausgelassenheit. Beim Essen wandte sich das Gespräch Jakob zu. Max wurde ernst, er erzählte, dass er sich Sorgen um seinen Vater machte. Jakob war zu alt, um alleine im Haus zu wohnen. Dass er ohne seine Werkstatt eingehen würde wie eine Pflanze ohne Wasser, war ihm klar. Deshalb hatte er schon mehrmals vorgeschlagen, eine Haushälterin einzustellen.

»Aber davon will er nichts wissen.« Max schüttelte den Kopf. »Lieber isst er jeden Tag Brot und Wurst und trägt eine Woche lang dieselbe Kleidung.«

Ich erzählte, dass Jakob mir eine Kartoffelsuppe gekocht hatte, und dass die Waschmaschine regelmäßig lief.

»Er weiß, wie man sie bedient?«, fragte Max erstaunt.

»Sicher«, antwortete ich. »Auch, wie ein Staubsauger funktioniert. Allerdings sind die Fenster ziemlich schmutzig, vielleicht solltest du dich darum kümmern.«

Niklas verschluckte sich an einem Stück Brot. Es dauerte einen Moment, bis auch Max begriff, dass ich scherzte. Er warf mir einen düsteren Blick zu, wollte etwas sagen, fand aber die Worte nicht.

»Aber du hast natürlich recht«, fuhr ich rasch fort. »Ich mache mir auch Sorgen um Jakob, wenn er alleine ist. Doch er braucht keine Haushälterin, sondern jemanden, der ihm in der Werkstatt hilft. Er sieht nicht mehr so gut, und feinmechanische Arbeiten fallen ihm zunehmend schwerer.«

Max seufzte. »Und wie soll er das bezahlen? Kunsthandwerk ist nicht mehr rentabel. Ich habe versucht, ihm das klarzumachen, doch er will nicht auf mich hören.«

Von Finanzen verstand Max sicher mehr als Jakob, aber

war ihm auch bewusst, wie gefragt Jakobs Uhren waren? Ich erzählte ihm von dem Auftrag aus China, den Jakob hatte ablehnen müssen. Das erweckte sein Interesse.

»Du glaubst, es gibt noch einen Markt für hochwertige Uhren?«

»Im Ausland, ja. Touristen wollen nicht mehr so viel ausgeben, das ist leider eine Tatsache. Aber Superreiche begnügen sich nicht mit Massenware. Sie wollen etwas Exklusives, am liebsten eine maßgeschneiderte Spezialanfertigung. Und Kuckucksuhren sind anscheinend wieder im Trend.«

Niklas warf mir einen skeptischen Blick zu, doch Max dachte über meine Worte nach.

»Wir bräuchten eine Zielgruppenanalyse«, sagte er. »Wer ist dieser chinesische Geschäftsmann? Wie ist er auf Jakob gestoßen? Wie viel war er bereit zu zahlen?«

»Das musst du Jakob selber fragen.«

Max holte sein Tablet und begann, sich Notizen zu machen. Er murmelte vor sich hin, sprach von Renditen und Margen, listete Zahlen auf, fragte ab und zu etwas über Holzpreise oder den Zeitaufwand für einen bestimmten Arbeitsschritt.

Als er fertig war, sah er auf. »Könntest du dir wirklich vorstellen, für ihn zu arbeiten? Ich weiß, dass du einen Föhn reparieren kannst, aber eine Kuckucksuhr bauen?«

»Jakob braucht nur eine Hilfskraft. Alles andere schafft er alleine.«

Dass Jakob vorgeschlagen hatte, ich solle eine Ausbildung

machen, erwähnte ich nicht. Später, auf der dunklen Autobahn, ließ ich meinen Tagträumen freien Lauf. Ich sah mich an einer Berufsfachschule, wo ich nicht nur schnitzte, sondern auch modellierte, abformte und drechselte. Ich würde mich mit Holzkunde befassen, Werkstoffe und Materialien kennenlernen. Sogar Fotografie gehörte zur Ausbildung. Wenn ich mich von den Fächern, die ich bereits als technische Zeichnerin besucht hatte, befreien lassen könnte, würde ich nebenbei noch in Teilzeit bei Jakob arbeiten können. Die Doppelbelastung wäre nicht ohne, aber machbar.

»Was geht dir durch den Kopf?«, fragte Niklas.

Im schwachen Licht der Straßenbeleuchtung war sein Profil nur eine Silhouette. Mir fielen seine ausgewogenen Proportionen auf, das markante Kinn.

»Jetzt gerade denke ich, dass du schön bist.«

»Und davor?«

Ich sprach nicht gerne über Zukunftsvisionen oder Pläne, die noch gar keine waren. Sie bekamen dadurch etwas Verpflichtendes. Andererseits wollte ich Niklas nicht ausschließen, um ihn später, wenn ich mich entschieden hatte, vor vollendete Tatsachen zu stellen, wie Frank es bei mir getan hatte. Sicher, eine Ausbildung war nicht mit einer neuen Beziehung vergleichbar, dennoch war es einfacher, Entscheidungen nachzuvollziehen, wenn man den Prozess mitverfolgte.

»Jakob hat mir einen Floh ins Ohr gesetzt«, begann ich zögerlich.

Ich beschrieb die Ausbildung und was ich mir davon

erhoffte. Je mehr ich redete, desto stärker wurde mein Wunsch, sie zu machen.

»Klingt, als hättest du dich bereits entschieden«, sagte Niklas.

»Eigentlich nicht.«

»Was spricht dagegen?«

»Mein Alter«, antwortete ich prompt. »Und dass ich kaum Freizeit hätte.«

»Warum ist dein Alter ein Problem?«

Das wichtigste Argument, dass es schwierig war, sich in meinem Alter auf dem Arbeitsmarkt zu behaupten, fiel weg. Wenn Jakob einverstanden war, hatte ich bereits eine Stelle. Was war es dann? Ich horchte in mich hinein und spürte dieselbe Scham, die Niklas in mir ausgelöst hatte, als er von Aussteigern sprach. Ich wollte nicht für naiv gehalten werden. Oder gar versagen.

»Ich habe das Gefühl, dass ich mir in meinem Alter keinen Ausrutscher erlauben darf«, gestand ich.

»Warum nicht? Was passiert, wenn du scheiterst?«

»Es wäre mir peinlich.«

»Vor wem?«

Vor mir selbst? Versagen war für mich nie eine Option, denn ich hatte früh gelernt, dass es kein Sicherheitsnetz gab. Als sich das später änderte, war ich es so gewohnt, hohe Ansprüche an mich zu stellen, dass ich nicht mehr anders konnte. Ich dachte an Pauline, der ich alles mit auf den Weg hatte geben wollen, was mir gefehlt hatte. Und die nun ebenso große Angst vor dem Scheitern hatte wie ich.

Ich straffte die Schultern. »Du hast recht. Was kann mir schon passieren? Wenn ich es nicht schaffe, dann habe ich es wenigstens versucht.«

Auch die knappe Freizeit wäre kein Problem, gestand ich mir ein. Pauline ging längst ihren eigenen Weg, sie brauchte keine Mutter, die ihr die Hand hielt, sondern eben Verständnis, wie Theo richtig erkannt hatte.

»Ich finde es eine großartige Idee«, sagte Niklas.

»Danke.« Ich drückte ihm einen Kuss auf die Wange. »Für alles.«

Jakob und ich sahen aus wie Darsteller in einem Katastrophenfilm. Wir trugen Schutzmasken, die unsere Gesichter bedeckten, dazu fleckige Übergewänder. Das Basisgehäuse hatte Gerd in der Schreinerei gebeizt, Uhrenschild, Oberteil, Tannenzweige und Blätter beizten und lackierten wir selbst. Jakob reichte mir die Brause. Das Lackiergerät zischte, als ich meinen Zweig besprühte. Nach der ersten Schicht machten wir uns ans Zwischenschleifen.

»Dadurch wird die Oberfläche glatter«, erklärte Jakob. »Diese Mühe macht sich heute fast keiner mehr, aber ich finde den Schritt für die Qualität wichtig.«

Wir schliffen auch ein paar Kanten an, was den Stücken einen antiken Effekt verlieh.

»Wirkt gleich viel lebendiger, nicht?« Jakob betrachtete ein Blatt von allen Seiten, dabei fiel es ihm fast aus der Hand.

Seit ich Max in München besucht hatte, häuften sich

die Missgeschicke. Manchmal wirkte Jakob regelrecht fahrig. Ich hatte noch nicht mit ihm über meine Pläne gesprochen. Max hatte mich gebeten zu warten, bis er die Zahlen überprüft und ein paar Erkundigungen eingeholt hatte.

»Sobald die Teile trocken sind, fügen wir sie zusammen«, sagte Jakob.

Ich sah auf die Uhr. Kurz nach zehn. Ich hängte die Maske an den dafür vorgesehenen Haken.

»Ich hole das Brot«, sagte ich und verließ die Werkstatt.

Wir waren inzwischen ein gut eingespieltes Team. Die Aufgaben waren klar, jeder wusste, was er wann zu tun hatte.

Ich ging auf direktem Weg zu Inge Falk. Manchmal machte ich einen kleinen Umweg durch den Wald, heute aber waren wir spät dran. Das Beizen hatte sich hingezogen, weil Jakob mir vieles erklären musste.

Vor dem Gasthaus erkannte ich Rebekkas Wagen. Ich hielt kurz inne und überlegte, ob ich später zurückkommen sollte. Aber irgendwann musste ich ihr begegnen. Ich holte tief Luft und öffnete die Tür.

Rebekka stand an der Rezeption und füllte Prospekte nach. Als sie sich umdrehte und mich erkannte, blieb ihr die Begrüßung im Hals stecken. Ich war mir nicht sicher gewesen, ob sie von Niklas und mir wusste, doch die Feindseligkeit in ihren Augen war Antwort genug.

»Rebekka«, sagte ich. »Ich …«

Weiter kam ich nicht. Inge Falk trat aus dem Büro und blieb vor mir stehen, die Hände in die Seiten gestützt.

»Was fällt dir ein?«, keifte sie. »Erst schmeichelst du dich bei einem alten, einsamen Witwer ein und lässt es dir auf seine Kosten gut gehen, jetzt drängst du dich auch noch zwischen meinen Sohn und seine Verlobte!« Sie wedelte mit dem Finger vor meiner Nase. »Ich werde nicht zulassen, dass du Niklas' Leben zerstörst! Du bist hier nicht mehr willkommen! Geh zurück in die Stadt, wo du hingehörst!«

Ich war sprachlos.

»Verschwinde!«, rief Inge Falk.

Ich machte auf dem Absatz kehrt und floh aus dem Gasthaus. Mein Gesicht glühte, ich konnte kaum atmen.

»Alice!«, rief Rebekka.

Ich ignorierte sie und eilte in den Wald, tiefer und tiefer hinein. Dornen zerrten an meinen Kleidern, rissen mir die Haut an den nackten Unterarmen auf. Mir war speiübel, doch ich marschierte weiter, um so viel Distanz zwischen Inge Falk und mir zu schaffen, wie nur menschenmöglich. Ich scheuchte Streifenhörnchen und Vögel auf, trampelte über junge Pflanzen. Stolperte, fiel hin, rappelte mich auf und stapfte weiter. Steil hinauf, vorbei an einem Felsvorsprung, den ich beinahe übersehen hätte. Die Kehle war trocken, die Stirn heiß. Schweiß rann mir die Seiten hinunter, Mücken schwirrten um meinen Kopf. Ich kam zu einer Anhöhe. Die Bäume standen weniger dicht, Sonnenlicht drang durch die Kronen. Ich sank auf die Knie, zu erschöpft, um weiterzugehen.

Sprach Inge Falk aus, was alle dachten? War ich nicht willkommen? Ich hatte gewusst, dass es für Fremde schwierig war, Fuß zu fassen. Die Menschen hier waren Eigenbrötler, sie blieben gern unter sich. Ich hatte Zurückhaltung erwartet, nicht aber diese Feindseligkeit. Mein erster Impuls war, meine Sachen zu packen und nach München zurückzufahren. Dann dachte ich an alles, was ich verlieren würde. Die Arbeit, die mir so gut gefiel. Niklas. Jakob. Den Wald.

Ich ließ mich auf die Tannennadeln zurücksinken, die den Boden bedeckten, und blickte zum Himmel. Über mir rauschten die Baumwipfel im Wind, irgendwo klopfte etwas gegen einen Stamm. Es roch nach Sonne und Harz. Allmählich kam ich wieder zu mir. Ich würde mir das Glück nicht von einer bitteren, alten Frau zerstören lassen. Es war nicht meine Schuld, dass sie die Enkelkinder, die sie sich so sehnlich wünschte, nicht bekam. Dennoch nagten ihre Worte an mir. Ich fragte mich, ob auch andere der Meinung waren, dass ich nicht hierhergehörte. Würde ich auf Dauer damit umgehen können?

Langsam machte ich mich an den Abstieg. Als ich in die Werkstatt trat, war es schon fast Mittag. Das Brot hatte ich nicht dabei.

»Ist etwas passiert?«, fragte Jakob besorgt.

»Nur eine kleine Auseinandersetzung mit Inge Falk.«

Ich wollte nicht, dass er zwischen die Fronten geriet. Dies war sein Zuhause, Inge Falk seine Nachbarin. Er würde noch eine ganze Weile mit ihr auskommen müssen.

Jakob setzte sich auf einen Hocker. »Wegen Niklas?«

»Ja«, gab ich widerwillig zu.

Er nickte bedächtig. »Ich habe mich schon gefragt, wie lange es dauern würde.«

»Bis sie … eingreift?«

Jakob seufzte. »Inge ist eine gute Seele, aber sie glaubt, dass sie den Menschen ihren Willen aufzwingen kann. Sie hat deswegen bereits ihre Tochter verloren, wenn sie so weitermacht, wird sich auch Niklas irgendwann von ihr abwenden. Ehrlich gesagt hat es mich erstaunt, dass er nach der Scheidung überhaupt zurückgekehrt ist.«

»Wo lebt seine Schwester?«

»In Australien. Sie hat die Schule abgebrochen, ist um die halbe Welt gereist und hat sich schließlich auf einer Farm im Outback niedergelassen. Inge hatte ganz andere Pläne für sie. Sie sollte auf die Hotelfachschule und später den Gasthof übernehmen. Vermutlich hätte ihr das sogar gefallen, aber Inge setzte sie derart unter Druck, dass ihr nur noch die Flucht blieb.« Er griff nach einem Stück Schleifpapier und begann, ein Jagdhorn zu bearbeiten. »Nun macht sie dasselbe mit Niklas. Halt dich eine Weile von ihr fern. Sie wird schon wieder zur Vernunft kommen.«

21

Ich beherzigte Jakobs Rat. Auch Rebekka ging ich aus dem Weg. Das hatte zur Folge, dass ich das Haus kaum noch verließ. Mehrmals fragte Niklas, ob ich Lust auf einen Waldspaziergang hätte, jedes Mal sagte ich mit der Begründung ab, dass ich mich für die Aufnahmeprüfung an der Bildhauerschule vorbereiten wollte. Das stimmte sogar teilweise. Ich hatte beschlossen, dass ich die erforderliche Mappe zusammenstellen würde. Ob ich mich tatsächlich bewerben wollte, würde ich nach dem Gespräch mit Max und Jakob entscheiden.

Als Erstes widmete ich mich den Zeichnungen. Mindestens fünfzehn mussten es sein. Die Pflanzenstudien fielen mir leicht, ebenso die architektonischen Darstellungen. Mehr Mühe bereiteten mir die Porträts. Ich dachte an Jakobs Figuren und wie er es schaffte, ihre Gesichter so zu gestalten, dass sie lebendig wirkten. Als ich ihn fragte, ob diese Fähigkeit erlernbar war, legte er die Hand auf sein Herz.

»Du musst einfach fühlen, was du gestaltest.«

Ich warf ihm einen skeptischen Blick zu, worauf er Papier und Stifte holte. Gemeinsam übten wir. Es fiel mir schwer, die kritischen Stimmen in meinem Kopf auszuschalten, als es mir aber endlich gelang, nicht an das Resultat zu denken, sondern mich ausschließlich auf das Gefühl zu konzentrieren, das eine Person in mir auslöste, wurden meine Zeichnungen lebendiger. Jakob lachte auf, als er Inge Falk erkannte. Sie drückte so viel Verachtung aus, dass mir selbst flau im Magen wurde.

»Der Ausdruck passt, aber es sieht aus wie eine Kinderzeichnung«, klagte ich.

»Die Proportionen stimmen nicht.« Jakob zeigte, was falsch war. »Aber das ist lernbar.«

Menschen zu zeichnen war schwierig genug. Aber sie zu schnitzen? Ich bezweifelte, dass ich das je schaffen würde. Jakob verließ den Raum und kehrte kurz darauf mit einem Karton zurück, der Holzfiguren enthielt. Waldarbeiter, Hirsche, Rehe, Wölfe, Füchse, ein Dachs und sogar eine kleine Maus.

»Ich habe sie für Max geschnitzt«, erklärte er. »Jedes Jahr schenkte ich ihm zum Geburtstag und zu Weihnachten eine neue.«

Versonnen blickte Jakob auf die Figuren. Was sah er? Max, der die Kerzen auf seinem Geburtstagskuchen ausblies? Margaretha, die den Weihnachtsbaum schmückte?

Jakob nahm die Maus in die Hand und drehte sie glucksend zwischen den Fingern. »Er hatte keine Angst vor großen Tieren, aber eine Maus konnte ihn in Panik versetzen.«

Die Vorstellung entlockte mir ein Grinsen. Ich stellte mir das Haus vor, wie es früher war, erfüllt von Leben.

Ein Klopfen riss mich aus den Gedanken, dann ging die Tür auf.

»Alice? Jakob?«, rief Niklas.

Freudig sprang ich auf und ging in den Flur. Niklas kam mir mit einer Tüte in der Hand entgegen.

Er küsste mich. »Essen musst du, auch wenn du beschäftigt bist.«

Ich spähte in die Tüte. Sie enthielt einen Käsekuchen, Salat und Waldkräuter.

»Wie lieb von dir.«

Wir gingen in die Küche. Jakob war aufgestanden und hatte begonnen, die Holzfiguren wegzuräumen. Als Niklas sie sah, trat ein nostalgischer Ausdruck auf sein Gesicht. Er griff nach der Maus.

»Monster Maus!«, stieß er mit gespieltem Erschrecken aus. Jakob gluckste.

»Monster Maus?«, wiederholte ich.

»Max hat allen Tieren Charaktereigenschaften verliehen«, sagte Niklas. »Die Maus war der Bösewicht.«

»Und wer war der Held?«, fragte ich.

Er zeigte auf einen Vogel. »Der Kuckuck, natürlich.«

Wie auf Kommando schlugen die Uhren im Haus die volle Stunde, und der Kuckuck rief siebenmal. Ich sammelte meine Zeichnungen ein, um Platz für das Essen zu schaffen. Zu spät fiel mir das unschöne Bild von Inge Falk ein. Niklas hatte es bereits entdeckt.

»Es ist mir nicht besonders gut gelungen«, sagte ich rasch und wollte es unter die anderen schieben.

Er nahm es mir aus der Hand, starrte auf das Gesicht seiner Mutter. »Ich würde sagen, es ist dir sogar sehr gut gelungen.«

Neben mir verlagerte Jakob unsicher das Gewicht von einem Fuß auf den anderen.

Niklas kniff die Augen zusammen. »Gehst du deswegen kaum aus dem Haus?«

Es hatte keinen Zweck, es abzustreiten, also erzählte ich ihm von meiner Begegnung mit Inge Falk. Sein Blick wurde düster.

Ich berührte ihn. »Ich möchte keinen Keil zwischen dich und deine Mutter treiben.«

»Ich werde nicht zulassen, dass sie dich verletzt!«

»Ich bin nicht verletzt. Ich habe einfach keine Lust, mir eine weitere Schimpftirade anzuhören.«

»Dafür werde ich schon sorgen«, sagte Niklas grimmig.

»Wirst du nicht.« Ich nahm sein Gesicht zwischen meine Hände und küsste ihn auf den Mund. »Denn es wird nichts an der Tatsache ändern, dass deine Mutter ihre eigenen Pläne für dich hat.«

Was sie mich noch lange spüren lassen würde, da war ich mir sicher – auch wenn Niklas sie bat, mich höflich zu behandeln. Mehr Sorgen bereitete mir, was sie im Dorf über mich erzählte. Würde ich mir hier bald wie eine Aussätzige vorkommen?

Jakob drückte Niklas' Schulter. »Du bist ein guter Mann.« Er klang wehmütig, als trauerte er etwas nach. Vielleicht hatte er Margaretha nicht aus Liebe geheiratet, sondern, weil seine Eltern ihn dazu gedrängt hatten. Ich hatte zwar immer den Eindruck gehabt, dass seine Ehe glücklich war, doch was wusste ich schon?

Ich deckte den Tisch, und Niklas putzte den Salat. Beim Essen wandte sich das Gespräch wieder der Vergangenheit zu. Niklas erzählte von Eskapaden, die er mit Max erlebt hatte, Jakob lachte, bis ihm die Tränen kamen. So entspannt hatte ich ihn schon lange nicht mehr erlebt. Nach dem Essen brachen Niklas und ich zu einem Spaziergang auf. In stiller Übereinkunft wählten wir den Weg, der von seinem Elternhaus wegführte. Auf einem Bett aus weichem Moos holten wir nach, was wir wegen Paulines Unfall verpasst hatten. Die Ameisen waren mir diesmal egal.

Auf Dauer konnte ich mich nicht im Haus verstecken, deshalb schüttelte ich entschlossen den Kopf, als Jakob verkündete, er fahre in den Supermarkt.

»Du hasst es, einzukaufen«, sagte ich.

»Manchmal muss man eben Dinge tun, die man nicht mag.«

»Genau«, sagte ich und steckte die Einkaufsliste in meine Tasche. »Deshalb fahre ich.«

Als ich dann auf den Parkplatz einbog, wo Rebekka jeweils ihre Gruppe traf, konnte ich mich nicht überwinden auszusteigen. Was, wenn ich ihr über den Weg lief? Ich überflog die Einkaufsliste und stellte fest, dass ich die meisten Lebensmittel auch im Hofladen bekam. Ich hatte sogar zwei leere Flaschen im Kofferraum, weil ich mir schon lange vorgenommen hatte, die Milch selbst zu zapfen. Ich wählte einen Hof, der ein Stück von Bärental entfernt lag und nicht nur frische Produkte, sondern auch selbst gemachte Pasta und Pflegeprodukte anbot. Er lag in einem idyllischen Seitental, umgeben von Wald und Weideland. Ich roch gerade an einer Thymianseife, als eine weitere Kundin den Laden betrat. Ich traute meinen Augen nicht. Es war Rebekka.

Sie entdeckte mich und blieb stehen. Innerlich stählte ich mich gegen ihre Vorwürfe, doch zu meiner Überraschung lächelte sie zaghaft.

»Wie geht es dir?«, fragte sie.

»Mir?«, wiederholte ich verblüfft.

»Du bist neulich so schnell verschwunden.«

»Ich fühlte mich nicht gerade willkommen«, sagte ich sarkastischer als beabsichtigt.

»Trinkst du mit mir ein Glas Apfelsaft?« Rebekka deutete auf ein Fass.

Ich hatte keine Lust, mir eine weitere Predigt anzuhören, doch ich glaubte, es ihr zu schulden. Wir setzten uns mit zwei Bechern an einen langen Tisch, der vor dem Laden stand. In der Ferne brummte ein Traktor, ansonsten war nur das Gackern von Hühnern zu hören.

Rebekka brach das Schweigen als Erste. »Ich bin verletzt und ja, auch ein bisschen wütend auf dich, das streite ich nicht ab. Aber Niklas hat schon lange deutlich gemacht, dass ich nur eine gute Freundin bin. Ich wollte es einfach nicht wahrhaben.« Sie starrte auf ihr Glas. »Er liebt dich, nicht mich, daran kann ich nichts ändern. Aber ich will ihn nicht auch noch als Freund verlieren. Deshalb …« Sie streckte mir die Hand entgegen. »Ich wünsche euch alles Gute und hoffe, dass ihr glücklich werdet.«

Als ich ihre Hand nahm, wich mein Unbehagen Mitgefühl. Warum musste mein Glück einen anderen Menschen ins Unglück stürzen? Dafür konnte ich ebenso wenig wie für die Tatsache, dass sich die Liebe nicht an die Regeln der Fairness hielt, das machte es jedoch nicht einfacher.

»Danke«, sagte ich schließlich. »Es tut mir leid, dass ausgerechnet du die Leidtragende bist. Ich mag dich, und ich wünsche dir, dass du jemanden findest, der deine Gefühle erwidert.«

Sie seufzte, und ich dachte daran, dass sie seit ihrer Jugend nur Augen für Niklas hatte.

»Vielleicht kann ich ihn jetzt endlich loslassen«, sagte sie.

Sie wechselte das Thema, und wir sprachen über ihre Kurse, das wachsende Interesse der Menschen am Wald und dass die Saison bald zu Ende gehen würde. Obwohl wir uns um Normalität bemühten, war die Stimmung angespannt. Ich hoffte, dass wir mit der Zeit wieder zu dem lockeren Umgang zurückfinden würden, den wir früher gehabt hatten. Ich war dankbar, dass Rebekka den ersten Schritt gemacht hatte. Wäre Inge Falk doch nur ebenso großmütig.

Sie war es nicht. Schlimmer noch, sie verbreitete das Gerücht, dass Niklas Rebekka heiraten wollte, ich ihn ihr dann aber weggeschnappt hatte. Das erfuhr ich von Gerd, die der Meinung war, ich sollte wissen, was über mich gesprochen wurde. Zum ersten Mal erlebte ich Niklas wütend. Ich war nicht dabei, als er seine Mutter zur Rede stellte, doch die Kälte in seiner Stimme verriet mir, dass er ihr nicht so bald vergeben würde.

Noch nie war mir so klar, dass ich hier immer eine Fremde bleiben würde. Diejenige, auf die man als Erstes zeigte, wenn etwas schieflief.

»Inge wird schon noch zur Vernunft kommen«, tröstete mich Jakob wieder und wieder.

Wir waren dabei, das Zifferblatt auf meine Uhr zu montieren. Ich hatte mich lange auf diesen Moment gefreut, endlich fügten wir die Einzelteile zu einem Ganzen. Nun aber legte ich den Bohrer resigniert beiseite. Ich konnte mich nicht auf die Arbeit konzentrieren.

»Schon möglich, dass Inge Falk mir irgendwann verzeihen wird, aber es wird bestimmt wieder etwas schiefgehen, wofür man mich verantwortlich machen kann. Vielleicht läuft dein Geschäft schlecht, oder Niklas verletzt sich, oder …« Ich breitete die Arme aus. »Man wird immer mir die Schuld geben! Ich bin eine Fremde, wer eignet sich besser als Sündenbock?«

Jakob hatte sein Werkzeug ebenfalls hingelegt. »Das wird nicht passieren.«

»Ich gehöre nicht hierher«, fuhr ich unbeirrt fort. »Das hat Inge Falk mehr als deutlich gemacht!«

»Du bist eine von uns!«

Jakobs Wangen waren gerötet, und er atmete schwer. Beunruhigt versuchte ich, meine Worte abzuschwächen.

»So schlimm wird es schon nicht werden, entschuldige«, sagte ich. »Ich weiß nicht, was in mich gefahren ist.«

Jakob schüttelte stumm den Kopf, stand auf und verließ die Werkstatt. Ich wollte ihm nacheilen, mich vergewissern, dass alles mit ihm in Ordnung war, gleichzeitig wusste ich, dass ich ihn jetzt nicht bedrängen durfte.

Ich wartete darauf, dass er zurückkehrte, doch er kam nicht. Meine Unruhe verwandelte sich in Sorge und dann in Angst. Schließlich machte ich mich auf die Suche nach ihm. Er war weder in der Küche noch in seiner Kammer.

»Jakob?«, rief ich.

Keine Antwort.

Ich ging von Zimmer zu Zimmer, suchte im Lager, im Keller, im Garten. Was, wenn er einen Herzinfarkt oder einen Hirnschlag erlitten hatte und dringend Hilfe benötigte? Ich stand kurz davor, die Polizei anzurufen, als mir ein Gedanke kam. Auf einmal ahnte ich, wo er sein könnte. Ich stürzte den Weg hinunter zum Gasthof. Es war mir egal, ob ich auf Inge Falk traf, ich konnte nur noch an Jakob denken. Ich rannte am Eingang vorbei und um das Haus herum.

Er saß unter der krummen Fichte. Seine Augen waren glasig, sein Mund stand leicht offen. Er wirkte wie weggetreten. Vorsichtig ging ich auf ihn zu. Aus einem gekippten Fenster drang das Klappern von Geschirr, der Duft von gebratenem Fisch hing in der Luft. Ich setzte mich auf die

Bank. Jakob regte sich nicht. Ich fragte mich, ob ihm körperlich etwas fehlte, als er einen zittrigen Atemzug nahm.

»Ich wollte zuerst mit Max reden«, sagte er kaum hörbar. »Das schulde ich ihm. Aber er hat keine Zeit, mich zu besuchen. Und am Telefon … nein, so etwas erzählt man am Telefon nicht.«

Was hatte Max mit allem zu tun?

Jakob legte den Kopf in den Nacken und betrachtete die Fichte. »Wie groß sie geworden ist! Wie stark!«

Ich wartete.

»Wir haben hier gesessen, auf dieser Bank. Ich konnte nie lange weg, ohne dass es auffiel, deshalb war es der perfekte Treffpunkt. Keiner kommt hierher. Wieso eigentlich? Es ist ein magischer Ort. Damals war die Fichte allerdings kleiner, sie spendete nicht viel Schatten. Aber die Sonne störte uns nicht. Nichts störte uns. Wir hatten nur Augen füreinander.« Er berührte die Rinde, wie ich es getan hatte, als ich mit Niklas hier war. »Ich verstand nicht viel von Liebe. Bis zu jenem Sommer.«

Seine Stimme hatte sich verändert, sie klang beinahe ehrfürchtig.

»Sie war so schön! Zart und fein wie ein Schneeglöckchen, aber auch stark und klug. Viel stärker und klüger als ich.«

Er sprach jetzt so leise, dass ich mich zu ihm hin beugen musste, um ihn zu verstehen.

»Sie wusste, dass uns nur eine kurze Zeit miteinander vergönnt war. Dass ich es mir nie verzeihen könnte, wenn ich eine Familie zerstörte. Ich hatte zu früh geheiratet. Ich wusste nichts über die Liebe, und als ich sie kennenlernte, war es zu spät.«

Tränen füllten seine Augen. Ich verstand nicht, wovon er sprach, so kurz war seine Zeit mit Margaretha doch gar nicht.

»Max hatte gerade krabbeln gelernt.« Jetzt liefen die Tränen über Jakobs Wangen. »Ich konnte doch nicht …«

Ich legte ihm den Arm um die Schultern, zog ihn näher, wie ich es früher bei Pauline getan hatte. Es fühlte sich richtig an, und Jakob ließ es geschehen.

»Es tut mir so leid!«, sagte er. »Ich wusste nicht, dass sie schwanger war!«

Ich strich ihm über den Rücken, spürte jeden einzelnen Wirbel. Er kam mir alt vor, gebrochen. Plötzlich begriff ich, dass er nicht von Margaretha sprach. Aber wer war schwanger gewesen? Hatte es noch eine Frau in seinem Leben gegeben?

»Wer war sie?«, fragte ich behutsam.

Er blinzelte verwirrt.

»Die andere Frau«, erklärte ich.

»Deine Mutter.«

22

Ich saß am Feldsee, hypnotisiert von den sanften Bewegungen des Brachsenkrauts, das in der Nähe des Ufers wuchs. Hinter mir ragte die steile Seewand über dreihundert Meter in die Höhe und gab mir ein Gefühl von Geborgenheit. Ich war vor Sonnenaufgang aufgebrochen, noch waren keine Touristen an diesem Montagmorgen unterwegs. Ich fröstelte. Der See lag auf 1100 Metern, ich hätte eine Jacke mitnehmen sollen. Oder kam die Kälte eher von innen?

In der vergangenen Nacht hatte ich kein Auge zugetan. Meine Kindheit war wie in Zeitlupe an mir vorbeigezogen. Die Stille in der Wohnung. Die verdunkelten Fenster. Der mitleidige Blick der Lehrerin, wenn ich wegen meinen Kleidern ausgelacht wurde. Das Erstaunen meiner Klassenkameradin, als sie begriff, dass ich meine Pausenbrote selbst schmierte. Ich erinnerte mich an das Gefühl, das Schloss an der Wohnungstür ganz langsam einrasten zu lassen, damit ich meine Mutter nicht weckte. An ihr Lachen, das sich so schnell in Weinen verwandeln konnte.

Ich hatte sie immer als schwach betrachtet. Je älter ich wurde, desto mehr verachtete ich sie dafür, auch wenn ich es nie zugegeben hätte. Jetzt aber sah ich es mit aller Deutlichkeit. Dabei war sie stärker gewesen, als ich es je sein könnte. Sie hatte ihre eigenen Interessen zurückgestellt, hatte den Verlust und den Schmerz in Kauf genommen, um Jakob zu schützen. Sie wusste, dass es ihn zerrissen hätte, wenn er sich zwischen ihr und Margaretha hätte entscheiden müssen. Deshalb hatte sie ihm nicht erzählt, dass sie schwanger war. Vermutlich hatte sie geglaubt, dass sie über ihn hinwegkommen würde. Doch nach der Geburt ging es ihr nicht besser, sondern schlechter. Aus dem Liebeskummer wurde eine schwere Depression, die nie richtig behandelt wurde, das wurde mir jetzt bewusst.

Jakob quälte sich mit Selbstvorwürfen. Wir hatten bis tief in die Nacht geredet, immer und immer wieder betonte er, wie sehr er sich schämte. Er hatte sich Hals über Kopf in meine Mutter verliebt. Noch nie zuvor hatte er etwas Ähnliches erlebt. Für Margaretha empfand er Zuneigung, er schätzte und respektierte sie. Sie kannten sich seit Kindertagen, alle waren davon ausgegangen, dass sie irgendwann heiraten würden. Jakob hatte sich nie groß Gedanken über die Liebe gemacht. Er fühlte sich wohl in Margarethas Nähe und wollte sein Leben mit ihr teilen, also erfüllte er die Erwartungen, die man an ihn stellte. Bis er meine Mutter traf.

Sie war in sein Geschäft gekommen, um eine Kuckucksuhr zu kaufen. Weil Margaretha mit Max beschäftigt war, hatte Jakob sie bedient.

»Ich kam aus der Werkstatt, und da stand sie«, erzählte er. »Mit diesem wunderbaren Lächeln, das ihr ganzes Gesicht aufleuchten ließ. Wir starrten einander einfach nur an, es war, als kannten wir uns von irgendwo.«

Die Geschichte nahm ihren unheilvollen Verlauf. Sie dauerte nur zwei Wochen, doch sie veränderte das Leben meiner Mutter für immer, und auch Jakob trauerte seiner großen Liebe bis heute nach.

»Es war nicht so, dass ich Margaretha nicht liebte«, versuchte er sich zu erklären. »Doch meine Gefühle für sie waren nicht mit jenen für deine Mutter vergleichbar. Margaretha und ich spazierten gemütlich durchs Leben. Die Stunden, die ich mich davonstahl, um mit deiner Mutter zu sein, fühlten sich hingegen wie ein Feuerwerk an.«

Ich tauchte meine Finger ins Wasser und beobachtete die Wellen, die meine Bewegungen auslösten. So vieles ergab nun einen Sinn. Die Trauer, die Jakob immer wieder überkam, wenn wir zusammen waren. Die vielen Fragen, die er mir gestellt hatte. Ob meine Mutter nie einen neuen Mann kennengelernt habe. Wie ich aufgewachsen sei. Wie mein Leben in München aussah. Ich hatte sein reges Interesse auf seine Einsamkeit zurückgeführt. Tatsächlich aber hatte er bei unserer ersten Begegnung schon vermutet, dass ich seine Tochter sein könnte. Nicht nur wegen der Kuckucksuhr, die er meiner Mutter geschenkt und natürlich wiedererkannt hatte.

»Es sind deine Augen«, erklärte er. »Smaragdgrün, genau wie die von Max.«

Max, mein Halbbruder. Bei der Vorstellung lief mir ein Schauer den Rücken hinunter. Immerhin erklärte es die Verbindung, die wir zueinander spürten. Wäre ich nicht in den Schwarzwald gefahren, hätten wir womöglich jahrelang nebeneinander gewohnt, ohne von der Verwandtschaft zu erfahren.

Ich zog die Beine an und umschlang meine Knie. Mein ganzes Leben lang hatte ich mir einen Vater gewünscht. Doch es wollte kein Glücksgefühl in mir aufkommen. Stattdessen spürte ich eine noch nie dagewesene Loyalität meiner Mutter gegenüber. Sicher, mein Verstand begriff, warum Jakob bei Margaretha geblieben war. Ich konnte auch nachvollziehen, wie ihn die Liebe zu meiner Mutter buchstäblich wie der Blitz getroffen hatte. Trotzdem fragte ich mich, ob es nicht einen Moment gegeben hatte, nur einen winzig kleinen, in dem er die Notbremse hätte ziehen können. Er war verheiratet, Vater eines Säuglings. Er hätte sich auf meine Mutter gar nicht erst einlassen dürfen.

Wir sind, wer wir sind.

Das hatte Jakob geantwortet, als ich ihn fragte, ob man nicht alles könne, wenn man es nur wolle. War ich zu hart? Forderte ich zu viel von den Menschen? Ich hatte Pauline mit meiner Haltung vertrieben, ich wollte denselben Fehler nicht noch einmal machen. Das Schicksal hatte mir einen Vater geschenkt. Mit etwas Glück blieben uns noch einige gute Jahre zusammen.

Aus dem Wald drangen Stimmen. Die ersten Wanderer waren beim See angekommen, bald wäre es vorbei mit der Idylle. Schwerfällig erhob ich mich. Ich hatte Jakob erklärt, dass ich etwas Zeit für mich brauchte, er erwartete mich heute nicht in der Werkstatt. Kurz erwog ich, Lizzy anzurufen, doch noch mehr Aufregung ertrug ich jetzt nicht. Ich sehnte mich nach Niklas, nach seiner ruhigen, verständnisvollen Art. Selten kam mir sein Arbeitstag so lange vor.

Ich stieg den Feldbergsteig hoch, einen verwunschenen Pfad, der über Wurzelstöcke und Steine bis hinauf zu einem Panoramaweg führte. Die Anstrengung lenkte mich ab, ich konzentrierte mich ganz auf die nächsten Schritte. Als ich außer Atem oben ankam, fühlte ich mich – trotz rasendem Puls – wesentlich ruhiger. Ich stützte die Hände in die Seiten und genoss die Aussicht. Unter mir lag der kreisrunde Karsee, über mir erhob sich der Gipfel des Feldbergs. In der Ferne erblickte ich die Vogesen und, kaum sichtbar im Dunst, die Schweizer Alpen. Obwohl noch August, lag bereits der Herbst in der Luft. Eine Stille hatte sich über die Natur gelegt, als bereite sie sich auf den Rückzug vor. Ich ging weiter, über schmale Pfade und ausgedehnte Wiesen, auf denen noch einige wenige Wildblumen blühten. Bei einer verwitterten Almhütte legte ich eine kurze Rast ein, machte mich aber bald wieder auf den Weg. Mir kam es vor, als schritt ich mein Leben ab. Der steile Aufstieg, der flache Panoramaweg, die abenteuerlichen Pfade, die ins Ungewisse führten. Als mich meine Beine kaum mehr tragen wollten, nahm ich mein Handy hervor und startete den Routenplaner. Zu meinem Erstaunen stellte ich fest, dass ich mich nur eine halbe Stunde von Niklas' Hütte entfernt befand. Das würde ich noch schaffen.

Kaum war ich dort angekommen, begann es zu regnen. Ich hatte die Wolken, die aufgezogen waren, gar nicht bemerkt. Ich zog Schuhe und Hose aus, legte mich aufs Bett und schlief augenblicklich ein. Ich träumte von Kuckucksuhren, krummen Fichten und quietschenden Türen, die meine Mutter weckten. Erschrocken riss ich die Augen auf, unfähig, Traum von Wirklichkeit zu unterscheiden.

Niklas stand neben mir. »Entschuldige, ich wusste nicht, dass du hier bist. Habe ich dich geweckt?«

»Alles gut«, murmelte ich. »Wie spät ist es?«

Er setzte sich auf die Bettkante und strich mir eine Haarsträhne aus dem Gesicht. »Halb sieben.«

Seine Berührung war zärtlich, seine Stimme weich. Er roch nach Feuchtigkeit und Wald. Noch immer trommelte der Regen aufs Dach, vor dem Fenster sah ich einen grauen Schleier.

Ich kuschelte mich an sein Bein. »Deine Hose ist feucht. Willst du sie nicht lieber ausziehen?«

Das ließ er sich nicht zweimal sagen. Er schlüpfte zu mir unter die Decke und schmiegte sich an mich.

»Wartest du schon lange auf mich?«, fragte er.

»Mein halbes Leben«, flüsterte ich und küsste ihn.

Ich erwachte davon, dass der Regen aufgehört hatte. Niklas schlief tief, den Arm über mich gelegt, das Gesicht an meinem Nacken. Vorsichtig löste ich mich aus seiner Umarmung, deckte ihn zu und ging nach draußen. Grillen zirpten, irgendwo rief ein Käuzchen. Ich setzte mich auf die Bank, die an der Hauswand stand, und dachte an eine andere Bank unter einer krummen Fichte. An die beiden Figuren, die Jakob geschnitzt hatte. Sich selbst und meine Mutter.

Noch immer spürte ich einen Stich, wenn ich mir vorstellte, was hätte sein können, aber es tat nicht mehr so weh. Wir sind, wer wir sind. Vielleicht hätte meine Mutter auch unter Depressionen gelitten, wenn sich Jakob für sie entschieden hätte, statt für Margaretha. Vielleicht wäre es mir in Bärental zu eng geworden, wie Max. Das Leben hätte unzählige Wendungen nehmen können, es war müßig, darüber zu spekulieren.

»Alles in Ordnung?«, fragte Niklas in der Tür.

Er gähnte und rieb sich das Gesicht. Das Kissen hatte einen Abdruck auf seiner Wange hinterlassen, auf seinem nackten Oberkörper bildete sich eine Gänsehaut.

Ich holte ihm einen Pullover. »Nicht, dass du dich noch erkältest.«

»Dagegen hätte ich ein besseres Mittel«, sagte er und zog mich näher.

Ich versuchte halbherzig, mich zu wehren, gab aber auf, als er mich kurzerhand hochhob und in die Hütte trug.

»Mir wird morgen jeder Muskel weh tun«, sagte ich, als

ich wenig später keuchend neben ihm lag. »Ich war heute Nachmittag schon auf einer Bergwanderung.«

»An einem Montag? Musstest du nicht arbeiten?« Er bemerkte meinen Ausdruck und hielt inne. »Ist etwas passiert?«

Ich setzte mich auf, wickelte mich in den Schlafsack und begann zu reden. Es tat gut, die Ereignisse in Worte zu fassen, sie wurden dadurch greifbarer. Niklas hörte zu, ohne mich zu unterbrechen. Er wirkte nicht sonderlich überrascht.

»Ich habe mich immer gefragt, warum Jakob dir angeboten hat, bei ihm zu wohnen«, sagte er, als ich zu Ende erzählt hatte. »Es passt einfach nicht zu ihm.«

»Vieles ergibt jetzt einen Sinn«, stimmte ich zu.

Es war dunkel geworden, doch wir machten kein Licht. Wir saßen Seite an Seite, ich lauschte Niklas' Atemzügen und fragte mich, ob er spürte, dass sich etwas in mir verändert hatte. Der Hochschwarzwald war nicht bloß der Ort, an den es mich hingezogen hatte. Es war der Ort, aus dem ich teilweise stammte. Meine Mutter hatte immer behauptet, sie habe keine Wurzeln. Sie war als Kind von Verwandten zu Verwandten weitergereicht worden, nachdem ihr Vater im Krieg gestorben und ihre Mutter mit einem amerikanischen Soldaten abgehauen war.

»Hat das Ganze Einfluss auf deine weiteren Pläne?«, fragte Niklas.

Würde man mich eher akzeptieren, weil Jakob mein Vater war? Wollte ich das überhaupt? Es widerstrebte mir, nicht um meiner selbst willen angenommen zu werden. Andererseits gab es überall engstirnige Menschen, das war hier nicht anders als in München. Ich dachte an Jutta, die es sichtlich genossen hatte, mir zu erzählen, dass Frank zu Olivia gezogen war.

»Ich weiß es nicht«, gestand ich. »Im Moment bin ich hauptsächlich verletzt. Es mag kindisch sein, aber ich fühle mich von Jakob im Stich gelassen.«

»Ich finde das überhaupt nicht kindisch«, sagte Niklas.

»Er wusste ja nicht einmal, dass meine Mutter schwanger war.«

»Er hätte sich trotzdem erkundigen können, wie es ihr ging.«

»Vielleicht kannte er ihre Adresse nicht.«

»Wenn es ihm wichtig gewesen wäre, hätte er sie herausgefunden.«

»Er war frischgebackener Vater!«

»Du verteidigst ihn.«

Ich seufzte. »Weil ich ihn verstehen kann. Doch das ändert nichts an der Tatsache, dass das Kind in mir trauert. Ich bin sogar ein bisschen wütend auf ihn.«

Niklas drehte sich zu mir. Im Dunkeln war sein Gesicht nur ein heller Schatten, trotzdem konnte ich mir seinen Ausdruck genau vorstellen. Diese Mischung aus Interesse, Verständnis und Liebe, die mir das Gefühl gab, dass ich ihm wichtig war.

»Das ist es, was ich an dir so bewundere«, sagte er. »Auch wenn du aufgewühlt bist, schaffst du es, die Menschen differenziert zu betrachten. Du nimmst deine Gefühle wahr, lässt dich aber nicht zu Handlungen verleiten, die du später bereust.«

Wie gut das Kompliment tat! Ich hatte früh gelernt, vernünftig zu sein, es war für mich überlebenswichtig. Viele hatten davon profitiert, nicht nur meine Familie. Doch selten hatte jemand diese Eigenschaft gelobt. Ich war immer die Spaßverderberin, der verspannte Kontrollfreak.

Der Mond kam hinter den Wolken hervor und tauchte das Zimmer in silbriges Licht. Niklas stand auf, sammelte meine Kleider zusammen und reichte sie mir.

»Komm mit«, sagte er, nachdem wir uns angezogen hatten.

Wir gingen nach draußen. Zwischen den vorbeiziehenden Wolkenfetzen waren einzelne Sterne zu sehen, kleine Punkte, die aufleuchteten und wieder verschwanden. Das Gras war feucht, die Halme glänzten. Wir überquerten die Wiese und tauchten in den Wald ein. Ich ging hinter Niklas her, orientierte mich an seinen Schritten. Er kannte jede Biegung, jede Steigung. Ab und zu blieb er stehen und lauschte. Es war mucksmäuschenstill, als halte der Wald den Atem an.

Wir kamen zu einer Lichtung, wo Niklas auf einen Jagdhochsitz zeigte. Die Plattform war überdacht und vor Regen geschützt. Er kletterte die Leiter hinauf und bedeutete mir, ihm zu folgen. Vorsichtig setzte ich einen Fuß auf die rutschige Sprosse. Oben nahm Niklas eine Decke hervor, die er eingepackt hatte. Wir wickelten uns darin ein und legten uns so hin, dass wir am Dach vorbei in den Sternenhimmel sahen. Langsam erwachte der Wald wieder. Überall raschelte und knackte es. Allein wäre es mir unheimlich gewesen, aber mit Niklas an meiner Seite fühlte ich mich wohl. Sein Brustkorb hob und senkte sich regelmäßig, und schon bald schlief ich wieder ein, den Duft von Fichtennadeln und Regen in der Nase.

Als ich erwachte, lag ich alleine da. Der Himmel war nicht mehr ganz so dunkel, im Osten zeigte sich ein heller Schimmer. Niklas saß mit einem Fernglas in der Hand auf der Bank. Er legte die Finger an die Lippen.

Leise richtete ich mich auf.

»Schau«, flüsterte Niklas und reichte mir das Fernglas.

Auf der Lichtung unterhalb des Hochsitzes entdeckte ich ein Reh mit seinem Kitz. Zwei große braune Augen schauten in meine Richtung, die schwarze Nase zuckte. Ich drückte Niklas' Hand. Schweigend beobachteten wir die Tiere, bis sie in der Morgendämmerung verschwanden.

Jakob war bereits in der Werkstatt, als ich nach Hause kam. Ich hatte frische Brötchen mitgebracht – vom Bäcker, nicht von Inge Falk – und legte sie auf den Küchentisch, bevor ich zu ihm ging.

Er sah mich wachsam an, die Schultern hochgezogen, die Miene ernst. Als ich lächelte, entspannte er sich ein wenig.

»Schön, dass du da bist«, sagte er.

»Ich war bei Niklas.«

»Das habe ich mir gedacht.« Jakob hängte die Schablone, mit der er arbeitete, an die Wand und drehte sich zu mir hin. »Wie geht es dir?«

»Ich brauche noch etwas Zeit.«

Bestimmt lagen ihm viele Fragen auf der Zunge, doch er stellte sie nicht, wofür ich dankbar war. Mein Verstand sah klar, meine Gefühle jedoch hinkten hinterher. Er legte seine Hand auf meine, und wir schauten einander an. Mein Vater und ich.

»Möchtest du heute arbeiten?«, fragte er.

Ich zögerte. »Glaubst du, ich schaffe es, zwei Figuren zu schnitzen?«

»Sicher.« Jakob war die Erleichterung darüber, dass ich in die Werkstatt zurückgekehrt war, deutlich anzumerken. »Weißt du bereits, wie sie aussehen sollen?«

Ich setzte mich mit Papier und Stift an den Tisch, um eine Skizze anzufertigen. Mit den ersten paar Versuchen war ich nicht zufrieden, dann aber gelang mir eine Zeichnung, auf der man Niklas und mich fast erkannte. Jakob besserte sie aus, holte einen Rohling und führte mich in die Kunst des Figurenschnitzens ein. Ein Gesicht herauszuarbeiten war schwieriger, als ich mir vorgestellt hatte. Ich realisierte, dass ich mich zu stark auf Augen, Nase und Mund konzentrierte, von Kopfformen hingegen keine Ahnung hatte. Ganz anders Jakob. Innerhalb kurzer Zeit verwandelte er den Rohling in Niklas. Dass Niklas den Kopf immer leicht neigte, wenn er mit anderen sprach, erkannte ich erst jetzt.

»Wie schaffst du es, dich so genau an Niklas' Haltung und an seine Kopfform zu erinnern? Studierst du die Menschen, denen du begegnest, immer?«

»Ich habe durch das Schnitzen ein anderes Auge entwickelt«, erklärte er. »Das geschieht mit der Zeit ganz automatisch. Falls du weitermachst, wird es dir bestimmt ähnlich ergehen.«

Er ahmte die Haltung der Menschen nach, die wir beide kannten. Ich war fasziniert, wie leicht ich sie erkannte, und bewunderte seine Beobachtungsgabe. Dann fuhr er sachte mit einem Finger an meinem Ohr entlang bis zu meinem Kiefer.

»Genau dieselbe Linie wie bei deiner Mutter«, sagte er leise. »Ich würde sie mit geschlossenen Augen wiedererkennen.«

Ich senkte den Blick, und Jakob sagte nichts mehr. Wir setzten unsere Arbeit bis pünktlich um zehn fort, dann legten wir Stift und Beitel hin und gingen wie jeden Tag in die Küche. Beim Kaffee sprachen wir über ausstehende Aufträge und neue Uhrentrends, und Jakob erzählte von einer Kundin, die den Ruf des Kuckucks mit dem Bellen ihres verstorbenen Hündchens ersetzen wollte. Wir hörten uns auf meinem Handy bellende Hunde an und diskutierten über Tonfolge, Technik und Blasbälge. Die Normalität tat gut.

23

Allmählich glätteten sich die Wogen in meinem Inneren. Als Max einen Besuch ankündigte, wusste ich, dass ich an meinem Plan hierzubleiben festhalten wollte – sofern er einverstanden war. Auch er würde eine Zeit brauchen, um die Tatsache zu verarbeiten, dass sein Vater noch eine Frau geliebt und mit ihr ein Kind gezeugt hatte. Vielleicht würde er mich als Eindringling empfinden und ablehnen. Eine unlogische Reaktion zwar, aber Menschen verhielten sich nun einmal nicht immer rational.

Es war das letzte Wochenende im August. Max würde erst gegen Mittag eintreffen, trotzdem verließ ich das Haus schon früh am Morgen. Ich wollte Jakob den nötigen Raum geben, um sich auf das bevorstehende Gespräch vorzubereiten.

Rebekka saß bereits an einem der Fenstertische, als ich die Bäckerei betrat. Sie stand auf und winkte mir zu.

»Danke, dass du gekommen bist«, sagte sie.

Wir bestellten das Frühstück, und ich wartete ab. Als Rebekka mich um ein Treffen gebeten hatte, hatte ich sofort zugesagt. Mir war jedoch immer noch nicht klar, was sie von mir wollte.

»Du fragst dich bestimmt, warum ich dich hergebeten habe.«

»Ja«, gab ich zu.

»Ich werde eine Weile verreisen«, sagte sie. »Das wollte ich dir persönlich sagen, damit du nicht denkst, es hätte etwas mit dir zu tun.«

Ich konnte meine Überraschung nicht verbergen.

»Ich brauche eine Veränderung«, fuhr sie fort. »Ich habe mich so lange an eine Fantasie geklammert, dass ich mich selbst nicht mehr spüre.« Sie blickte aus dem Fenster. »Ich weiß nicht einmal, ob es tatsächlich Niklas ist, den ich liebe, oder bloß meine Vorstellung davon, wie ein Leben mit ihm aussähe. Ich weiß nur, dass ich feststecke. Hier kann ich weder ihn noch mein früheres Ich loslassen.«

Ihre Ehrlichkeit berührte mich. »Wohin wirst du gehen?«

»Nach Japan.« Sie drehte sich mir zu, jetzt leuchteten ihre Augen. »Ich werde in Kanazawa einen Sprachkurs besuchen und mich anschließend vertiefend mit Shinrin Yoku – Waldbaden – auseinandersetzen.«

»Das ist ja toll!«

»Ja, nicht wahr?«

»Und mutig«, fügte ich hinzu.

Sie zuckte mit den Schultern. »Was kann mir schon passieren?«

Die Bedienung brachte unser Frühstück und wünschte uns guten Appetit.

»Ich weiß nicht viel über Japan«, sagte ich. »Aber es ist bestimmt nicht einfach, sich in eine fremde Gesellschaft zu integrieren.«

»Du hast es auch gewagt.«

Von München in den Hochschwarzwald zu ziehen war zwar kein Vergleich zu dem, was sie vorhatte, doch fremd sein fühlte sich überall ähnlich an.

»Ich wünsche dir, dass du findest, was du suchst«, sagte ich.

»Danke, das wünsche ich dir auch.« Rebekka nahm sich ein Brötchen. »Wegen Inge würde ich mir an deiner Stelle keine Sorgen machen. Sobald sie merkt, dass es Niklas ernst ist mit dir, wird sie einlenken. Das war bei Birte auch so.«

Ich hatte meine Zweifel, doch ich schätzte Rebekkas Versuch, mir Mut zu machen. Wir sprachen noch eine Weile über den Schwarzwald, Kuckucksuhren und Waldbaden, dann verabschiedete sie sich. Sie würde in Bärental fehlen.

Ich verbrachte den restlichen Vormittag auf einem antiken Trödelmarkt, wo ich eine kleine Lampe für meinen Nachttisch und zahlreiche alte Fotos erstand, die ich als Schreibkarten benutzen wollte. Für Lizzy kaufte ich Schnapsgläser, für Pauline eine angeschlagene Kaffeetasse – als Zeichen dafür, dass nicht alles perfekt sein musste. Als ich schon gehen wollte, stieß ich noch auf eine Sammlung von Porträts aus dem Schwarzwald, urige, detailreich skizzierte Gesichter, denen ich nicht widerstehen konnte.

Nachdem ich alles in meinen Wagen verstaut hatte, schnürte ich meine Wanderschuhe und stach in den Wald. Niklas war auf einer Fortbildung. Er hatte mich gefragt, ob ich mit ihm nach Freiburg fahren möchte, doch ich wollte in der Nähe bleiben, falls Jakob mich brauchte. Vielleicht würde Max kein Verständnis für den Fehltritt seines Vaters aufbringen.

Ich hätte mir keine Sorgen machen müssen. Als ich am Abend zurückkehrte, saßen Jakob und Max an einem Gartentisch und tranken ein Bier. Beide wirkten entspannt, erst als ich näherkam, veränderte sich Max' Gesichtsausdruck. Diese Mischung aus Unsicherheit und Scham hatte ich bei ihm noch nie gesehen. Seine Wangen waren rot, sein Blick unstet.

Er stand auf. »Na, Schwester.«

»Hallo, großer Bruder!« Wir umarmten uns.

Jakob beobachtete uns nervös, dann stahl er sich mit der Begründung davon, dass er mir auch ein Bier holen wollte.

Max schob die Hände in die Taschen. »Wenn ich daran denke, dass wir … fast …«

»Fast zählt nicht«, sagte ich, bemüht, locker zu klingen. »Außerdem, was wäre schon dabei?«

Max öffnete den Mund, brachte jedoch keinen Ton heraus. Jetzt glühten sogar seine Ohren, und ich konnte mir vorstellen, wie er als Kind ausgesehen hatte, wenn ihm etwas peinlich war.

»Vielleicht ist es an der Zeit, sich wie Geschwister zu benehmen.« Ich stupste ihn in den Bauch.

Er war zu überrascht, um zu reagieren, also stupste ich ihn noch einmal. Ein zaghaftes Lächeln erschien auf seinem Gesicht.

»Ich … kann es immer noch nicht fassen«, sagte er.

»Bei mir hat es auch ein bisschen gedauert«, gestand ich.

Wir setzten uns an den Gartentisch, und Max griff nach seinem Bier. Er nahm einen großen Schluck, dann noch einen.

»Wie kommst du damit klar?«, fragte er, wieder ganz der Max, den ich kannte.

»Ich denke viel darüber nach, wie mein Leben ausgesehen hätte, wenn ich in Bärental aufgewachsen wäre. Mit einer glücklichen Mutter und einem Vater, der sich um mich kümmert. Aber wer sagt, dass es so gekommen wäre? Vielleicht wäre meine Mutter auch hier unglücklich gewesen. Oder die Liebe zwischen Jakob und ihr hätte nicht gehalten.«

»Deine Mutter hätte zumindest eine Wahl gehabt.«

»Sie hatte ja eine Wahl«, widersprach ich. »Sie wusste, dass Jakob verheiratet war. Trotzdem hat sie ihren Gefühlen nachgegeben.«

Max sah mich zweifelnd an.

»Ich sage nicht, dass sich Jakob fair verhalten hat. Er hat einen großen Fehler gemacht, das ist klar. Aber davor ist niemand gefeit. Und hätte er von mir gewusst, hätte er sich um mich gekümmert, da bin ich mir ganz sicher. Egal, wie hoch der Preis gewesen wäre, den er hätte zahlen müssen.«

Max' Blick schweifte in die Ferne. Was sah er, wenn er die bewaldeten Hänge, die nunmehr blassgrünen Wiesen und den weiten Himmel betrachtete? Er war mit diesem Ausblick aufgewachsen, war mit jedem Bauernhof vertraut, kannte die Bewohner und ihre Geschichten.

»Meine Eltern waren wie ein gut eingespieltes Team«, sagte er gedankenverloren. »Sie gingen respektvoll miteinander um, waren immer für einander da. Ich hatte jedoch nie das Gefühl, dass sie Leidenschaft für einander empfanden. Sie haben auch nie gestritten, bis auf ein einziges Mal – wenn man das überhaupt einen Streit nennen kann. Meine Mutter war erkältet, und Jakob bot an, die Kunden im Laden zu bedienen, damit sie sich hinlegen konnte. Sie hat wütend abgelehnt. Ich weiß noch, wie überrascht ich war. Jetzt frage ich mich, ob sie wusste, dass er sich einst in eine Kundin verliebt hatte.«

Eine Kundin. Wie unpersönlich das klang. Aber für Max war meine Mutter tatsächlich nur eine Kundin, die sein Leben kurz gestreift hatte und dann wieder daraus verschwunden war.

»Ich wollte immer Geschwister«, fuhr Max fort. »Meine Mutter war jedoch der Meinung, ein Kind reiche. Ich erinnere mich an die Diskussionen, die Jakob und sie in der Küche führten, wenn sie dachten, ich schlafe. Wie Jakob sie zu überzeugen versuchte, noch einmal schwanger zu werden, bis sie eines Abends sagte, sie werde sich nie sicher genug fühlen, um mit ihm ein weiteres Kind zu haben. Danach sprachen sie nicht mehr darüber. Ich hatte keine

Ahnung, was sie meinte. Eine Weile fürchtete ich sogar, dass sie mich als Belastung empfand.«

Ich zog die logische Schlussfolgerung. »Sie war sich nicht sicher, ob Jakob ihr treu bleiben würde.«

Max nickte. »Vermutlich. Es ist eine Sache, ein Kind alleine großzuziehen. Aber zwei?«

Jakobs Seitensprung hatte weitaus stärkere Auswirkungen auf sein Leben gehabt, als er mich wissen ließ. Ob er sich für meine Mutter entschieden hätte, wenn er in die Zukunft hätte blicken können? Vermutlich nicht. Er war zu ehrbar, um seinen Sohn im Stich zu lassen. Außerdem hatte er Margaretha auf seine Art geliebt.

Wo war er überhaupt? Hatte er mir nicht ein Bier holen wollen?

Max bemerkte, wie ich zur Tür sah, und stand auf. »Ich gehe mal nachschauen.«

Kurz darauf kehrte er mit zwei Flaschen zurück und erklärte, dass Jakob in der Werkstatt sei. Ich schmunzelte.

»Er war schon immer gut darin, den Kopf in den Sand zu stecken«, sagte Max trocken.

Noch eine Eigenschaft, die ich offenbar von ihm geerbt hatte. »Erzähl mir mehr von deiner Kindheit«, bat ich.

Er schilderte das rhythmische Hämmern und Schleifen, das immer aus der Werkstatt drang, die Kuckucke, die zu allen Tages- und Nachtzeiten riefen, und die langen Winter, die die Familie hauptsächlich in der Küche verbrachte, weil es dort am wärmsten war. Einige Geschichten kannte ich schon, aber jetzt, wo ich wusste, wie eng unsere Verbindung war, betrachtete ich seine Vergangenheit in einem anderen Licht. Auch er wollte mehr über meine Kindheit und vor allem über meine Mutter wissen. Es gab nur wenige Menschen, mit denen ich offen über sie sprach. Meist beschönigte ich die Einzelheiten. Max gegenüber nicht. Ich hatte das Bedürfnis, ihn daran teilhaben zu lassen, immerhin war er mein Halbbruder.

Die Sonne war untergegangen, über den Hügeln glomm ein oranger Streifen. Irgendwann stieß auch Jakob wieder zu uns. Er stellte Brot und Käse auf den Tisch und öffnete ein Glas Gurken, die Margaretha noch eingelegt hatte. Als Max und ich uns ausmalten, wie es gewesen wäre, als Kind die Plätze zu tauschen, zuckten Jakobs Mundwinkel.

»Du würdest jetzt Firmen zusammensetzen«, sagte er zu mir. »Nicht Uhren.«

»Und ich wüsste, wie man einen Föhn repariert«, grinste Max.

Max musste bereits am Sonntagmittag wieder zurück. Er versprach, nächstes Mal länger zu bleiben. Es gab vieles, worüber wir noch reden mussten, nicht zuletzt das Geschäft. Max hatte wie vereinbart die Zahlen studiert, doch wir waren nicht dazu gekommen, uns damit zu beschäftigen. Außerdem war die Ausgangslage jetzt eine andere. Seit ich wusste, dass Jakob mein Vater war, gingen mir viele Gedanken durch den Kopf. Kein einziges Mal hatte ich aber daran gedacht, dass ich erbberechtigt sein könnte, bis mich Max darauf aufmerksam machte.

Bevor er losfuhr, nahm ich ihn beiseite. »Ich möchte dir nichts wegnehmen. Das hier ist dein Elternhaus, nichts davon steht mir zu.«

Er sah mich ernst an. »Ich sehe das genau umgekehrt. Alles steht dir zu. Ich hatte bisher den weit größeren Anteil. Ich durfte hier aufwachsen.«

»Du bist nicht für die Fehler unserer Eltern verantwortlich.«

Er lächelte. »Ich bin schon lange in der Finanzbranche tätig, aber ich habe noch nie darüber gestritten, wer auf etwas verzichten darf.«

»Darüber reden wir noch«, sagte ich und umarmte ihn.

Jakob und ich winkten ihm nach, als er davonfuhr. Dann schlug Jakob vor, an meinen beiden Figuren weiterzumachen. Wir verbrachten den Nachmittag mit Schnitzen. Schon lange hatte ich ihn nicht mehr so gelöst erlebt. Ab und zu hielt er inne und betrachtete mich. In seinen Augen schimmerten Tränen.

24

Anfang September war es endlich so weit: Jakob würde seine Enkelin kennenlernen. Er war so aufgeregt, dass er zum Frühstück nur Milchkaffee trank. Auch ich war nervös. Ein Treffen mit Pauline war immer mit unvorhersehbarem Ausgang verbunden. Zu oft hatten wir uns in der Vergangenheit im Streit getrennt. Daran änderte auch die Tatsache nichts, dass wir auf einer neuen Ebene zueinander gefunden hatten. Seit ihrem Unfall telefonierten wir regelmäßig. Sie erzählte mir mehr, als sie es je zuvor getan hatte. Ich versuchte, mich ihr gegenüber ebenso zu öffnen, doch es fiel mir schwer. Ich rechnete stets damit, für meine Handlungen oder meine Gedanken kritisiert zu werden. Besonders Mühe bereitete es mir, ihr von Niklas zu erzählen. Ich hätte ihr dabei lieber in die Augen gesehen, als am Telefon darüber zu sprechen, aber ich wollte nicht, dass sie unvorbereitet war, wenn sie herkam. Sie reagierte erstaunlich gelassen.

»Ist er jünger als du?«, fragte sie.

Überrumpelt erklärte ich, dass er sechsundvierzig war.

»Das geht ja noch«, war ihr Fazit.

»Warum fragst du nach dem Alter?«

»Ich finde es abstoßend, wenn sich eine ältere Frau einen Lover angelt.«

Glücklicherweise hatte sie meinen Gesichtsausdruck nicht sehen können. Ich war gleichzeitig amüsiert und vor den Kopf gestoßen. Mir wurde klar, wie sehr ich mir wünschte, dass sie meine Entscheidungen guthieß.

Ich räumte den Frühstückstisch ab und spülte das Geschirr. Als ich fertig war, griff ich automatisch zum Staubsauger. Dann blieb ich stehen. Wie schnell ich in alte Muster verfiel! Inneres Chaos mit Ordnung und Sauberkeit zu bekämpfen versuchte. Dabei hatte ich gestern geputzt und alles hergerichtet, es gab überhaupt nichts mehr zu tun. Ich stellte den Staubsauger wieder weg und ging in die Werkstatt.

»Willst du die Figuren anmalen?«, fragte Jakob, der es auch nicht aushielt, untätig auf Pauline zu warten.

Das Liebespaar war fertig. Dass man sie als Niklas und mich erkannte, war Jakob zu verdanken, der die Feinarbeit gemacht hatte. Tief beeindruckt strich ich über die winzigen Gesichter.

»Dazu fehlt mir jetzt die Ruhe«, antwortete ich. »Pauline könnte jeden Moment hier sein.«

Jakob schlug vor, die Klappen zu befestigen. Eine einfache Arbeit, bei der nichts schiefgehen konnte. Kaum hatte ich die letzte Schraube angezogen, hörte ich auch schon Reifen auf Kies. Ich ließ den Schraubenzieher fallen und eilte aus der Werkstatt. Ein Tesla hielt vor dem Haus, die

Fahrertür ging auf, und Pauline stieg aus. Theo wurde mir noch sympathischer. Welcher Mann hätte eine Frau, die mit seinem BMW einen Unfall gebaut hatte, seinen neuen Sportwagen fahren lassen?

Mit ausgebreiteten Armen ging ich auf Pauline zu. »Wie schön, dass ihr hier seid!«

Sie drückte mich, dann trat sie einen Schritt zurück und musterte mich. »Du siehst ganz anders aus.«

Ich hatte vergessen, dass ich noch meinen Arbeitskittel trug. Ich klopfte die Holzspäne ab und reichte Theo die Hand.

Pauline blickte sich um. »Ich wusste ja, dass du auf dem Land wohnst, aber ganz so ländlich habe ich es mir dann doch nicht vorgestellt.«

Es klang vorwurfsvoll. Oder lag es an mir? Ich sagte mir, dass sie vermutlich genauso nervös war wie ich. Immerhin würde sie dieses Wochenende nicht nur den neuen Freund ihrer Mutter kennenlernen, sondern auch einen Großvater, von dessen Existenz sie bis vor Kurzem nichts gewusst hatte.

»Bärental liegt da unten.« Ich zeigte in Richtung Dorf.

Theo atmete tief ein. »Die Luft ist herrlich!«

Ich schaute mich nach Jakob um und entdeckte ihn in der Tür. Pauline hatte ihn ebenfalls gesehen. Sie ging langsam auf ihn zu. Er kam ihr entgegen, erwartungsvoll und unsicher zugleich. Heute trug er seine Sonntagskleidung, eine dunkle Hose und ein helles Hemd, dazu Lederschuhe, die er gestern gründlich poliert hatte. Er hatte jedoch vergessen, die Stirnlupe auszuziehen, sodass er wie ein verrückter Forscher aussah.

Pauline streckte ihm die Hand entgegen, und Jakob nahm sie zwischen seine. Ich hörte nicht, was er sagte, sah aber, wie sie sich entspannte.

»Wie war euer Urlaub?«, fragte ich Theo.

»Wir sind am Ende doch nicht weggefahren«, sagte er. »Aber darüber kann dir Pauline mehr erzählen.«

Ich versuchte, mir meine Irritation nicht anmerken zu lassen. Pauline hatte ihren Besuch im Schwarzwald immer wieder mit der Begründung hinausgeschoben, dass sie mit Theo in Urlaub fahren wolle.

»Alice, willst du Pauline und Theo ihr Zimmer zeigen?«, schlug Jakob vor. »Ich setze währenddessen Kaffee auf.«

Ich führte die beiden durch das Haus und erklärte, wo sich alles befand. Pauline war ungewöhnlich schweigsam.

»Ist das Zimmer in Ordnung?«, fragte ich sie, während Theo die Reisetasche aus dem Auto holte.

Wir standen im ehemaligen Elternschlafzimmer, das Jakob und ich ausgemistet und als Gästezimmer hergerichtet hatten. Die Kisten hatten wir weggeräumt, die Matratzen und die ausgeblichene Bettwäsche ersetzt. Auf den Holzdielen lag jetzt ein bunter Flickenteppich, der dem Raum mehr Wärme verlieh.

Pauline zögerte. »Fragst du dich manchmal, wie es gewesen wäre, hier aufzuwachsen?«

»Oft.«

»Bist du nie wütend auf Jakob?«

»Manchmal spüre ich einen leisen Groll in mir aufsteigen«, gab ich zu. »Aber nicht auf Jakob, sondern auf das Schicksal.«

Pauline verzog das Gesicht. »Es war nicht das Schicksal, das dich unfair behandelt hat.«

»Aber auch nicht Jakob.« Ich wählte meine Worte mit Bedacht. »Er hat als junger Mann einen Fehler gemacht. Die Gefühle haben ihn übermannt, und er war nicht stark genug, um ihnen zu widerstehen. Das passiert jedem irgendwann, nur nicht mit den gleichen Konsequenzen.«

»Dann findest du es also auch okay, dass Papa dich verlassen hat?«

Jetzt begriff ich, was sie beschäftigte.

»Ich finde es in Ordnung, dass er seinen Weg geht«, sagte ich. »Nicht aber, wie er es getan hat.«

Pauline kaute auf ihrer Unterlippe. »Ich weiß nicht, ob ich Theo verzeihen könnte, wenn er fremdginge.«

»Ich hoffe, du wirst das nie erleben.«

Aus der Küche waberte der Duft von Kaffee. Ich umarmte Pauline. Eine Weile standen wir einfach da, lauschten dem Knacken im Holz, dem Rauschen des Wassers in der Leitung, dem Klappern der Tassen. Dann gingen wir nach unten.

Pauline hatte nicht viel übrig für Kuckucksuhren, doch von der Werkstatt war sie fasziniert. Jakob zeigte ihr seine Schablonen, beschrieb, wie man eine Uhr baute, und fragte sie, ob sie ihm helfen wolle, Schindeln auf ein Dach zu kleben. Ich zog mich diskret zurück und schlug Theo vor, spazieren zu gehen. Er holte ein paar Wanderschuhe aus dem Kofferraum seines Teslas, sie sahen nagelneu aus.

Obwohl der September an manchen Tagen noch hochsommerlich warm war, machte sich der Herbst immer stärker bemerkbar. Die ersten Blätter hatten sich bereits verfärbt, die Rothirsche röhrten, und die Kuckucke zogen nach Süden. Wie jedes Jahr löste das Ende des Sommers Wehmut in mir aus, aber ich freute mich auch auf die Ruhe nach der Touristensaison.

»Es ist traumhaft!«, sagte Theo.

Für einen Mann, der bestimmt die halbe Welt gesehen hatte, fand ich seine Begeisterung erstaunlich.

»Ich war noch nie im Schwarzwald«, sagte er, als könnte er meine Gedanken lesen.

»Wo verbringst du normalerweise deinen Urlaub?«

»Ich war schon eine ganze Weile nicht mehr richtig weg.«

Ich nahm an, dass er seit der Entziehungskur meinte. »Und … davor?«

»Dort, wo gerade etwas los war. Mit meinem Vater habe ich ab und zu einen Segeltörn unternommen, aber das liegt schon lange zurück.«

»Ich weiß, dass deine Mutter früh gestorben ist«, sagte ich. »Das tut mir sehr leid.«

Er knackte mit den Knöcheln. Ich führte seine Anspannung darauf zurück, dass ich mehr über ihn wusste, als er von sich preisgegeben hätte.

»Es ist bestimmt nicht einfach, keine Privatsphäre zu haben«, stellte ich fest.

Er nickte kurz. »Ich hoffe, Pauline kommt damit klar.«

Keinen Moment hatte ich daran gedacht, dass sich die Klatschpresse auch für Pauline interessieren könnte.

»Bis jetzt ist es uns gelungen, unter dem Radar zu bleiben. Aber sobald das Semester beginnt, werden uns die Reporter die Tür einrennen, da mache ich mir nichts vor. Theo Gebhardt lässt Drogen hinter sich und beginnt ein neues Leben!«, zitierte er mit theatralischer Geste eine fiktive Schlagzeile.

Ich dachte an unsere erste Begegnung zurück, und mich packte das schlechte Gewissen. »Theo, ich möchte mich noch einmal entschuldigen für …«

Er winkte ab. »Vergiss es.«

»Das kann ich nicht. Ich habe dich verurteilt, ohne dich zu kennen.«

Er zuckte die Schultern. »Du bist nicht die Erste.«

»Das macht es nicht besser.«

»Kann man die essen?« Theo zeigte auf einen Strauch.

Ich begriff, dass er das Thema wechseln wollte. »Wacholderbeeren? Ja, aber so richtig süß schmecken sie erst nach dem ersten Frost.«

Wir gingen weiter, und ich nannte ihm die Bäume und die Pflanzen, die ich kannte. Mir fiel auf, wie viele es inzwischen waren. Durch Niklas war mir der Wald vertraut geworden. Theo genoss es sichtlich, durch das Unterholz zu stapfen und über Steinbrocken zu klettern. Er kam mir vor wie ein Kind, das viel zu schnell hatte erwachsen werden müssen. Damit kannte ich mich aus. Statt ihn wie geplant zu dem Aussichtspunkt zu führen, der einen wunderbaren Blick auf die Berge freigab, stach ich noch tiefer in den Wald hinein. Ich wählte abenteuerliche Wege, die auch nach dem langen Sommer noch feucht waren, weit weg von jeglicher Zivilisation. Wir kamen zu einem kleinen Wasserfall, der ein lang gezogenes Becken speiste.

»Wie schön das ist!«, sagte Theo beinahe andächtig. »Kann man hier baden?«

»Sicher.« Ich tauchte meine Hände ins Wasser und benetzte mein Gesicht. Dann zeigte ich auf einen Felsvorsprung, der so weit entfernt war, dass Theo sich nicht beobachtet fühlen würde. »Ich warte dort drüben. Lass dir so viel Zeit, wie du möchtest. Hier bist du ganz allein.«

Als wir zurückkamen, fanden wir Pauline und Jakob in der Küche vor, wo sie Gemüse schnippelten und dabei schnatterten und kicherten wie alte Freunde.

»Wir dachten, ihr seid bestimmt hungrig nach dem langen Marsch«, sagte Jakob.

Pauline warf mir einen unsicheren Blick zu. »Jakob meinte, es sei okay, wenn wir uns am Gemüse bedienten. Oder hattest du etwas Bestimmtes damit vor?«

»Sicher ist das in Ordnung«, sagte ich, obwohl ich natürlich für ein Gericht eingekauft hatte. »Was gibt es?«

»Kürbisrisotto mit Sellerieschnitzel.«

»Ohne Sahne und Käse«, fügte Jakob hinzu. »Heute essen wir vegan.«

Unsicher sah ich zu Theo. »Ich habe Hähnchen eingekauft, soll ich es in den Ofen schieben?«

»Ich esse auch vegan«, antwortete er.

Das hatte mir Pauline verschwiegen.

»Schon lange?«, fragte ich, weil ich das Gefühl hatte, etwas dazu sagen zu müssen.

»Seit der Entziehungskur.« Er legte Pauline den Arm um die Schultern und küsste sie. »Kein Fleischgericht ist auch nur annähernd so gut wie das, was Pauline auf den Teller zaubert.«

Meine Tochter konnte kochen? Seit wann? Eine Stunde später wusste ich, dass Theo nicht übertrieben hatte. Das Risotto schmeckte köstlich, die Kürbiswürfel hatten genau die richtige Konsistenz, der Reis war sämig und würzig. Die Sellerieschnitzel hatte Pauline paniert und knusprig gebraten.

»Woher hast du das Paniermehl?«, fragte ich verwundert.

»Brot getoastet und gerieben«, sagte sie schulterzuckend.

»Und der Milchersatz?«

Sie gestand, dass sie einige der Zutaten mitgebracht hatte. »Ich verreise nie ohne Hafermilch.«

Sie sah mich leicht trotzig an, als erwarte sie Kritik. Ich war fast erleichtert, dass die alte Pauline doch nicht ganz verschwunden war.

»Wenn das vegan ist, dann esse ich ab jetzt immer so«, zwinkerte mir Jakob zu und schöpfte sich noch eine Portion.

Wie glücklich er aussah! Ich hatte befürchtet, dass sich Pauline ihm gegenüber abweisend verhalten könnte. Sie stellte hohe moralische Ansprüche an Menschen, es hätte mich deshalb nicht verwundert, wenn sie ihn wegen seiner Affäre mit meiner Mutter verurteilt hätte. Doch sie wirkte völlig locker.

»Wann lerne ich Onkel Max kennen?«, fragte sie.

Innerhalb kurzer Zeit war Max von meinem Nachbarn zu meinem Halbbruder und jetzt auch noch zu einem Onkel geworden. Pauline schaute mich erwartungsvoll an. Als Einzelkind hatte sie sich immer eine große Familie gewünscht. Nun bekam sie einen Großvater und einen Onkel auf einen Schlag. Ob sie auch Niklas so bereitwillig in den Kreis aufnehmen würde?

»Wann immer du willst«, antwortete ich. »Hast du denn Zeit?«

»Klar.«

»Theo hat erwähnt, dass ihr nicht in Urlaub gefahren seid«, sagte ich. »Habt ihr denn gar nicht vor zu verreisen?«

Pauline zögerte. »Ich habe vor zwei Wochen ein Praktikum begonnen.«

»Ein Praktikum?«, wiederholte ich.

Pauline blickte zu Theo, der aufmunternd nickte.

»Ich habe mich entschlossen, eine Ausbildung zur Diätassistentin zu machen«, sagte sie.

Ich versuchte, angemessen zu reagieren. Keine Fragen zu stellen, die als Kritik aufgefasst werden konnten, keine Zweifel zu äußern. Doch tief in meinem Innern war ich enttäuscht. Pauline hatte ihr Psychologiestudium geschmissen, um Diätassistentin zu werden? Was hätte ich damals darum gegeben, studieren zu dürfen! Dann betrachtete ich das Menü, das sie auf den Tisch gezaubert hatte. Nicht gezaubert, korrigierte ich mich in Gedanken. Sie hatte Übung darin. Irgendwann hatte sie begonnen, sich für Ernährung zu interessieren. Sie hatte das Kochen entdeckt und sich Wissen angeeignet. Mir fiel auf, dass sie sogar mit Appetit aß. Kein Herumstochern im Teller, kein Nasenrümpfen.

»Ich freue mich, dass du eine Ausbildung gefunden hast, die zu dir passt«, sagte ich und meinte es auch so.

Sie musterte mich argwöhnisch.

»Wo machst du das Praktikum?«, fragte ich.

»In der München Klinik.«

»Wie gefällt es dir bisher?«

Zögerlich begann sie zu erzählen. Je mehr sie sprach, desto sicherer wurde sie. Es war deutlich, dass sie den Bezug zur Praxis suchte, und dass ihr dieser im Studium gefehlt hatte. Wenigstens in dieser Beziehung waren wir uns ähnlich.

Nach dem Essen legte sich Jakob hin. Theo bot an, das Geschirr zu spülen, damit Pauline und ich etwas Zeit für uns hatten. Zu meiner Überraschung willigte Pauline ein. Wann hatte sie das letzte Mal freiwillig Zeit mit mir allein verbracht? Ich führte sie zu der Bank unter der krummen Fichte, wo wir unsere Gesichter der Sonne zuwandten, um die letzten warmen Strahlen zu genießen, bevor sie hinter dem Wald unterging.

Mit geschlossenen Augen strich ich über das glatte Holz der Sitzfläche. »Hier haben sich Jakob und deine Großmutter immer getroffen.«

»War es damals eigentlich möglich, sich scheiden zu lassen?«, fragte Pauline.

»Möglich schon, aber ich vermute, man hätte Jakob dafür verachtet.«

»Ist das der Grund, weshalb er bei seiner Frau geblieben ist?«

»Nein, das glaube ich nicht. Er hat Margaretha ebenfalls geliebt, wenn auch auf eine andere Art und Weise.«

Pauline ließ sich meine Antwort durch den Kopf gehen. »Wie weiß man, welche Liebe die richtige ist?«

Gab es eine richtige und eine falsche Liebe? Ich fragte mich, ob Jakob mit meiner Mutter glücklich geworden wäre. Hätte sie sich genauso nahtlos in sein Leben eingefügt wie Margaretha? Jakob hatte sich nur dank Margarethas Unterstützung so intensiv seiner Leidenschaft widmen können. Vielleicht war die Liebe zu Margaretha für ihn doch die richtige gewesen. Ich kannte Pauline aber gut genug um zu wissen, dass es nicht das war, was sie eigentlich wissen wollte. Sie sprach von sich.

»Vermutlich, indem man auf sein Herz hört«, antwortete ich deshalb vorsichtig.

»Wenn das stimmt, hätte Jakob seine Frau doch verlassen müssen«, wandte Pauline ein.

»Sein Herz hat nicht nur für deine Großmutter geschlagen, sondern auch für seine Familie.«

»Also reicht es doch nicht, auf sein Herz zu hören.«

»Zweifelst du, ob Theo der Richtige für dich ist?«

Sie schüttelte rasch den Kopf, konnte mir dabei aber nicht in die Augen sehen.

»Zweifel gehören dazu, sie sind völlig in Ordnung«, sagte ich.

Pauline zupfte an einem Faden, der sich an der Naht ihrer Jeans gelöst hatte. »Ich frage mich nur, ob ich in seine Welt passe.«

»Wie sieht seine Welt aus?«

»Sein Vater ist … fordernd. Ich habe immer das Gefühl, dass er von Theo mehr erwartet. Er sagt es zwar nicht direkt, aber wenn er Theo anschaut, dann meistens mit einem gönnerhaften Blick. Als halte er ihn für ein Kind, das noch ein bisschen spielen darf, bevor es sich wichtigeren Dingen im Leben zuwenden muss.«

Scharf beobachtet, dachte ich.

»Manchmal frage ich mich, ob Theo tatsächlich nur spielt«, gestand sie.

»Mit dir?«

»Nicht absichtlich!«, fügte sie rasch hinzu. »Aber was, wenn sein Vater recht hat? Wenn Theo eines Tages aufwacht und merkt, dass er sich verändert hat?«

»Wir entwickeln uns ständig weiter, auch als Erwachsene«, entgegnete ich. »Es gibt keine Garantie dafür, dass ihr in fünf oder zehn Jahren noch zueinander passt. Mit etwas Glück entwickelt ihr euch aber in dieselbe Richtung. Ich würde es dir wünschen.«

Sie sah mich an. »Wann haben Papa und du begonnen, euch auseinanderzuleben?«

»Darüber habe ich in den letzten Monaten viel nachgedacht. Vermutlich, als du in die Schule kamst und ich wieder im Ingenieurbüro begann. Ich arbeitete gern mit Frank zusammen, doch die Büroarbeit fand ich nicht befriedigend. Das war mit ein Grund dafür, dass ich meine ganze Energie darauf verwendete, ein perfektes Zuhause zu schaffen. Ich interessierte mich immer weniger für das, was außerhalb der Familie geschah. Bei Frank war es umgekehrt. Je älter du wurdest, desto stärker wurde sein Bedürfnis nach einer Veränderung. Er war in Aufbruchsstimmung, ich igelte mich ein.«

»Würdest du dich anders verhalten, wenn du zurück könntest?«

»Wenn ich da stünde, wo ich jetzt stehe, sicher. Aber ich stehe ja nur da, weil ich damals noch nicht an diesem Punkt war. Abgesehen davon möchte ich nicht zurück. Ich bin sehr glücklich mit meinem Leben, wie es jetzt ist.«

Die Sonne verschwand hinter dem Wald, und mit einem Schlag wurde es deutlich kühler. Wir standen auf, und Pauline trat einen Schritt auf mich zu.

»Danke«, sagte sie und umarmte mich.

Ich roch ihren vertrauten Duft, spürte ihren Herzschlag an meinem Körper. Glückstränen schossen mir in die Augen. Auch so konnte sich die Liebe anfühlen, dachte ich, und drückte sie fest.

Schweigend brachen wir auf. Der Boden unter unseren

Füßen war noch warm, als weigere sich der Tag, der Nacht Platz zu machen. Am Himmel ging der Mond auf, eine blasse Scheibe, kaum sichtbar im Blauviolett. Ich liebte die Dämmerung, die sich wie ein Weichzeichner über die Natur legte und der Welt ihre Schärfe nahm.

Als wir zum Haus kamen, war es vorbei mit der ruhigen Stimmung. Neben Theos Tesla stand ein Wagen, den ich nicht kannte. Dann hörte ich eine bekannte Stimme, die meinen Namen rief. Ein freudiges Kreischen, und ein farbenfroher Wirbelwind kam mir entgegen.

25

Lizzy umarmte mich stürmisch, dann nahm sie meine Hände, als wolle sie mit mir einen Tanz aufführen.

»Wie schön du es hier hast!«, strahlte sie.

»Was machst du im Schwarzwald?«, stammelte ich.

»Dich besuchen, natürlich!«, antwortete sie glücklich. »Du hast gesagt, wir seien jederzeit willkommen!«

Wir? Da entdeckte ich eine Gestalt, die leicht geduckt neben Jakob stand. Horst Schultz? Ich blinzelte, um sicher zu sein, dass mich meine Sinne nicht täuschten. Er war es wirklich. Bei der Vorstellung, dass die lebhafte, spontane Lizzy und der zurückhaltende, auf Sicherheit spezialisierte Unternehmer ein Paar waren, musste ich grinsen. Lizzy fasste meine Reaktion als Begeisterung auf. Sie umarmte mich noch einmal und betonte, wie sehr sie sich freue, Jakob und mein neues Zuhause kennenzulernen. Dann sah sie Pauline. Mit einem weiteren Ausruf breitete sie die Arme aus.

»Pauline! Wie toll du aussiehst!«

Ich nutzte die Gelegenheit, um Horst Schultz zu begrüßen. »Herzlich willkommen, es freut mich, dass Sie … auch gekommen sind«, beendete ich den Satz etwas lahm.

Horst Schultz senkte verlegen den Blick. »Ich habe Lizzy gesagt, wir sollten uns vorher anmelden, aber sie meinte, sie wolle dich … Sie überraschen.«

»Nennen Sie mich bitte Alice«, sagte ich und reichte ihm die Hand.

Er schüttelte sie. »Horst.«

Lizzy hatte sich inzwischen Theo zugewandt. Wenn sie nur nichts wiederholte, was sie aus der Klatschpresse erfahren hatte! Doch ich hätte mir keine Sorgen machen müssen. Lizzy war extrovertiert, aber nicht taktlos.

»Und du musst Theo sein!«, sagte sie. »Der Mann, der Pauline glücklich macht!«

»Das hoffe ich doch«, sagte er.

Ich ging zu Jakob, der dicht an der Hauswand stand und dem Treiben zusah, als spiele sich alles auf einer Bühne ab. »Lizzy, Horst, das ist mein Vater, Jakob.«

Weitere Ausrufe, Händeschütteln, dann verstummten wir alle fast gleichzeitig, unsicher, wie es weiterging. Theo war es, der die Initiative ergriff. Er schlug vor, dass Pauline und er in ein Hotel umzogen, damit Lizzy und Horst hier übernachten konnten. Das wiederum lehnte Horst vehement ab. Jakob meinte vorsichtig, er könne bei Inge Falk nachfragen, ob ein Zimmer frei sei – was ich aber nicht wollte. Am liebsten wäre ich zu Niklas in die Hütte gefahren, doch ich konnte Jakob nicht mit einem Haus voller Gäste allein lassen. Wir einigten uns darauf, dass Lizzy und Horst in meinem Zimmer schliefen, und ich in Max' Zimmer zog. Jakob rief bei Inge an und bat sie um zusätzliche Wäsche, die Theo abholte, während ich mein Bett frisch bezog. Pauline kümmerte sich um Lizzy und Horst, um dem sichtlich überwältigten Jakob etwas Raum zu verschaffen.

Eine Stunde später saßen wir alle im Wohnzimmer, das leicht staubig war vom langen Nichtgebrauch. Wir tranken Kaffee und löffelten Kastaniencreme, die Pauline aus Zutaten gezaubert hatte, von deren Existenz ich nicht einmal gewusst hatte. Eine Weile versuchte Jakob, dem Gespräch zu folgen, doch bald waren nur noch seine leisen Schnarcher zu hören. Dafür redete Lizzy wie ein Wasserfall. Sie erzählte, dass Silke wegen einer Beziehung, die in die Brüche gegangen war, früher als geplant aus Italien abgereist sei und bereits wieder arbeitete, dass sie sich deshalb ein paar Tage hatte freinehmen können, aber dass Horst am Montagvormittag einen wichtigen Geschäftstermin hatte und am nächsten Tag wieder nach München musste, jedoch darauf bestanden hatte, sie trotzdem nach Bärental zu begleiten, worüber sie froh war, denn sie hätte sich bestimmt verfahren, Navi hin oder her.

»Wenn es dir zu viel ist«, schloss sie mit einer ausladenden Geste, die alle Anwesenden erfasste, »mache ich mich morgen mit Horst auf den Weg, ich möchte euren Familienurlaub nicht stören.«

»Du störst überhaupt nicht«, versicherte ich. »Pauline und Theo müssen morgen auch wieder nach München. Pauline macht ein Praktikum«, fügte ich stolz hinzu.

Lizzy wandte sich Pauline zu und löcherte sie mit Fragen.

Ich hörte nur mit einem halben Ohr zu, meine Gedanken kreisten um den nächsten Tag. Ich hatte Niklas zum Brunch eingeladen, endlich würde Pauline ihn kennenlernen. Seit Tagen war ich deswegen nervös. Vielleicht war der unangemeldete Besuch ein Segen. Lizzy würde die Runde auflockern.

Ich ergriff die erstbeste Gelegenheit, um mich aus dem Haus zu schleichen und Niklas anzurufen.

»Das ist aber eine schöne Überraschung«, sagte er. »Ich hatte nicht damit gerechnet, heute Abend von dir zu hören. Ist alles in Ordnung?«

»Abgesehen davon, dass ich dich vermisse, ja.«

»Wie läuft es mit Pauline?«

Ich erzählte ihm von unserem Gespräch und der Nähe, die zwischen uns entstanden war.

»Das freut mich sehr für euch.«

»Mich auch.«

»Aber?«

Wie gut er mich kannte! »Aber … Lizzy ist unerwartet zu Besuch gekommen. Sie wird morgen auch hier sein. Mit ihrem neuen Freund.«

»Kein Problem«, sagte er. »Sie lockert das Treffen bestimmt auf.«

»Das habe ich mir auch gedacht. Aber ist es dir nicht zu viel?«

»Um mich brauchst du dir keine Sorgen zu machen, ich komme klar.«

Aus dem Haus hörte ich Paulines Lachen, entspannt und

fröhlich. Über mir leuchteten die Sterne, und ich fragte mich, ob Niklas jetzt auch in den Himmel schaute.

»Du fehlst mir«, sagte ich.

»Du mir auch.«

»Sitzt du vor der Hütte?«

»Nein, ich bin noch im Schutzwald. Ein paar Jugendliche haben hier gefeiert. Es hat eine Weile gedauert, bis sie begriffen, warum es verboten ist.«

»Sind sie freiwillig gegangen?«

»Ich habe ihnen eine geeignetere Stelle gezeigt.«

Ich atmete erleichtert aus. In der Regel hatte Niklas keine Probleme damit, die Vorschriften durchzusetzen. Waren aber Alkohol oder Drogen im Spiel, konnte eine Auseinandersetzung schnell gefährlich werden. Doch Niklas verstand es, die Menschen auf ihr Fehlverhalten hinzuweisen, ohne dass sie sich angegriffen fühlten.

»Wo übernachtet Lizzy?«, wechselte er das Thema. »Soll ich meine Mutter fragen, ob ein Zimmer im Gasthof frei ist?«

»Danke, das ist nicht nötig. Ich habe sie in meinem Zimmer einquartiert.«

»Und wo schläfst du?«

»In Max' Zimmer. Ich wäre viel lieber bei dir in der Hütte, aber ich möchte Jakob nicht alleine lassen.«

Niklas senkte verschwörerisch die Stimme. »Ich könnte ja zu dir kommen.«

»Verlockend, aber es ist besser, Pauline lernt dich nicht im Pyjama kennen.«

»Sie muss es ja nicht erfahren.«

»Glaub mir, deine Anwesenheit würde auffallen.«

»Ich schleiche mich hinein und verschwinde vor dem Morgengrauen.«

»Vergiss es«, lachte ich. »Jede zweite Diele knarzt.«

»Denkst du, ich mache das zum ersten Mal?«, fragte er mit gespielter Empörung. »Ich habe nächtelang Super Mario mit Max gespielt. Er war der Erste im Dorf, der eine Nintendo-Konsole besaß. Sein Patenonkel hatte sie ihm geschenkt. Eine Weile befürchtete meine Mutter sogar, ich leide an einer mysteriösen Krankheit, weil ich immer so müde war.«

Ich zögerte. Ich wollte nicht, dass Pauline Niklas dabei ertappte, wie er in mein Zimmer schlich. Jedenfalls nicht, bevor sie ihn überhaupt kennengelernt hatte. Und es war schlicht nicht möglich, die Treppe hinaufzusteigen, ohne das ganze Haus zu wecken.

Keinen Moment dachte ich daran, dass es auch andere Wege gab, in den oberen Stock zu gelangen, als durch das Haus. Erst als mich ein leises Kratzen am Fenster weckte, fiel mir der Holzstapel hinter dem Haus ein. Mit einem unterdrückten Kichern öffnete ich das Fenster. Erstaunlich geschmeidig für einen Mann seiner Größe schwang sich Niklas herein.

Das Bett war zu schmal für zwei, doch das störte uns nicht. Wir legten die Matratze auf den Boden, schmiegten uns aneinander, und ich schlief mit einem Gefühl tiefer Geborgenheit ein.

Jakob hatte bereits Kaffee gekocht, als ich am Morgen in die Küche trat. Er wirkte ungewöhnlich heiter.

»Ist etwas?«, fragte ich.

»Nein, warum?« Seine Mundwinkel hoben sich ein wenig. »Kaffee?«

»Raus mit der Sprache!«, forderte ich ihn auf.

Er füllte seine Tasse mit heißer Milch, gab ein wenig Kaffee dazu und setzte sich. »Wir hatten einmal einen Marder. Jahrelang versuchten wir, ihn zu vertreiben, aber er kam immer wieder zurück. Weder gestreuter Pfeffer noch andere Hausmittel halfen. Als Max aufs Gymnasium wechselte, verschwand der Marder von einem Tag auf den anderen. Seitdem habe ich ihn nie mehr gehört. Bis gestern Nacht.«

Ich kicherte. »Wirklich? Wie seltsam.«

»Nicht wahr?« Er bemühte sich, nicht zu lachen. »Ich wusste gar nicht, dass Marder so lange …«

Oben ging eine Tür auf, und er verstummte. Schritte erklangen auf der Treppe. Lizzy oder Horst, vermutete ich. Wenn sich Pauline nicht völlig verändert hatte, würde sie noch eine Weile schlafen. Doch es war Theo, der kurz darauf nach unten kam. Er trug Laufkleidung, in der Hand hielt er eine Wasserflasche.

Er blieb stehen, als er die Stimmung bemerkte. »Störe ich?«

»Keineswegs«, sagte ich rasch. »Kaffee?«

»Später«, antwortete er. »Ich bin in einer Stunde zurück.«

Er gab etwas in ein Gerät ein, das er am Handgelenk trug, und joggte leichtfüßig davon. Ich hörte weitere Schritte im ersten Stock, dann die Klospülung. Die vielen Geräusche kamen mir seltsam vor, als führe das Haus ein Eigenleben. Auch Jakob wirkte verwirrt, er schien nicht zu wissen, was von ihm erwartet wurde.

»Ich kümmere mich um den Brunch«, sagte ich. »Du hast bestimmt noch in der Werkstatt zu tun.«

Dankbar stand er auf.

Beim Hinausgehen drehte er sich nochmals schmunzelnd zu mir um. »Nimm dich vor dem Marder in Acht.«

Niklas kam pünktlich um zehn. Er ließ sich nicht anmerken, dass er noch wenige Stunden zuvor mit mir im Bett gelegen hatte. Statt eines Fleece mit Landeswappen trug er ein neues Holzfällerhemd, dazu Jeans und Camel-Boots, die ich noch nie an ihm gesehen hatte. Er sah aus wie ein Model aus einer Forstzeitschrift.

Lizzy quiekte vor Vergnügen. »Schick!«

Pauline gab sich zurückhaltender. Zwar lächelte sie Niklas an, doch ihr prüfender Blick entging mir nicht. Er nahm es gelassen. Nach der Begrüßung wandte er sich Jakob zu und reichte ihm eine Tüte.

»Ich hoffe, du magst Butterzopf immer noch.«

Jakobs Miene erhellte sich. »Hat Inge ihn gebacken?«

»Ja, sie lässt dich übrigens grüßen.«

Mich packte das schlechte Gewissen. Meinetwegen sah Jakob Inge Falk nur noch selten. Meine Anwesenheit hatte einen Keil zwischen ihn und seine Nachbarin getrieben.

Lizzy schlug die Hand vor den Mund. »Ich habe den Schaumwein vergessen!«

»Ich hole ihn«, sagte Horst und wandte sich ab.

»Das Gebäck ist auch noch im Wagen!«, rief Lizzy ihm nach, bevor sie sich an die Stirn fasste und mich entschuldigend ansah.

»Kein Problem«, versicherte ich. »Zu einem Brunch passt alles. Ich bereite noch das Müsli zu, dann können wir essen.«

»Habe ich jemand Müsli sagen hören?«, fragte Theo, der frisch geduscht zu uns stieß.

Es war zu kühl, um draußen zu sitzen, deshalb hatte ich den Tisch im Wohnzimmer gedeckt. Doch alle Fenster standen offen, sodass der Duft von Nadelbäumen und frisch gemähtem Gras hereinwehte. Im antiken Büfett, das in der Ecke stand, hatte ich eine Tischdecke aus Leinen und passende Servietten gefunden. Das festliche Sonntagsgeschirr, dessen Blumenmuster beinahe verblasst war, regte meine Fantasie an. Ich stellte mir vor, wie Jakob, Margaretha und Max an diesem Tisch Sonntagsbraten gegessen hatten, und dem Ticken der Kuckucksuhren lauschten.

Ich dachte an meinen letzten Brunch zurück, an goldgelbe Narzissen und selbst gemachte Marmelade. An den Streit mit Pauline und an Franks Geständnis. Wie lange das her zu sein schien! Ich schielte in Paulines Richtung.

Ob auch sie an jenen Morgen zurückdachte? Im Moment war sie viel zu sehr damit beschäftigt, Niklas zu beobachten.

Wie erhofft lenkten Lizzy und Horst von dem eigentlichen Zweck des Treffens ab. Dass Pauline Niklas eingehend musterte, fiel nur mir auf.

»Was macht ein Förster denn so?«, fragte sie. »Abgesehen von Bäumen pflanzen und fällen?«

»Nichts Aufregendes«, flüsterte Lizzy ihr hinter vorgehaltener Hand zu. »Er sitzt nur im Büro herum. Wenn er dann doch mal in den Wald geht, fährt er mit einem Geländewagen hin. Er trägt nicht einmal einen Lodenmantel oder eine Barbour-Jacke.«

Niklas schaute sie mit gespielter Entrüstung an. »Jetzt hast du mein Image aber gründlich zerstört!«

Lizzy gluckste, und auch Pauline musste grinsen. Das Eis war gebrochen. Niklas erzählte von seiner Arbeit, plauderte mit Horst über Sicherheitsvorschriften und mit Theo über Wacholderbeeren und Gin. Als Pauline erwähnte, dass sie gerne mehr über essbare Waldpflanzen wissen würde, bot er an, mit ihr Kräuter und Pilze sammeln zu gehen. Sie sagte begeistert zu. Mein Herz schwoll an. Noch mehr Glück, und es würde platzen.

26

Ein Monat war seit dem Besuch von Pauline vergangen, noch immer wurde mir warm ums Herz, wenn ich daran zurückdachte. Meine beiden Welten verschmolzen langsam miteinander und fügten sich zu einem Ganzen. Auch in der Werkstatt fühlte sich die Arbeit immer runder an. Meine Handgriffe wurden immer sicherer, oft wusste ich, was zu tun war, ohne dass Jakob mich darauf hinwies.

Die meisten Kuckucke wurden in Südtirol gefräst, doch ich hatte beschlossen, dass meine erste Uhr komplett handgefertigt werden sollte. Das Resultat stimmte mich optimistisch. Einen Vogel zu schnitzen fiel mir wesentlich leichter als menschliche Figuren. Vielleicht würde ich die Aufnahmeprüfung an der Holzbildhauerschule doch bestehen. Meine Zeichnungen waren fertig, jetzt fehlten nur noch Fotos meiner plastischen Werke. Der Kuckuck verdiente einen Ehrenplatz in meiner Bewerbungsmappe.

»Wollen wir das Uhrwerk einbauen?« Jakob schaute auf die Uhren an der Wand. »Die Zeit reicht gerade noch.«

Gegen Mittag erwarteten wir Max, der sich zwei Tage freigenommen hatte, um mit uns einen Businessplan zu erstellen. Wir hatten seine Unterlagen bereits im Vorfeld studiert und besprochen. Zu Beginn hatte sich Jakob dagegen gewehrt, die Uhrenwerkstatt aufzugeben, wie Max es vorschlug. Als er sich jedoch ein paar Tage mit der Vorstellung befasst hatte, willigte er ein. Max war der Ansicht, dass sich Jakob auf diejenigen Arbeiten konzentrieren musste, die seine Uhren einzigartig machten – die Holzbearbeitung und das Schnitzen. Um die Mechanik konnte sich ein anderer kümmern. Die gewonnene Zeit sollte Jakob darauf verwenden, exklusive Kuckucksuhren für wohlhabende Kunden anzufertigen. Max ging sogar einen Schritt weiter und schlug vor, sich ausschließlich auf das oberste Preissegment zu konzentrieren, davon wollte Jakob aber nichts wissen. Er beharrte darauf, weiterhin auf dem lokalen Markt präsent zu sein.

»Meine Uhren gehören hierher wie die Bäume in den Wald«, beharrte er.

Ich verstand ihn, doch ich teilte Max' Einschätzung. Wenn Jakob überleben wollte, dann konnte er es sich nicht leisten, Anfragen wie jene des chinesischen Geschäftsmannes abzulehnen. Doch mit meiner Hilfe und ohne Uhrenwerkstatt würde er beides schaffen, vor allem, da Max angeboten hatte, sich um Marketing und Werbung zu kümmern. Uns war klar, dass Jakobs Kräfte mit jedem Jahr nachließen. Irgendwann würde er noch weiter reduzieren müssen, aber damit würden wir uns beschäftigen, wenn es so weit war.

Jakob griff jetzt nach den Zeigern, die ich ebenfalls selbst geschnitzt hatte, und schraubte sie fest. Anschließend baute er die Pfeifen mit dem Blasebalg in meine Uhr ein. Er zeigte mir, wie ich die Ketten für die Gewichte mit dem Uhrwerk verband und den Kuckuck befestigte. Als das Schlagwerk die Blasebälge mit Luft füllte und diese dann beim Entweichen den typischen Kuckucksruf erzeugten, war es, als erwache meine Uhr zum Leben.

Jakob reichte mir einen Schraubenzieher. »Jetzt musst du nur noch die Front von innen mit dem Gehäuse verschrauben.«

Ein paar Handgriffe, und meine Uhr war fertig. Voller Stolz hängte ich sie an die Wand. Ich hatte tatsächlich eine Kuckucksuhr gebaut! Sie erinnerte mich ein wenig an die von Kinderhand getöpferten Tassen und Aschenbecher, die Pauline mir früher geschenkt hatte. Ein Kratzer da, eine verrutschte Schindel dort, ein Farbklecks zu viel, ein paar Tannennadeln zu wenig. Doch insgesamt war ich zufrieden. Die Uhr kam mir vor wie ein Tagebuch der letzten Monate. Ich sah die Blätter, Zweige und Zapfen, die ich im Wald gesammelt hatte. Die Schindeln, die mich an die vielen Stunden mit Gerd in der Schreinerei erinnerten. Den Holzstapel, den ich als Andenken an den »Marder« gebaut hatte. Und die beiden Figuren. Niklas und ich. Wir saßen nicht auf einer Bank unter einer krummen Fichte, sondern standen vor einer uralten Tanne, die Arme um den Stamm geschlungen.

»Tolle Arbeit!«, lobte Jakob, der fast stolzer war als ich. »Wo wirst du sie hinhängen?«

»Ich möchte sie verschenken«, antwortete ich.

Jakob sah mich mit großen Augen an. »Deine erste Uhr?«

»Ja.«

Wir wurden von Max' Hallo-Rufen unterbrochen. Jakob verließ die Werkstatt, um ihn zu begrüßen. Nachdem ich aufgeräumt hatte, gesellte ich mich zu den beiden.

»Hallo, Schwesterherz«, sagte Max und umarmte mich.

»Grüß dich, großer Bruder!«

Leicht verlegen standen wir uns gegenüber. Noch immer war uns die Vorstellung, dass wir Halbgeschwister waren, fremd. Jakob kochte Kaffee, dann legten wir los. Innerhalb von kurzer Zeit war der Küchentisch übersät mit Tabellen, Notizen, Listen und Factsheets. Max hatte zwar alle Dokumente auf seinem Tablet, doch Jakob wollte sie ausgedruckt vor sich sehen, damit er sich einen Überblick verschaffen konnte. Wir sprachen über Arbeitsaufwand, Holzpreise und mögliche Einsparungen, verglichen unterschiedliche Szenarien und rechneten sie durch. Max hatte eine Firma davon überzeugen können, ihren ausländischen Topkunden als Treuegeschenk eine einzigartige Kuckucksuhr aus dem Schwarzwald zu schenken. Jakob pfiff leise, als Max ihm vorrechnete, wie hoch der Gewinn ausfiele. Jakob würde mich während der Dauer des Auftrags problemlos entlohnen können.

Wir unterbrachen nur kurz, um den Auflauf, den ich vorbereitet hatte, zu essen. Noch während Jakob das Geschirr spülte, beugte sich Max bereits wieder über die Unterlagen. Jakob verzichtete ausnahmsweise sogar auf seinen Mittagsschlaf. Als es draußen dämmerte, hatten wir eine grobe Strategie für die nächsten paar Jahre entworfen. Größte Unbekannte war meine Ausbildung. Falls ich die Aufnahmeprüfung bestand, würde ich nur in Teilzeit bei Jakob arbeiten können.

»Lassen wir es auf uns zukommen«, sagte Jakob achselzuckend. »Alles kann man nicht planen.«

Früher hätte mich diese Ungewissheit vielleicht blockiert, jetzt aber genoss ich die Möglichkeiten, die sich daraus ergaben. Niemand setzte mich unter Druck, ich konnte das Leben so nehmen, wie es kam.

Max streckte sich und gähnte. »Ich bin völlig erledigt. Wenn es euch recht ist, lege ich mich früh schlafen.«

Es war mir mehr als recht, denn ich hatte noch etwas vor. Nachdem sich Jakob ebenfalls in seine Kammer zurückgezogen hatte, verstaute ich meine Uhr sorgfältig in einer Kiste und verließ das Haus. Obwohl mir ein Spaziergang gutgetan hätte, legte ich die zwei Kilometer bis an den Dorfrand im Auto zurück. Ich wollte nicht riskieren, dass eine Schindel verrutschte oder einer der feinen Zweige brach.

Ich parkte vor einem frei stehenden, dreigeschossigem Schwarzwaldhaus mit ausgebautem Speicher. Eine Außentreppe führte zu der obersten Wohnung. Ich stieg die Holzstufen hinauf und klopfte. Niklas öffnete sofort.

»Du hast es geschafft«, strahlte er.

»Max und Jakob sind müde.« Ich stellte die Kiste ab und breitete die Arme aus. »Ich habe bis morgen frei!«

Er packte mich und wirbelte mich herum. »Willkommen bei mir zu Hause!«

Ich war zum ersten Mal in seiner Wohnung. Normalerweise nahm Niklas bis Ende Oktober Gäste auf, da es mir in der Hütte aber zu kalt geworden war, hatte er beschlossen, sein Winterquartier früher zu beziehen. Die letzten Gäste waren Ende September abgereist, die vergangenen Tage hatte er mit Putzen, Reparieren und Einrichten verbracht.

Neugierig sah ich mich um. Im Wohnzimmer stand ein bequemes Sofa aus hellen Naturfasern, gegenüber ein Bücherregal, das Fachliteratur, Bildbände und Romane enthielt. Weitere Bücher lagen auf dem Boden unterhalb der Dachschräge und warteten darauf, eingeräumt zu werden. Ein Tresen trennte die Küche vom Wohnzimmer ab und diente gleichzeitig als Esstisch. Ich betrachtete das schlichte, fast puristische Design, die hochwertige Ausstattung und die teuren Elektrogeräte. In Gedanken sah ich den alten Gaskocher in der Hütte. Ich hatte unweigerlich angenommen, dass Niklas wenig Wert auf Luxus legte.

»Ist etwas?«, fragte er.

»Es ist so … modern.«

Niklas zwinkerte. »Hältst du mich für einen Höhlenmenschen?«

Ich errötete leicht. »Natürlich nicht!«

»Entschuldige.« Er umfasste mein Gesicht mit beiden Händen und küsste mich auf den Mund. »Ich wollte mich nicht über dich lustig machen. Ich verstehe, dass meine Wohnung dich überrascht. Aber mach dir keine Sorgen, ich verwandle mich im Herbst nicht in einen anderen Menschen. Ich bin immer noch ich.«

Was er mir sogleich bewies. Er trug mich ins Schlafzimmer, das mit einem breiten Futon ausgestattet war. Im sanften Licht einer Stehlampe zogen wir einander aus. Unsere Bewegungen waren langsam und zärtlich. Zum ersten Mal mussten wir nicht damit rechnen, von jemandem überrascht oder von einem Tier gestört zu werden. Es gab nur uns. In dieser Nacht lernte ich Niklas von einer neuen Seite kenne. Unsere Begegnungen im Wald hatten etwas Abenteuerliches an sich gehabt, sie waren flüchtig, aufregend, anders. Hier liebten wir uns besonnener, voller Dankbarkeit und Wertschätzung.

Ich träumte von Bäumen, die mit Moos überzogen waren. Von farbigem Herbstlaub und klarer Luft. Mitten im Wald schnitzte Jakob eine Figur, die so klein war, dass sie in eine Streichholzschachtel passte. Ich erkannte Pauline, doch sie verwandelte sich plötzlich in Lizzy. Sachte nahm ich Jakob das Schnitzmesser aus der Hand und versuchte, Paulines Züge wiederherzustellen. Das Holz fühlte sich geschmeidig an, formbar wie Knete. Ich bearbeitete es mit geschlossenen Augen und merkte erst, dass ich einen Kuckuck gebildet hatte, nachdem er davongeflogen war.

Als ich erwachte, leuchtete unter der Schlafzimmertür ein schwacher Lichtstreifen, und aus der Küche hörte ich das leise Summen einer Kaffeemaschine. Mir lief das Wasser im Mund zusammen, doch es war so gemütlich im Bett, dass ich die Augen wieder schloss. Ich musste erneut eingenickt sein, denn plötzlich nahm ich den Duft von Kaffee direkt neben mir wahr. Ich atmete tief ein und seufzte wohlig.

»Guten Morgen, meine Liebste«, flüsterte mir Niklas ins Ohr.

Ich zog die Federdecke bis zum Kinn hoch.

Niklas lachte leise. »Zeit aufzustehen.«

»So früh?«, murmelte ich.

»Ich weiß nicht, ob Jakob und Max neun Uhr auch als früh bezeichnen würden.«

Schlagartig war ich wach. Niklas kniete auf dem Futon, in der Hand hielt er eine Tasse Kaffee, die er mir reichte.

Ich setzte mich auf. »Hast du neun gesagt?«

Niklas öffnete die Fensterläden. Ich kniff die Augen zusammen, als helles Sonnenlicht ins Zimmer strömte und mich blendete. Der Kaffee schmeckte wunderbar, er weckte meine Lebensgeister. Niklas hatte recht, ich musste aufstehen. Heute wollten Max und ich die Buchhaltung, die Jakob aus Zeitmangel vernachlässigt hatte, in Angriff nehmen. Viel lieber wäre ich mit Niklas wieder unter die Decke gekrochen, doch dazu würde ich in diesem Winter noch oft Gelegenheit haben.

Während ich duschte, tischte Niklas das Frühstück auf. Er hatte mir ein Müsli mit frischem Obst und Walnüssen zubereitet, genau, wie ich es am liebsten hatte.

Mein Blick fiel auf den Karton, den ich am Vorabend neben dem Eingang vergessen hatte.

»Hast du heimlich reingeschaut?«, fragte ich.

»Natürlich nicht!«, antwortete Niklas gespielt empört.

Ich sprang vom Barhocker und stellte den Karton auf den Tresen. Auf einmal war ich unsicher, wie Niklas reagieren würde. Als ich mir vorgestellt hatte, wie ich ihm die Uhr schenkte, hatte ich an seine Hütte gedacht und angenommen, seine Wohnung sähe ähnlich aus. Passte die Uhr hierher? Es gab zwar viel Holz, doch weder rustikale Möbel noch Schwarzwaldmotive.

Er sah mich erwartungsvoll an, und ich fasste Mut. Vorsichtig hob ich die Uhr aus der Kiste und hielt sie hoch.

Er pfiff leise.

»Für dich.«

Er nahm sie so freudig entgegen, dass meine Zweifel verflogen. Lange musterte er die beiden Figuren, die die alte Dame umarmten. Er räusperte sich, brachte aber keinen Ton über die Lippen.

»Jakob hat mir geholfen«, gab ich zu. »Ohne ihn würde man uns nicht erkennen.«

Niklas strich über die Figuren. Endlich fand er seine Stimme wieder. »Trotzdem trägt die Uhr eindeutig deine Handschrift. Sie ist wunderschön. Würdest du mir helfen, sie aufzuhängen, bevor du gehst?«

Er holte sein Werkzeug, und wir suchten einen geeigneten Platz. Niklas entschied sich für eine Stelle direkt über dem Tresen, damit er die Uhr beim Frühstücken sehen konnte. Als sie an der Wand hing, zog ich sie auf.

Wenig später schlug sie die volle Stunde. Stolz schaute ich zu, wie das Türchen aufging, der Kuckuck herauskam und den ersten Ton in seinem neuen Zuhause von sich gab.

Epilog

Nebel hüllte den Wald in Grau, am Wegrand war der Schneematsch über Nacht zu Eis gefroren. Es war ein feuchter Winter, doch kaum schneite es, stiegen die Temperaturen, und der Schnee schmolz wieder dahin. Wintersportler klagten über Schneemangel, mich störte der Matsch jedoch nicht. Ich genoss es, nach einem Tag in der Werkstatt hinauszugehen und durch den stillen Wald zu streifen. Häufig holte ich Niklas von der Arbeit ab. Neben seinen pädagogischen Aufgaben war er jetzt hauptsächlich mit der Holzernte beschäftigt. Wenn ich zu früh dran war, nahm ich eine Thermoskanne Kaffee mit und sah ihm bei der Arbeit zu.

Pauline hatte sein Angebot, ihn beim Pilze sammeln zu begleiten, tatsächlich angenommen. Sie war so begeistert, dass sie im nächsten Herbst eine ganze Woche im Schwarzwald verbringen wollte. An Weihnachten hatte sie aus den Pilzen, die sie getrocknet hatte, eine Pilzlasagne gezaubert, von der Jakob noch Tage danach schwärmte. Sogar Horst hatte sie gelobt, obwohl er Lizzy flüsternd fragte, ob es denn keine Weihnachtsgans gäbe. Ich hatte befürchtet, dass Pauline über die Festtage besonders unter der Trennung von Frank und mir leiden würde, doch sie war unbeschwert und fröhlich gewesen. Heiligabend hatte sie mit Theo bei Frank und Olivia gefeiert, den ersten und den zweiten Weihnachtstag bei uns. An Silvester brach sie mit Theo und seinem Vater zu einem Segeltörn auf. Axel Gebhardt hatte sie eingeladen, damit Theo gar nicht erst in Versuchung kam, mit Champagner anzustoßen oder auf einer Party abzustürzen. Pauline behauptete zwar, es falle Theo leicht, auf Alkohol und Drogen zu verzichten, vor allem, weil er seine alten Freunde kaum mehr sah, seit er das Studium begonnen hatte. Doch sicher war sicher. Mich freute es, dass sich Axel Gebhardt um seinen Sohn kümmerte. Ich hatte ihn an Paulines Geburtstag kennengelernt, trotz seines Erfolgs und seines Reichtums war er umgänglich und bodenständig.

Ich atmete tief ein. Die kalte Luft prickelte in der Lunge, und ich beschleunigte meine Schritte. Ich hatte nur einen kurzen Spaziergang machen wollen, nun war ich doch bis zu meinem Lieblingsaussichtspunkt marschiert, der über der Nebelgrenze lag. Aus einigen Häusern stiegen dünne Rauchsäulen, dahinter glitzerte der weiße Gipfel des Feldbergs in der fahlen Wintersonne. Mir wurde warm ums Herz. Ich betrachtete kein anonymes Postkartenbild, sondern mein neues Zuhause. Noch im Herbst hatte ich mir oft anhören müssen, dass ich vermutlich bald abreisen würde. Fremde hielten den langen Winter im Hochschwarzwald nicht aus, sagte man mir beinahe vorwurfsvoll.

Inzwischen waren die kritischen Stimmen verstummt, denn es verging kein Tag, dem ich nicht mit Begeisterung entgegensah. Im Dorf wurde ich zwar nicht gerade wie eine Einheimische begrüßt, aber immerhin mit zunehmendem Wohlwollen. Sogar Inge Falk hatte akzeptiert, dass ich nicht so bald aus Niklas' Leben verschwinden würde, und bemühte sich, ihre Enttäuschung darüber für sich zu behalten. Gerd hatte mir erzählt, dass Rebekka sie vor ihrer Abreise nach Japan aufgesucht und ihr ins Gewissen geredet hatte. Weiß der Kuckuck, woher Gerd immer wusste, was im Dorf lief.

Ich schaute ein letztes Mal auf das Nebelmeer und machte mich an den Abstieg. Ich hatte Jakob gesagt, dass ich in einer halben Stunde zurück sein würde, daraus würde nun eine ganze werden. Wir hatten unseren Tagesablauf unseren unterschiedlichen Bedürfnissen angepasst. Beim Frühstück besprachen wir die anstehenden Aufgaben, anschließend widmeten wir uns den Arbeiten, die wir gemeinsam ausführen mussten oder bei denen ich seine Hilfe benötigte. Nach dem Mittagessen legte sich Jakob hin, und ich kehrte in die Werkstatt zurück. Es gab genügend Dinge, die ich mittlerweile selbstständig erledigen konnte, und ich machte gerne früh Feierabend, um mehr Zeit mit Niklas zu haben.

Heute aber mussten Jakob und ich eine Abendschicht einlegen. Ein Ersatzteil, das er für die Uhr eines argentinischen Fußballspielers bestellt hatte, war spät eingetroffen. Da die Uhr schon morgen von einem Kurier abgeholt würde, hatte ich angeboten, bei der Reparatur zu helfen. Max generierte fast mehr Aufträge, als wir schafften, viele davon für exklusive Kunden mit Spezialwünschen. Wenn Jakob beim Skizzieren von Formen, die er selten verwendete, Hilfe brauchte, wandte er sich an mich oder Theo, der ein erstaunliches räumliches Vorstellungsvermögen besaß. Im Gegensatz zu mir konnte er auch gut mit einem 3-D-Architekturprogramm umgehen.

Der Nebel wurde dichter. Eine Krähe flog an mir vorbei und landete auf einem Ast, irgendwo knackte es. Ich konzentrierte mich auf den unebenen Weg, der stellenweise rutschig war.

Als ich am Gasthaus vorbeikam, ging die Tür auf, und Inge Falk winkte mir zu. »Alice! Hast du einen Moment Zeit?«

Eigentlich nicht, doch ich wollte den fragilen Frieden, den wir geschlossen hatten, nicht gefährden, also blieb ich stehen.

»Es geht um Niklas«, sagte sie. »Ich möchte ihm zum Geburtstag Gardinen für sein Wohnzimmer nähen. Denkst du, ein heller Braunton würde passen? Einfarbig oder gemustert?«

Ich begriff, dass sie keinen Ratschlag wollte, sondern einen Schritt auf mich zumachte, was mich freute. Das änderte aber nichts an der Tatsache, dass Niklas um keinen Preis Gardinen aufhängen würde, weder braune noch gemusterte. Er liebte die Aussicht viel zu sehr. Mir fielen die ausgefransten Tücher in seinem Bad ein.

»Ein heller Braunton wäre bestimmt schön«, log ich. »Über Badetücher würde er sich aber noch mehr freuen. Erst kürzlich hat er erwähnt, dass er die alten endlich ersetzen will. Ich wollte ihm neue kaufen, doch ich komme einfach nie dazu.«

Sie neigte nachdenklich den Kopf zur Seite. »Blau würde im Bad schön aussehen, findest du nicht?«

»Ja, sehr.« Ich beschloss, ebenfalls auf sie zuzugehen. »Ich wollte übrigens auch mit dir über seinen Geburtstag sprechen. Ich möchte ein paar Leute einladen. Nicht viele, nur seine engsten Freunde. Es wäre schön, wenn du dabei wärst.«

»Das sollte sich einrichten lassen.« Inge Falk versuchte, sich die Freude über die Einladung nicht allzu sehr anmerken zu lassen, doch ihre Augen begannen zu leuchten. »Wir könnten die Feier hier im Gasthaus veranstalten. Platz gibt es genug.«

»Gute Idee!«

Wir vereinbarten, dass wir demnächst bei Kaffee und Kuchen die Einzelheiten besprechen würden. Beschwingt ging ich weiter. Offenbar hatte mir Inge Falks Ablehnung mehr zu schaffen gemacht, als ich glaubte. Ich hatte nie einen Keil zwischen Niklas und seine Mutter treiben wollen, auch wenn er immer wieder betonte, dass die schlechte Stimmung nicht meine Schuld war.

Zu Hause angekommen, ging ich direkt in die Werkstatt. Sie war leer. Die Uhr des Argentiniers lag auf dem Tisch, das Pendel – es stellte einen Fußball dar – hatte Jakob bereits abmontiert. Es war offensichtlich, dass der

Besitzer die Uhr nie geölt oder gereinigt hatte. Das Holz war an mehreren Stellen beschädigt, Staub und Schmutz hatten sich auf den beweglichen Teilen angesammelt. Uns blieb nicht viel Zeit, sie instand zu setzen. Ich sah, dass Jakobs Teekanne fehlte. Vermutlich hatte er die Arbeit unterbrochen, um Wasser zu kochen.

Er war tatsächlich in der Küche, doch er stand nicht am Herd, wie ich erwartet hatte, sondern saß am Tisch. Vor ihm lag ein Umschlag, dessen Kanten er wie in Zeitlupe nachzeichnete. Mir fiel das Logo in der oberen Ecke auf, und mein Herz begann zu pochen. Der Brief stammte von der Berufsfachschule.

Langsam ließ ich mich auf einen Stuhl sinken. Jakob schaute auf, und unsere Blicke trafen sich. Ich sah Neugier in seinem Gesicht, aber auch Unsicherheit. Befürchtete er, dass der Umschlag eine Absage enthielt? Oder war es genau umgekehrt? Hatte er Angst vor einer Zusage? Weil mir dann weniger Zeit für die Arbeit bliebe?

Ich selbst war hin- und hergerissen. Ein Teil von mir wollte unbedingt das Schnitzen von Grund auf erlernen und sich mit der Kunstform des Bildhauens auseinandersetzen. Ein anderer wollte so viele Stunden wie möglich mit Jakob verbringen. Ich wusste nicht, wie viele Jahre uns noch blieben.

Er schob mir den Umschlag hin.

Ich legte meine Hand auf seine. »Sei jetzt bitte ganz ehrlich«, bat ich. »Was wirst du tun, wenn ich aufgenommen werde?«

»Mich freuen«, antwortete er.

»Und wenn nicht?«

»Mich freuen.«

Nachdenklich legte ich den Brief beiseite. »Lass uns zuerst die Uhr des Fußballers reparieren«, schlug ich vor. »Du kümmerst dich um die Schäden, ich mich um die Reinigung.«

Ich stand auf, und wir kehrten in die Werkstatt zurück. Auf einmal entspannte ich mich. Unser Glück hing nicht von einem Prüfungsresultat ab, sondern davon, was wir daraus machten.